斯德哥爾摩情人

蕭辰倢——著

獻給用生命理解我內在世界的那個人

他至少一定會讀到這一頁

布布啵啵

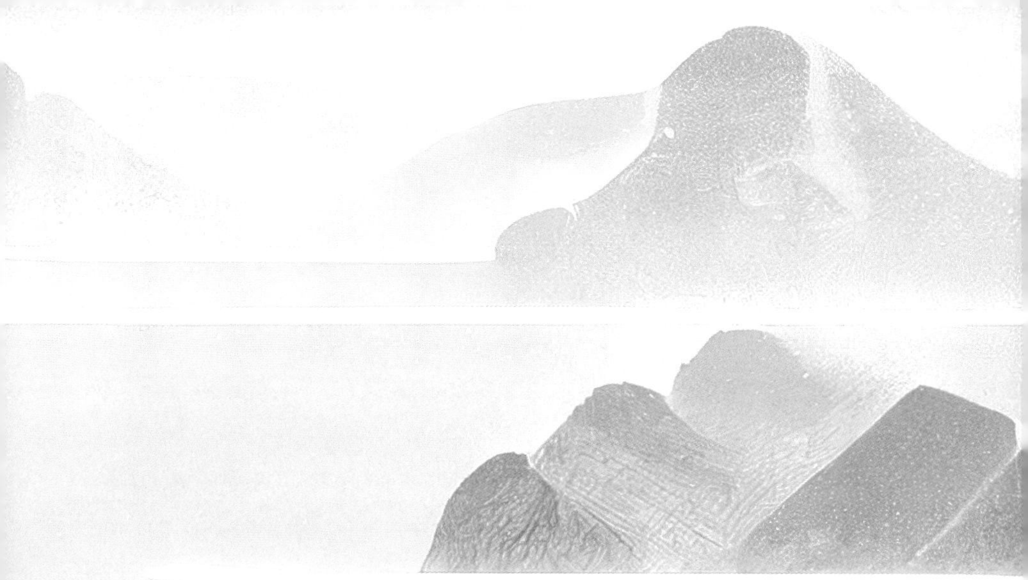

目次

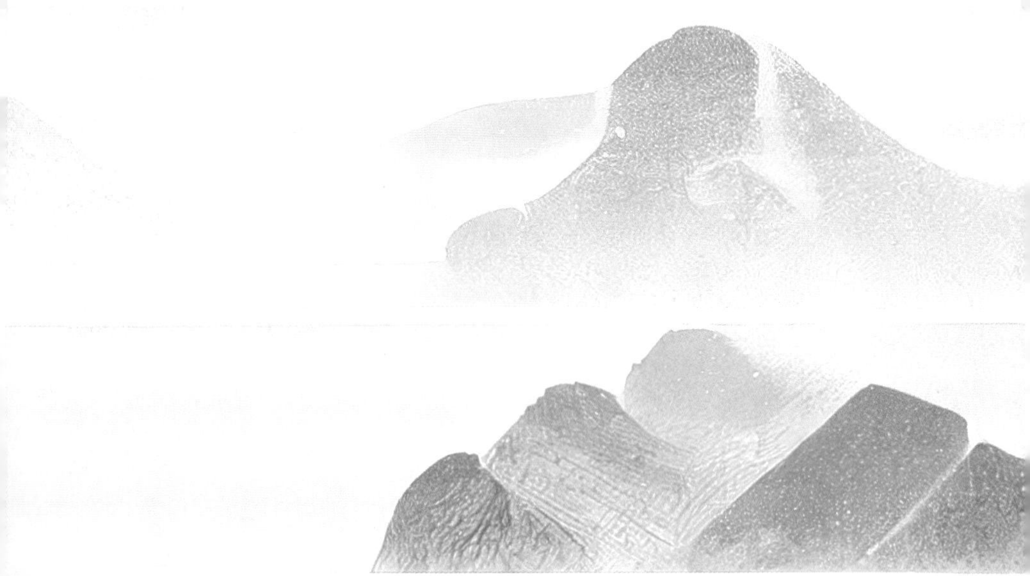

序幕

在這短短的時間裡，發生了一場超自然的離異，那些都已逝去。

——《犁過亡者的骨骸》

世界 二一九〇

1

十二月六日，「世界拍碎」已經過去十年。

她一襲白色及膝削肩洋裝，在攝氏十二度的氣溫中也不感覺寒冷，但為免橫生枝節，且得攜帶此行不可或缺的各項物品，而在外頭套了件合身剪裁的鋪毛黑皮衣。

那頭銀髮旋扭盤起，簡單塞進帽緣彎翹的沙棕色賞鳥帽內，露出刺青的後頸，以及兩綹漏網飄飛的長髮絲。粗跟的短筒褐靴每回著地，就在乾黃的地面掀起一小陣沙霧，將從城市各處噴射過來的玻璃碎片，進一步壓解成更細小難辨的結晶。

她左手的兩個掌指關節在稍早脫臼，疼痛逐漸難以忽略不計，還多了顯然不太妙的刺麻感。原本想緊急處置，咬著牙根就要硬生扳回原位，但才輕輕一碰，眼裡就布滿厚厚一層折光的淚水。

瘋子鍾芽經常告誡她，絕對不可以忽視任何傷口或不適。即使再微小也不行。因為超乎承受極限的崩解，往往源自不起眼的小差錯。她想起鍾芽圓潤的頰肉，以及說這些話時眉宇的嚴肅，一股犯錯的愧疚從胸口沉落。

她明白，此刻沒有手段能改善這個急迫的問題。若想達成不願退讓的盤算，就必須接受痛苦伴隨同行。於是，崩解成為她必須冒的風險。

同行人將掌心翻向天空，想協助她跳過一個未被大型機具清理掉的斷柱殘骸。自從和他會合，她的左掌就一直插在皮衣口袋裡，因為上頭除了累累新傷，還有一些摳抓不掉的乾硬血痕。她在口袋裡縮捲手指，掀起劇痛，但搖頭婉拒的神情保持平和。這在對方心裡留下堅毅的形象，以及略微受傷的感覺。

沿著簡易標示的路徑向前行，棄置樓房的數量減少，毀壞程度則越見強烈。無論高樓大廈或老舊公寓，都數不出一扇完整的門或窗。

從西緣抵達寬達十公里的「影響外圍」邊線後，最初的一、兩公里曾經還能撞見零星居民出沒起居，令她默默心驚。但隨著通過位於內圈的檢查哨，進到由軍方重兵看守的「拍碎遺跡園區」，人類起居的聲響便漸不足以鑽入耳道，如在腦中變淡的低迴念頭，從外在環境滑落出去，不再能夠牽動意識。

2

同一時刻，在拍碎遺跡園區入口處的觀測後勤基地，兩名巡邏中的灰鷺部隊士兵，對著停車場內的一臺接送車輛皺起眉頭。

灰鷺部隊成員都能一眼認出近期在園區內進出、留駐的相關車輛。

駐守臺北拍碎遺跡園區的任務，任誰聽來都會發出驚嘆，他們自身也與有榮焉。奉命為國家警戒這座拍碎大洞，起初有種見證歷史的使命感。身處事發地點，總覺得會再發生什麼驚天動地的大事。但時間久了，唯一有所變化的，或說其實也沒什麼變化的，就是從深洞裡持續掃出的濕潤大風，以及那些埋頭忙碌的科學家們，看似永遠沒有窮盡的採樣分析。

於是每當閒來無事，士兵就琅琅背誦出入車輛的車牌號碼、車主是哪個單位的科學家，以及這些人的選車品味多麼平庸。說實在，他們只需輕觸頭盔側邊的掃描儀，就能得知車輛的詳細資訊。但他們畢竟年輕力壯、具備頂尖戰鬥技術，認為拋開智慧機械的訓練才是真正實力的培養之道。

在拍碎屆滿十年的今日，兩位士兵對望，在富有默契的無語中心知園區發生了異狀。其中一人對著車牌啟動掃描儀，另一人則啟動軍用頻道準備通報。

車輛資訊顯現於面鏡內側，與他們內心的確信相符。這臺德國車隸屬福爾摩沙群島最大規模的跨國租車公司「跳嶼」，他們專營司機接送，以比鐘錶準時和高規格的優雅服務聞名全球。

「跳嶼」確實是拍碎遺跡園區科學家們愛用的接送車輛，從中請資料看來，這輛車也確實獲准在今日午後接送一名鳥類學家入園。唯一問題是它的許可證只許下客，不該在園區停留久駐。

「巡邏三組呼叫崗哨。觀測後勤基地停車場發現車輛違法停放。司機不在車內，引擎蓋還有溫度，車牌照片已傳送，請求調閱入園影像。」

「收到。」

剪輯完畢的車輛入園影像匯入面鏡，在兩人面前同步播放。

「下午四點二十一分通過崗哨，十五分鐘後抵達停車場……鳥類學家下車，之後車子就沒開走了。」

「從崗哨到停車場，開了十五分鐘？」

士兵朝著筆直道路盡頭的崗哨瞇起眼睛。兩排椰子樹夾道，再遠不過兩百公尺。

「好像怪怪的。」他再次重播影像。

「怎麼了？」

他叫出入園時拍攝的存檔照片。

「車子剛進來的時候，司機在駕駛座、鳥類學家在後座。先不管車子中間去了哪裡，等它終於開到停車場……你看，這時只有司機下車。」

3

人們口中的「影響外圍」，也就是在拍碎事件中因暴風衝擊引發災情的範圍。那是個寬度十公里、只有左半邊的殘缺圓環。

群島政府將島嶼北部的絕大多數地區封鎖整整五年，隨後終於在總理、官員和多位科學權威的慎重背書下，宣告重新開放至影響外圍邊線內兩公里處。只要曾在該範圍擁有土地或房產，且建築物通過災後評估，即可返回居住。

於是，從影響外圍的邊線往內計算，前兩公里是災後復甦居住區，到了五公里以內，就會抵達「拍碎遺跡園區」的檢查哨。此處僅准經申請的特定人員通行，多半是軍人、中研院和國內各大學的相關研究人員。

過了檢查哨，依序會抵達觀測後勤基地、天線陣列運轉中心、因不同研究目標而四處散落的研究篷區，最後則是位於最內部，從陸上只能抵達西側邊界的拍碎大洞。

針對重返影響外圍一事，各界存有疑慮的學者、懷疑論者、末日論者，以及對這個地球史上最重大災變愛不釋手的全球媒體，都深深摻和進了「後拍碎時代」的激辯舞臺。

丹麥透過全民公投，決議將哥本哈根附近的拍碎大洞列為國家公園，開放全民入內；共享同個拍碎大洞的德國則封鎖了漢堡側的影響外圍，謹慎部署軍事監控設施。南非共和國在清理完開普頓附近的廢墟後，不到一年就開放民眾重返居住。加拿大捨棄了首都渥太華鄰近的所有土地，選擇遷都蒙特婁。各國做法皆有差異，一向共通的是永不休止的爭議。

短短十年，並不足以驅散揮之不去的黏膩陰影。

忌諱亡者、懼怕災難舊地重演、質疑地質變動影響宜居性、不信任異常力場已經消失……人們有太多理由不願接近拍碎遺跡。時至今日，島００１「福爾摩沙島」的影響外圍仍然猶如鬼城，大北部的房市尋不到一絲重返正常邊緣的機會。

「十年聽起來很久，但對牽涉其中的人來說，根本只是一眨眼。」

她回過神，發現整路保持沉默的同行者，說了寶貴的第一句話。

「日子一天天過。可是時間就像在那天按下暫停，所以感覺不到事情已經結束。直到現在。每個看起來好端端的人，都還在承受創傷的折磨。」

與她並肩前進的男性攝影師放輕聲音，彷彿害怕攪擾並不存在的居民。

她盯著僅剩結構柱苦撐樓板的高層大樓，覺得它像疊疊樂終局時的放大版本，哪怕一隻鳥兒翩然降落，也可能讓整座結構顫顫巍巍起來，在吱嘎聲中四分五裂。

「你也是嗎？」她問。

因為，他看起來是個好端端的人。

他在約定時間十五分鐘前抵達集合地點，在被問是否久候時，良善表示自己也才剛到。他不吝嗇對持槍士兵展露融去冬寒的露齒微笑。雖然對方僵硬的神情無動於衷，僅僅告誡兩人，園區內有多架機槍無人機全天候巡視，絕不允許擅自脫離規範路徑，否則人身安全自負。

不過或許也因為這人的微笑，持槍士兵最終回頭一瞥，給了兩人相當有用的忠告：洞口附近總是颳著難以置信的強風，有必要時別忘了伏低身體。

「其實當時我不在現場。這件事對我叔叔影響比較大，那時他是第一線的執行人員。我爸媽走得很早，事件過後，叔叔很好心收養了我。」他的厚手套平貼左胸，「他喜歡裝沒事，但這裡面應該還是受了傷。」

「他現在過得好嗎？」

「他說，到最後就不再有感覺了。只是傷口好像一直在那個位置，占據一塊空間。」

一架機槍無人機飛掠過去。

黑影閃過他的鼻尖，他不由自主眨眼。

「有時會想像，如果事發當時我人就在拍碎的影響範圍裡，會是什麼情形。我是指大部分人存活下來的影響範圍，而不是被拍碎的那塊地方。或許我正在念書、在陽臺上晒衣服、在馬路上走動。天色突然變亮，地面傳來持續的震動，沒過多久，風暴就從拍碎中心點往四面八方暴衝出來。」

「我應該只會愣住吧。就地蹲下，口乾舌燥到說不出話來。等天搖地動終於平息，就跟所有躲過一劫的人一樣，我也只會嘴巴開開，沒辦法思考外海那道正在隆起的海嘯。因為眼前的景象，實在太超乎現實——整個首都就這樣蒸發掉了一半，剩下一個巨大到誇張、深不見底的窟窿……」

「今年初，我叔叔收到一份暗體總部的通知。他以倖存執行人員的身分，受邀出席福爾摩沙島的『沉入體驗導覽團』。就是一個讓普通人也躺進對接艙裡，限時沉入暗體的活動。大概是想藉由親身體驗，試著減輕大家對暗體研究的反感吧。他看到信封上寫了暗體總部這幾個字就馬上扔開，一直沒拆，連東西被我拿走都沒發現。」

「啊，那個活動就在今天早上，辦在湖附近的暗體分部。妳有聽說嗎？」

她萬沒想到會被問到這個問題，僵硬的頸子拚命搖頭。

「我幾個月前申請上國際鳥類學會的這項研究計畫。他們在研究拍碎大洞的生態，探討鳥群大量重返拍碎現場群居的現象。這計畫願意跟年輕的攝影師合作，對我來說是很好的機會。我叔叔知道後臉色很差，但沒阻止我來。他很努力了。」

聽完這番話，她無由湧現一陣悵然。

他是看起來好端端的。然而占據一塊空間的傷口，也從叔叔的胸口長出根芽，像一道緊跟的灰影，對他撒下些許帶有重量的黑暗。

畢竟，那是超乎人類生命經驗的事件，是這顆行星的共同創傷。無論經過多少年、有多少專家權威持續保證，或許沒有人能雙手一拍站起來說，好，我以前在影響外圍有一棟房子，是時候回去住了。

第一線的執行人員就更別說了。她簡直無法想像，那些人後來的每一天該是什麼模樣。

「至少他身邊還有你。」她說，「這多少會有幫助。」

「這很難說。」說完，他撿起一顆小石子朝前路扔去。

石子從未停下，而是順著傾斜的大地，持續滾向他們都知道就存在於路線終點處的拍碎大洞。

現在那裡還只是地平線上的一條黑線，但洞窟早已橫跨時間與空間，將他們身心靈的一切含納在內。即使閉上雙眼，深黑也永不消失。

4

「今天真的很冷。我坐上車，司機就送我一杯好喝的咖啡。」

正牌鳥類學家抖擻僵硬的四肢，將薄毯裹至肩上。

「車子開得很好。這趟路上不管加速減速，都不會一頓一頓的，簡直就像躺在床上……」

「我們想問的是，您跟對方是否熟識？在嫌犯拘束您的行動、將您關進公廁之前，車上是否有任何爭執？」

「我們聊了鳥。」

「鳥？」

「像是彼此最喜歡的鳥……之類的。司機說喜歡鳥類，讓我有點意外。現在民眾很愛謠傳野生鳥攜帶暗體汙染物跟輻射，不是喊殺就是逃跑。在這時代竟然還能碰到愛鳥人士，真的聊得很愉快。」

「不論多愉快，您最後還是被綁起來了。」

「我只是想告訴你們，司機從頭到尾都很溫柔。溫柔、謙遜，而且有禮貌。」鳥類學家稍微展開雙臂，掀動毛毯強調，「這條毯子也是對方留的。一直跟我道歉，怕我待在那裡太久會感冒……其實我昏昏沉沉的，也不覺得待了很久。」

「那是因為咖啡裡面摻了安眠藥。」

「……司機把大水桶翻過來，讓我坐在上面。所以我還算舒適，不至於用太奇怪的姿勢睡著。」

「您對害您受傷的人真寬宏大量。」

「你說什麼，傷害我？」

鳥類學家轉動睡了太久而浮腫的眼，純粹的疑惑在停頓後轉為理解，趕緊對正要靠近的醫務人員揮揮手。

「哦，我臉上的這個嗎？這些不是我的血！」

鳥類學家拉動臉皮，連著拍擊數下。

「司機在『安置』我的時候，工具間衝出一隻亂跳亂咬的的凶猛動物……我覺得那可能是一隻河狸。河狸耶！臺北為什麼會有河狸？哦，如果跟『拍碎』有關，那就一點都不奇怪了。總之，幸好那時有司機幫我擋住，還揮了河狸一拳！我才沒被咬到……」

「不論如何，這人都把您拘束在廁所工具間，還冒充了您的身分。」

「如果你們找到司機，記得送醫檢查，最好去打個針比較保險啊。」

醫務室一角，一名士兵下巴微轉，向電話另一頭的小隊長低聲報告：「被害人意識清楚。但不知道為什麼一直幫犯人說話……」
「喂，我聽得到你的聲音喔。」
鳥類學家揚起手指喊叫。
「我已經說了。對方誠心誠意地跟我道歉。感覺得出有什麼苦衷！」

5

「我一直在想，如果不是工作需要，或像我們這種在島上有過家人的人，大概沒人會想靠近這個大洞吧。」
「沒錯。」
兩人心領神會，笑聲流入落地窗半毀的超市內部，產生回音。他提醒她繞過一個鏽蝕彎翹的倒地路牌，上頭的字已經大幅褪色，但認得出寫著「信義路五段」。
他對著只剩半截的前首都地標發出嘆聲，也是這時，她瞄到他入園識別環上流動著的名字：希森。她胸口升起一股奇妙感受，莫名熟悉的訊號，在腦袋深處敲響老舊的門扉。叩打聲引起注意，但飄忽又模糊，分不清是從哪裡傳來、與什麼有著關連。
無論如何，她都感覺與他拉近了些許距離。
於是，她提出人們談論拍碎事件時少不了的那個問題。
「那天，你們有失去任何人嗎？」

拍碎區內數以萬計的生命，被包覆在那片逐漸寂靜的真空裡，還來不及想通半件事，就從這個世間消失殆盡，不曉得被吸收到了什麼地方去。

此處曾是群島的首都，島００１「福爾摩沙島」人口最為密集的地帶。因此在這個國家裡的每個人，多多少少都失去了一些親友，或隔了幾層關係的相識之人。

「我叔叔的爸爸，也就是我阿公啦。他這輩子都在當駐外大使，我滿尊敬他的。聽說阿公跟叔叔感情不好，但我不曉得原因。叔叔離開枯林島就沒再回家，也拒絕跟家裡聯絡。危機爆發那幾天，我阿公很擔心叔叔會被任務害死，特地跑來福爾摩沙島，想把他硬帶回去。可是阿公搞錯了。福爾摩沙島這邊是暗體分部，我叔叔是在科研島的總部工作才對……結果，阿公就這樣被捲入拍碎的事情裡，整個人不見了。」

她降下雙眉，不知道說些什麼才好。

「我叔叔常說，阿公『白白送死，是蠢蛋』。」

一陣風起，她的裙擺往身後奔逃，懸停空中波動起舞。

她拉緊皮外套，感受到內袋那罐威士忌隨身酒壺，意識到這像一個擁抱。

「就算真的有點蠢好了。爸爸為了尋找自己而死掉，或許他有因此感受到一點……被愛的感覺？」

「是啊。」

溫馴的光闖入，點亮希森微透血色的冰冷雙頰。

「雖然他不想承認。」

兩人勾動嘴角，共享遺憾溫和撫過的片刻。

「妳呢？」

他揚起鞋腹，將一個尖銳的破路燈罩推出路徑。

「在那天，妳有失去任何人嗎？」

懂得沉默的落日，吹出迷茫帶紫的天光，將兩道影子向東拉長。

路線近旁的景物已經大幅減少。碎裂的房屋從還能遮蔽視線，變得只有一、二層樓高，接著越來越矮，開始像是一撮撮被灑到地面上的咖啡色糖堆。

更多天空墜進視野裡，好似永遠不會用完的免費贈品。接著，當拍碎深洞重疊在地平線上的那段黑線猛然擴張，不知拘束為何物的強風迎面襲來，在耳邊尖聲狂哮。

黑線膨脹成霧茫茫的半圓形，往兩旁拉開成細長彎月，越變越長、越變越胖。隨著步伐往前，黑色漸次侵蝕掉視野裡早已無異於荒漠的大地，就像天空從外層被誰給戳破，割挖出一個大洞似的。

等到兩人跨過由成排太陽能地面燈球所標示出的洞口警示線，在直徑將近一百公里、朝著地心深深下凹的巨洞邊緣停下腳步——

舉目所見，終於什麼都沒有了。

6

她聽說一般成年女性的骨灰，平均重量約是一、兩公斤。

但當媽媽的骨灰經過曠日廢時的行政手續交還到她手中，卻只剩下兩百公克，重量不比一瓶礦泉水。

這件事沒有她置喙的餘地。因為選擇成為沉想員、偵錯員、調度員、測繪師、補漏人這類「暗體執行人員」的人，包括每分每秒的健康數值、在暗體場內的腦波活動，以及實質死亡後所留下的肉身，都在他們簽署長達二十頁的保密暨權利讓渡同意書時，完整成為國家財產。

相關觀測者持續監控、分析著進入暗體對人類大腦及重要器官產生的影響，並在「執行人員」死亡後解剖器官，一部分製成標本留存，其餘幾乎全數銷毀。因為哪怕一小根眼睫毛，也被列在一級機密的冗長清單上。

有個神祕的傳聞是，這些執行人員平時會在辦公室、研究室或家裡擺一個中意的容器，可能是特別訂製的好看盒子，抑或是鐵盒、咖啡罐、水壺那類生活用品，總之通常小小的。

嚴謹一點的，會在任務系統上登記容器，並將容器繳交到相關單位；風趣一點的，會用便利貼或簽字筆寫個名字，隨便扔在某處；不願面對風險存在的、對際遇看得很開的，也可能什麼都沒準備。

這一切皆是因為，他們隨時可能在參與暗體任務的過程中心臟驟停，或因尚待釐清的致病機轉，在日常活動時倒地不起。

當這類憾事突然發生，國安局「暗體戰略處」會迅速派員前往，全程監控繁瑣的解剖與歸檔程序。他們會從執行人員的遺物中找出正確的容器，將少得可憐的剩餘骨灰裝入，送還給家屬。

媽媽的骨灰送來時，裝在一個沙茶醬的罐子裡。

或許是害怕骨灰在運送時逸散，沙茶醬罐經過重新封口，還附了一個開罐器。她將沙茶罐和開罐器擺到放有風暴瓶的餐桌上，瘋子鍾芽雙眼一彎，笑了出來。

鍾芽粗大的手指觸上閃爍銀光的罐面，指腹敲出兩聲悶響。他撫過印在正中央的黑色代碼「AY0012252180l126」，評論道這很有她媽媽的風格。

說完他轉向窗外，抓抓額頭，在眉心一帶胡亂捏抹幾下。

在鍾芽口中，媽媽似乎就是這樣的人，懂得將苦澀的事變成笑聲。

關於媽媽，她僅僅能從存放於鍾芽記憶中的片段來加深認識。

除此之外，就剩下十年前「某人」在離別前所說的話了——

當時她和對方都沉默著，知道某些事物正在毀滅，知道時間既不良善、亦不惡劣地，在宇宙裡形成相互交纏的莫比烏斯環。有時你遇見希望此後永不相見的自己，有時你因此不斷遇見同個自己。

「如果有一股力量，大得幾乎超出掌握，那它就可以稱為命運。」

那人這麼說，並且對她形容了媽媽離去時的情景。

木曼陀羅花的香氣縈繞身旁。低頭一看，桃金孃、蒺藜、瞿麥在腳下緩緩盛開。倉鴞自遠處振翅而來，降落在天空中的海浪裡。媽媽輕闔眼眸，內心盡是旖旎光采，帖然接受生之清冷、不講道理的命運，以及已經被奪走的一切。

7

她停止回憶，分開雙唇，發出只有自己聽見的短暫啵聲。

原以為前方只剩全然的寂靜，當拍碎遺跡的洞口完整映入眼簾，如浪的鳥聲竟由遠至近迅速增強，終於撲蓋過她和希森的身體。

一整群鳥兒倏然起飛，在帶著霧紫的灰濛天空上割裂出豔麗的黃線。

「是火冠戴菊。」她輕聲說。

希森欠缺章法地探索胸前的鏡頭頸鍊，費了些工夫，終於將跟拍鏡頭彈射出來。小小的浮空鏡頭向上飄飛，靈巧移往他以手勢指引的方向。他按著頸鍊上的快門，時時細微調整，以不打擾的距離拍攝群鳥。

火冠戴菊鳥原本是高海拔的留鳥，近期卻開始大量現身於拍碎所產生的窟窿裡頭。全球各地的拍碎大洞，無論緯度高低，都出現了非棲居於當地海拔的鳥種。這在學界造成轟動，也令無數鳥類學家三天兩頭就申請入內研究。

「除了島上既有的鳥類，還觀察到了其他陸地的特有種。牠們基於謎樣的原因，都出現在臺北拍碎大洞附近，在這裡起居繁衍。」

她把在鳥類學會電子報上看到的資訊說出來，令他有些佩服。除了她不是正牌的鳥類學家之外，她對鳥兒的喜愛和認識都是發自內心。

她在洞壁上的某處凹陷發現鳥巢，示意希森靠近拍攝。

鳥巢中塞滿枝葉與廢墟殘片，靜躺著數顆青綠色的橢圓物。

「你看那邊，是孤鴞的蛋！」她胸口一緊，在這天首度展露笑顏，「牠們原本只棲息在巴西東部。」

他朝洞口歪頭：「聽說臺北一〇一的半截殘骸，就插在這底下五百公尺的地方。妳看過政府公布的探勘照嗎？很震撼。有些人謠傳，在每一個拍碎洞窟下面，比一〇一殘骸更深的地方，都藏著通往其他維度的通道。搞不好這些鳥，其實去過我們都無法想像的地方。」

「嗯，就像北威爾斯的城堡那樣。」

「北威爾斯的城堡？」

「原本一直存在於某處、從沒想過會發生變化的東西，某天毫無預警就消失了。直到很久以後，又在地球上的另一個地方找到它。這些東西或許都曾掉進世界的夾層，不知道過了多久時間，才僥倖回到我們生活的這個真實世界。」

希森收下女孩謎語似的語句，將之當成一種不需要刻意解開的比喻。他的本能提醒，保持適度的模糊，有時能讓重要的片刻延續下去。

兩人低頭，凝視腳邊無窮的黑暗。

據說放進洞裡的探測器，某些時候能抵達接近底部的位置，某些時候則會失去訊號，永遠消失。在探得結果的狀況下，這似乎是個可以測量大致深度和寬度的大洞。但令人困擾的是，每回測得的數字都不太一致，就連政府都給不出一份正確數據。

沒人知道那些消失的探測器，是否去了什麼未知的地帶。或者，它們僅是受到強力磁場影響而失去運作能力，體驗過一場悄靜的下墜，最終噗通一聲，終於落入海中。

「大家都說在這最下面，是海。」說出口的時候，她感覺有些不真實。

「要聽聽看嗎？」他朝她放平手掌，她握住。

在彼此的保護之下，兩人小心翼翼將身體移向洞緣。他們遵照稍早持槍士兵的建議跪了下來，讓重心更靠近地面，接著彎趴身體，如對聖地展現虔誠敬意的信徒。

從黝黑深處持續上撫的風，推撐著微微前傾的上半身。若風倏忽止息，或許不用一瞬就會失去平衡，墜入其中。

他們都將空著的那隻手平按在地上。側耳傾聽時，眼看著大洞表層的殘暮失去力道，逐漸被濃黑的深淵給融開。內心深處的脆弱，也躡手躡腳往外爬出。

終於，從一個極其遙遠的彼方，傳來了浪花碎裂的聲音。

嘩——

嘩嗟——

海確實存在。

即使無法證明在什麼深度、有著來自哪裡的海，海確實存在。

也在此刻，園區裡響起巨大警報聲，掉進洞裡產生回音。

「咦，怎麼了？」他抬頭四望，「我們一直都走在規定的路徑上呀。」

數臺無人機旋繞著探照燈疾速飛行，後頭緊跟著車輛疾駛的隆聲。

大洞附近什麼都沒有，使得一切靜謐，又轟然震耳。

「那一天，我失去了生下我的媽媽。」

她用精心斟酌的語氣，向著大洞說道。

「她創造我、拋下我，去到無窮的盡頭，觀看了世界的真相。她不是一個稱職的照顧者，但最後，她拯救了我的生命。」

無人機的光源交錯飛舞。一頭雪白銀髮，被不止息的強風梳向夕陽。她明白時刻已到，撐起身體，掏出威士忌隨身酒壺，在大洞上方伸直手臂，轉開瓶口。

在那個天光逐漸黳黮的短暫片刻，無以名狀的悸動在希森心中猝然爆炸。

他總覺得她看起來，不那麼完全屬於這個世界。

她不帶畏葸或猶豫，知曉著對生命渴望什麼，也不忽視曾被生命奪走過什麼。

「希望妳能前往……妳想去的所有地方。」她背對世界的餘光，和緩吸氣，自口袋抓出一把白花羊蹄甲的花瓣，藉手臂的旋轉向外甩開。

接著，她傾倒威士忌隨身酒壺，將瓶口轉向拍碎大洞。

8

二一九〇年十二月六日，「世界拍碎」已經過去十年。

群群鳴鳥飛返拍碎深洞，婉轉宣告黑夜將第無數次掌管世界。銀色骨灰在白花羊蹄甲碎瓣的翩躚環繞之下，經過半截臺北一〇一的大樓殘骸，朝著拍碎深洞分秒降落。

沒人聽見它們落入海水的聲音，也沒有人能證實，它們最終曾經抵達真正的底部。

第一章

她問他海洋的另外一頭有什麼，他回答：「世界。」

——《關於愛與其他的惡魔》

大霧　二一八〇

1

二一八〇年九月二十七日，週三，大霧瀰漫。

夜間新聞主播對市民發出警告，持續一週的濃厚霧氣未見消散，島001「福爾摩沙島」大北部的能見度低於兩百公尺，班機仍然全面停飛，呼籲民眾改搭海底膠囊列車，或利用地方機場前往國內其他島嶼。

夜一深沉，首都地帶就下起小雨，使原本就已艱難的路況更添危機。除了持續升級的濃霧警報外，國道和一般道路的速限皆下修二十公里，高風險路段則直接封閉。不少人看了天氣預報，紛紛取消外出計畫。不過，在這間靠湖的潮濕酒吧裡，一場女子派對才正要開始歡鬧。

剛被求婚的準新娘安雅在姐妹淘的慫恿下離開吧檯椅，與上半身僅僅套著豹紋領帶的壯碩男子貼身共舞。

不久之後，她就要正式從目前外派的科研島搬回福爾摩沙島，返回熟悉的家人朋友身旁，邁入人生的下一階段。

所有人都樂翻了，恭喜她終於能夠離開那個怪裡怪氣的島嶼，停止被莫名其妙的研究或抗議活動攪擾，回到「真正能夠生活的地方」。更重要的是，她的遠距離戀愛終於修成正果，不用再拚命找日子島間通勤了。

安雅不是特別享受必須刻意表現快樂的場合。但為了不讓精心籌劃的友人失望，她掛上天生好看的笑容，指引眾脫衣舞男將吃吃笑的姐妹們領進舞池，用念咒的口吻逐一唱名，要大家放開束縛，盡情享受這夜的狂歡。

幾輪乾杯過後，眾人逐漸分不出每杯酒的濃烈差異，頰上浮現自然的粉暈。安雅鑽出熱汗淋漓的人群，悄悄返回吧檯最右側的窗邊座位。

隔著散亂食物的檯面，她盡力以最輕描淡寫的語氣，對正在瞇眼斟酒的酒保提出準備許久，以一連串直述句掩飾的那個問題。

「今天好像沒看到那個男生。」她看酒保沒反應，追加補充，「週六偶爾會自己來，總是坐在我這個位子上……有時還會進去吧檯幫你忙的那個人。」

酒保在波士頓雪克杯裡加滿冰塊，蓋上小杯，抬至肩頭搖蕩。

嘎啦、嘎啦。

冰塊晃動、翻滾，產生恰如其分的融水。她感覺像在漆黑山洞裡探索隱密的入口，每句話都引發響亮回聲，但機關暫時文風不動。

「帕達卡。你們認識？」酒保分開大小杯，抓空檔確認她的表情。喀。他不動聲色，將隔冰器擱上冰過的笛型杯，令漂浮著果粒的酒液俐落流下，最後輕輕一甩。

「聽說他在科研島做暗體工作。」她迴避掉問題，「科研島的經度都快靠近換日線了吧？這麼遠的距離，為什麼要特地跑來這裡喝酒？」

「妳自己不是也很常這樣跑。」

「我是工作所需，而且我的未婚夫在這裡。」

她晃動左手指強調。酒保見狀揮了一下空氣。

「我個人是覺得，這國家的所有新島嶼都遠得要命。真不曉得我們要那麼多土地幹什麼，到最後還是各過各的，又沒辦法拼成同一塊。」

酒保拾起噴槍，在酒體表面燒過一圈。一股蛋香瀰漫開來。

「妳也知道暗體公務員嘛，中研院那張識別證很好用。海底膠囊列車，一般人就算只是搭去沖繩都要猶豫半天，但他是當公車在坐的。距離不是問題，就看他想不想來而已。」

在這場若無其事的探問之前，安雅早在網路上蒐羅過各種公開資訊和坊間傳聞。暗體計畫的「執行人員」窄門難進，每隔一陣子就會出現在熱門話題排行榜上，受到大量討論，但永遠籠罩著揮之不去神祕感和低調色彩。

這批特殊公務員領著民間望塵莫及的驚人薪餉，工作期間的醫療費用全由政府負擔，退休後還可終身領俸。近年此事固定會在中央議會預算審議期間掀起論戰，甚至還有小黨打著「拒絕暗體執行人員特殊待遇」的旗號，首度在議會裡取下足夠的席次。

安雅對暗體執行人員的認識，只停留在物理課本標準內容的程度：二一五〇年某日，人工智慧「麻瑰」對全人類發出宣言，指出量子中繼空間「暗體」是座通道。從那之後，人類便依靠麻瑰的引路進出其中，試圖與其他端點的智慧文明取得聯繫。

即使安雅能做出這樣零散的陳述，她仍跟普羅大眾一樣，不理解這重大的歷史變革是從何時展開、有著哪些實質意義。牛頓力學、相對論、量子力學，每場革命都劃破前一階段的天空，一層層展露出後頭巨大深邃的世界。而今，人們已經進入「暗體時代」。暗體研究各國皆有，但民眾通常只有種模糊的印象，知道執行人員是以生命為代價在進出「暗體」。

他們的職業風險極高，經常併發重大疾病，導致無法自理生活或英年早逝。安雅從高中時就疑惑過，科學為何會發展到透過犧牲人命，來探索一個非眼睛能見的通道。不過物理老師的眼睛卻發著光，說那僅僅是偉大真相揭開面紗前的微小疼痛。

安雅在相關論壇上讀到，這類人的身體數據，尤其死亡率和死因，都會跟其他國民分開歸檔，以免成為數據中的紊亂因子。從五〇年代的「暗體科學黎明」初始，進出暗體的相關人士，就已經被排除在一般統計對象之外，不被視為普通國民。

「就算他搭膠囊列車不用錢，特地跑來福爾摩沙島還是太奇怪了呀。」

酒保聞言鼻翼一縮，發出不置可否的應聲。出於心虛，安雅總覺得那是一個訊號，或許她亟欲藏起的意圖，已被窺視得一清二楚。

「妳最近那麼常來，卻沒跟他聊天？」

「這個嘛……」

「因為他總是正在被漂亮女生搭訕，不然就是一副心情很差的樣子？」

她彎眼莞爾，兩個手掌在檯面上收攏，直到戴戒的手被另一手蓋住。

酒保揚起下巴。

「那今天，妳可以當搭訕他的漂亮女生了。」

安雅將手臂擱上椅背，轉向掛著銅鈴的木門。

推門鈴響被節奏強烈的重低音樂曲完全湮滅，在她耳裡倒是響得無比清晰。

噹啷。

她感覺細肩帶的皮洋裝勒緊腰部，胃裡的酒精隨之翻攪。

2

這是傑西．帕達卡第一百三十七次，從島225「科研島」搭車前來福爾摩沙島。

在一切的初始，他固定會在眾人準備出門玩樂的週五，提著早早收拾好的行李，搭乘海底膠囊列車的末班夜車。

歷經接近十小時的封閉車程，在週六的晨曦照撫海水之前，他就能從位於東北海口的車站踏上地面。

胸中壓抑的期待與思念令他容光煥發，當他轉身確認近在咫尺的海洋，總會看見基隆島燈塔在初曦前的一抹殘光。

接著，帕達卡會直奔位於老臺北城區的一間違章公寓，在那裡度過整個週末，直到週日夜幕降下，才驚覺假期已盡，依依不捨踏上返程。

今年初始，有鑑於執行人員的健康數據長期未見改善，「暗體智慧研究所」科研島總部決議讓全體執行人員改為週休三日。照理說，現在帕達卡從週五就能跑來臺北，拉長停留的時間，但他沒有。

帕達卡已經很久不趕夜車了。多一天休假，未被他留給任何人。他通常只在家中整天昏睡，或應同事邀約外出廝混。無論縱情狂歡或過度休息，都讓他在睜開眼睛時頭痛欲裂，因此兩件事情好似沒了差異。

前來福爾摩沙島這件事，從替生活充電的動力來源，成為純粹的例行事務。帕達卡不再每週都跨越半個太平洋的距離，來到這個他從來不夠熟悉的舊島嶼。他會以工作忙碌為由跳過一次會面。有時是真的，更多時候完全不然。

帕達卡從未特地下定決心，才讓行為發生改變。他只記得在某個平凡無奇的夜晚，國家太空中心傳來消息，說弦交疊區探測器「福爾摩沙三〇七號」在任務途中憑空消失。

他在冰箱前面盤腿坐下，思考了一會這是怎麼發生的，就錯過了原訂的長途夜車。

那是第一次。後來的每一次，就接續著發生。

如今他會等到週六早上或中午，才慢吞吞地整理起過夜用品，在膠囊列車的整趟車程裡，頂著槁木似的面容處理工作報告，並在車輛到站時擠壓意志力，好讓快要應聲斷裂的身體硬生站立起來。

離開車站後，帕達卡不再回望海面，即使海風的味道是多麼明顯。

他沒再去那棟違章公寓了。有那麼幾次，他甚至哪裡也沒去，就是只到湖邊的酒吧坐一坐，就返回科研島。他自問有哪個傻瓜會花十小時，到群島的首都去喝個爛醉，然後再花十小時回家。但是那顆空蕩蕩的心臟裡頭，總是只來一聲口吻調皮的：你呀。

這夜，他也將十個小時貢獻給太平洋深黑的海水。

差別在於今天是週三，不是週五。

他認真以為自己上計程車時，是請司機開往「寧心療養社區」，但等意識過來，卻發現車輛開在湖畔道路，正朝著常去的酒吧奔馳。

一盞盞路燈輪流切斷後座的漆黑，以及帕達卡的臉龐。

他總共接了三通電話。

第一通來自實驗大樓的第九小隊調度室。

「哈囉，傑西・帕達卡，我是你最喜歡的調度員郁南。」

「我剛離開就想我啦？」

「只是發現你今天不是週五的固定外出，確認一下一切都好嗎？」

「要是很好就好了。」

「你一早就離開院區，連任務週會都沒參加，趙胖說他很餓，我就把你的便當拿給他了。」

「那他欠我三百塊。」

「太貴了吧，是把金箔當胡椒灑嗎？好啦不閒聊了。你這次是申請緊急外出。要是在期間違規，後果會很嚴重喔。二十四小時之內一定要返回科研島，至少要刷過海底膠囊列車站的閘門，或從機場通關……啊，但我現在看到，福爾摩沙島的班機好像都停飛……」

「我又不是第一天外出……車都訂好了啦。妳在系統上也可以看到吧。」

「沒辦法，照規定就得念這些內容。你就當成信用卡的繳費提示語音吧。好，剩最後一段了。你下一次暗體任務安排在本週六，請嚴格管控體況，保持身心穩定。睡眠要充足，正常進食，避免進出高輻射地區，血液酒精濃度不能超過百分之〇點〇一……」

「我這輩子去過輻射量最高的地方就是暗體好嗎。」

「尤其是酒精濃度。帕達卡，通訊環如果偵測到任何一項數值超標，你又要被當地警察帶回去了喔。」

「知道了，媽媽。」

郁南哼了一聲：「小心，別又被界外的鬼魂帶走了。」

第二通電話來自中研院暗體智慧研究所的所長，人稱小婷老大。

「傑西，我是小婷。」

「所長。」帕達卡坐直了些。這是他第一次跟傳說級人物談話。

「今天我跟氣象局開會，聊到福爾摩沙島的霧。我想私下請你幫忙，帶幾瓶空氣樣本回來科研島。」

暗體智慧研究所的總部位於科研島，但在福爾摩沙島上也有分部。小婷老大沒請分部的人幫忙，特地跑來找他，不免激起帕達卡的好奇。

「這霧跟暗體活動有關嗎？」

「就目前福爾摩沙島的觀測狀況，應該是一般的平流霧。但保險起見，我還是希望送個分析。這件事是記錄外的非正式任務，交給你了。」

「收到。」

「對了……」小婷老大的聲音在遠離後拉近，「別讓你們小隊指揮官知道這件事。她會罵我濫用職權。」

帕達卡笑了。這看法相當有理。

第三通電話正是來自准他緊急休假的第九小隊指揮官暨副所長，碧碧・伊培艾。

碧碧說她只是撥錯電話，順口提了句：

「如果你需要更多時間，可以下週再回來，系統那邊我來處理。」

帕達卡打趣表示，自己等不及回去出任務了。碧碧沒說話，但隔著電話都能想像那皺起的鼻尖。最後，她用接近命令的口吻建議他關掉工作頻道的通知。

帕達卡照碧碧的話做，關閉通知後闔眼歇息。

通訊環微微震動。

白光一閃一閃，推動著他的眼皮。

帕達卡沒有多餘力氣接更多電話了，僅僅思索何時該請司機調頭，去原本該去的那個地方。寧心療養社區。他的手指在空中微轉，掛斷電話。

通訊環又亮了。

他睜開眼，看了來電名稱後切斷電話。

通訊環又亮了。

他再一次切掉，但不死心的通訊環持續閃爍，照亮他滿是鬍渣的下巴，映在後照鏡裡，像某種鬼魅。

「你不接嗎？」司機問。

「應該是又想死了吧。」帕達卡說。

司機沒再回話。

通訊環的微型螢幕跳出一行字，無聲流動過去。

可不可以告訴我，為什麼——

帕達卡微抖手腕，將訊息刷掉。接著是下一則。

我需要聽你的聲音。拜託。

接著是下一則、下一則、下一則、下一則。訊息跳出的速度過快，在圖示邊累積成不斷增加的數字，帕達卡什麼字也看不見了。

他在心裡練習著一句簡單的話：請掉頭開去寧心療養社區。

請掉頭，開去寧心療養社區。

請掉頭，開去寧心療養社區。

帕達卡終於張開嘴，但隨即錯過發話時機，因為司機急踩煞車。車輪高聲尖叫。整臺車往對向車道飄移過去，司機及時扭轉方向盤，好不容易才將車輛拉回原本的線道。

「哎，臭貓！」

司機對著白茫霧氣揮手宣洩憤恨之情，車身因而再次震盪。

「這幾週都這樣子。市區跑出一堆動物，貓啊狗啊老鼠的……老是在馬路上跳來跳去，我都不知道撞死幾隻了。煩死人，修車洗車都很貴的啊……」

帕達卡稍微拉鬆安全帶，伸展被勒痛的胸口，聽到肋骨喀啦一響。

「我看這霧一定有問題。不是那個暗體什麼的科學實驗出意外，就是三戰根本還沒結束。」

「還三戰哩，都二十幾年前了……」

「年輕人，你好天真。五四年他們就說三戰結束了，結果到了六八年，聯軍還不是又炸掉一個島？」司機說，「六八年光星飛船離開地球，一堆人親眼看到，那個升空影片也不知道有幾億次瀏覽了。結果後來還不是一堆人說光星人還在地球上活動……反正，群島政府說的話我都不信啦。暗體跟三戰都是爛東西。」

帕達卡暗想，最好別讓司機知道他就是個暗體執行人員。

「如果只有臺北起霧，還可以說是天氣、季風、汙染源什麼的，但今天新聞說東京跟首爾也起霧了，這你怎麼解釋？」

帕達卡想起小婷老大交辦的任務，對那提前布局的謹慎心生佩服。無論生活周遭出現什麼異狀，乾旱、洪水、極端低溫，就連股價大跌，府院高層和議會總要第一個找暗體智慧研究所的麻煩。當事情不太好，怪給暗體就對了。雖然大部分時候，都會找不出關聯性而不了了之。

「可能是地球終於要毀滅了吧。」最後，帕達卡如此說道。

「我也是這樣想。」

司機十分滿意，在酒吧門口放他下車。

沒帶傘的帕達卡在小雨中仰頭，凝視頂上持續湧動的霧氣。

他猶豫是否該拔腿奔跑，把那臺計程車追回來，叫心情好的司機把他載回真正應該去的地方。

寧心療養社區。

寧心療養社區。

寧心療養社區。

或許是錯覺，有一瞬間霧氣散開，扯開一小片黑藍色的天空，以及幾簇閃爍的光。帕達卡將上弦月看成一把搖搖欲墜的生鏽刀子，於是短暫祈禱，它能掉下來取走自己的性命。但月光還沒能抵達湖面，就被霧氣接走，通往天空的洞口也被縫起。

他感覺體內正持續著一場頑固不化的對抗。一個軟弱的念頭，想打電話給同小隊的偵錯員，跟對方講些足以放鬆心情的無聊話。但他努力克制，因為不願讓任何人察覺他談笑調侃惹事生非的皮囊下，事實上如此麻木悲傷。

霓虹燈光刺上鼻尖，在眼窩折射，將帕達卡的面容切分成數塊。他意識到酒吧裡的鏡球正在旋轉。極目望去，滿屋子的半裸壯漢，正和打扮豔麗的女孩們忘情舞蹈。

玻璃那端，熟識的酒保拋來一道充滿暗示的眼神，下巴指向吧檯前的妙齡女子。在那一刻，是酒保替帕達卡做出選擇。

於是，他拍掉褐色皮外套上的雨水，變回那個過度活潑的淘氣男人，走進店裡。

3

十分鐘後，帕達卡坐在吧檯最右側數來第二個座位，把玩著安雅的訂婚戒指。女孩們不再跳舞，全都圍過來聽兩人對話。裸身舞者獲得意料之外的歇息時間，紛紛跑到啤酒機旁跟酒保要東西喝。

「所以說，暗體究竟長什麼樣子？」

準新娘安雅將長髮撩至耳後，攪動一抹熱呼呼的香水味。

「有人推測，暗體可能是位於黑洞事件視界後方的一個場域。在那裡面，時間以多維度的形態存在，過去和未來共存，因果沒有順序，隨時都在重組。」

帕達卡收下安雅的白眼，佯裝無奈偏偏頭，換得她的微笑。

「很多人都對暗體的模樣感興趣，但它其實沒有那麼遙遠。」

帕達卡將她的訂婚戒指套進自己的左手小指，在第二指節卡住後拔出來，再依序套過無名指、中指，最後用拇指和食指握住，對準安雅的左眸。

「如果妳想要，今天晚上就能去。」

安雅感覺輕趴於肩上的朋友發出微小嘆聲，挽著她手臂的那個，則稍微拉緊了些。女孩們感到興奮，因為分不清帕達卡的話裡是否加了些誘惑的意圖。安雅的位子離啤酒機最遠，卻也察覺眾脫衣舞男的話聲轉弱。一時之間，整間酒吧裡的人未必看向此處，但都默默等待帕達卡的下一句話。

「夢。」

帕達卡吐出那個詞。

安雅感覺空氣緩緩通過鼻腔，心跳正在加快。

「有研究指出，人類的夢境是暗體最稀薄的邊界。如果把暗體比喻成一座海洋，那每個人所做的夢，就是在海岸線上碎裂的浪花。有些人在一生中，會不斷夢見同個夢境。那就是他們少數存在著控制能力的夢，我們叫這種夢『鬧口』。妳有這種夢嗎？安雅。」

安雅馬上就有了答案。

不論幾歲，她仍經常夢見自己又返回學校。那通常是寒暑假的最後一天，她必須在有限時間內，把所有個人物品給帶回家去。明明已經提前做好準備，不想成為最後一個離開教室的人，偏偏總是收拾不完，只能焦急地眼看同學們逐一離去。她也會夢見自己正在用刀割扯身體，把內臟一顆顆掏出來，給販子論斤秤兩，換成遠遠不比想像的微薄金錢。

「我總是一醒來就忘了。」安雅說。

「我經常夢到跟裸男一起跳舞。」趴在安雅肩上的女孩說。

所有人都笑了。

「夢境反映著人類最深層的思維，恐懼、創傷、焦慮、渴望……有人說過，那是最古老的黑暗。這句話沒有錯。在比夢還深的地方，有著暗體的入口。」

「你的意思難道是，每個人都能進入暗體？」

安雅接回婚戒，指腹滑過帕達卡冰冷的指節背面，感覺到他稍微握著不放，眼裡存在狡黠，確認她的失措才鬆手。

「如果妳能跨過浪花，進入深水區，而且沒有溺死的話。」

帕達卡放輕聲音，同時眨了個眼。

「但通常，一般人的腳尖碰到海水，就準備好醒過來了。在一個夢剛做完的三到五分鐘內，其中一半的內容就會流失；牙都還沒刷完，就忘得一乾二淨了。曾經建立過的空間、氣味、光線全部淡去，連痕跡都沒有。留不住夢的人，永遠無法靠近暗體。」

「那你呢，你跟我有什麼不一樣？你更會做夢嗎？」安雅笑問。

「我的夢境如果不被打斷，就永遠不會結束。」

「意思是會一直睡下去？像睡美人那樣。」

「實際上的時間，可能跟一場普通的小睡差不了多少。只是如果意識不斷離岸，沒有回歸……」

「就會爆炸，對不對？」

吧檯遠端，一名裸身舞者突然插話：「聽說你們執行任務的那個艙，是可以隔離輻射的防爆艙。

有很多人都死在裡面。」

窩在安雅身邊的女孩們，現在稍微拉開距離，不再彼此緊抱。

帕達卡在人群的眼裡找到畏懼，眼角因而發光。人們在英雄敘事裡遇見醜陋，掩飾不住嫌惡的神情，是他最享受的片刻。

「喂喂，你們知道暗體公務員是有簽保密協議的吧？」酒保對著人群揮揮手，「別害我生意做不下去。各位，繼續跳舞吧。」

4

在酒吧無人的廁所，安雅靠上前去，吻了一會帕達卡。她感覺到帕達卡酒氣充沛的嘴唇微微好笑似地動了一下，隨後溫順有禮地抵住她的唇。過程中他們都發現，帕達卡腕上的通訊環在發光。他看一眼，伸手捧起她的臉，給出更為積極的回吻。

她一直記得那行訊息。

寶貝，你會沒事的。

幾分鐘後他們回到吧檯。帕達卡正要接過酒保整罐送上的第二瓶奇峰蘭姆酒，腕上手環突然發出刺眼的紅色強光，伴隨著長長的「嗶——」。

被調整成靜音模式的通訊環，發出溫柔的語音聲。

「監控病患心律為零，請聯絡寧心療養社區。」

從安雅的角度看過去，帕達卡左手握著酒頸，將酒懸在空中，好似左半身被施法變成了雕像。他僵硬的右指靠近手環，想抓取出那份緊急通知。

寧心療養社區在下一秒來電，這次帕達卡接了。

安雅從旁隱約聽到「從山崖……往下……沒有……」，帕達卡不做回應。

帕達卡久握那瓶酒約莫二十秒，接著就整個人向旁倒下。店裡第一道碎裂聲，反倒來自酒保原本正在擦拭的杯子。他一發現帕達卡怪異的靜止就放掉玻璃杯，急忙往旁繞出吧檯。

於是，事情的順序如下。

酒保弄掉玻璃杯，帕達卡咚隆倒地，手握的奇峰蘭姆酒跟著摔碎，酒液流淌開來。安雅一個搖晃，也從椅面滑落，跌坐在地。

一時之間，酒吧裡的螢幕牆面一齊閃爍起警示通知。吵鬧的音樂倏忽止息，被緊急疏散廣播給掩蓋過去。

能量異常警報。這不是演習，請室內人員全數撤離。

有人大喊：快看，那個暗體的人好像死了！

人群開始尖叫。

相關單位已接獲通知，請勿移動倒地人員。

重複一次，這不是演習。請室內人員全數撤離。

酒保守在帕達卡身旁，大揮手臂要所有人遠離、停止恐慌，更不要碰觸到帕達卡的身體。安雅的好姐妹開始嚎哭。

狂亂的酒客繞開帕達卡行走。他們剛剛多少都跟帕達卡聊過幾句，被他的談笑風生給點亮心情，也有些人跟他交換聯絡方式，但現在他們推擠著湧向門口，想盡快逃離一場想像中的爆炸，越遠越好。

有短短幾秒，安雅就僵坐在帕達卡身旁一公分，慌忙控制場面的酒保身後。她壓抑驚恐，看見帕達卡的手腕內側斜插著一片奇峰蘭姆酒瓶的碎片，剛好切在動脈附近。

她仰頭確認，酒吧裡唯一一臺監視器被旋轉的鏡球遮擋，拍不到她的所在處。絕佳的機會翩然到來。這是酒保的視線死角，或該說對方根本無暇懷疑，更別說能夠想到她的盤算。

往內刺深一點，然後用力拔出來，就結束了。

安雅抓住那片現在共享著帕達卡體溫的碎片，使勁壓下。然而在使力的瞬間，她的兩隻指頭卻只捏到了空氣——

插在帕達卡手腕上的玻璃連同他的整個身體，一起憑空消失了。

5

人群逃離後，酒保用袖口抹掉額邊的汗，往吼叫到嘶啞的喉嚨吞入口水。他的手在抖，但設法自圍裙口袋找到半支白色粉筆，在木地板上歪斜拉線，圈出帕達卡消失前的身體輪廓。

粉筆圈起的白色人形，如今僅是一塊濕漉漉並灑滿玻璃碎片的木地板。帕達卡沒能喝到半口的蘭姆酒，在五彩燈光裡閃動，看得出混著幾滴血液。

「他、他怎麼……不見了？」安雅朝著酒保喊叫。

「妳離他太近了。快出去吧。」

酒保攙起安雅，幾乎是用丟的將她推出店外，並火速闔上店門。銅鈴噹啷一響，在音樂已歇的空間內產生突兀回聲。

或許因為帕達卡連同通訊環一起消失，不知為何，從寧心療養社區撥來的電話，竟被轉移到店裡的螢幕上，導致牆面輪流閃現「請疏散人群」和「寧心療養社區來電」的字樣，徒增此情此景的詭譎。

酒保朝著螢幕抓取，將通話轉移至自己的手機裡。

「喂？」

「訊號好像不穩定。您好，能請帕達卡先生聽電話嗎？狀況有點緊急。」

酒保望著粉筆畫出的白色人形。

「抱歉，他現在自身難保，沒辦法處理任何事情了。」

幾個月前，帕達卡也曾在這間店裡倒下過。

即使身體動彈不得，在失去意識前，他仍能用輕鬆語調，請酒保拿粉筆圈出他的身體，笑著說很快就會有人來處理了。令酒保最難忘的是，當警察和背上寫著「暗體急救」的醫護人員抵達現場，全員都穿著防爆衣。

他們稱讚酒保做了正確並必要的緊急處置，告知帕達卡發生了「精神塌縮」，也就是意識在非任務期間意外剝離現實，基於不知名的因素墜進暗體。此時最忌諱移動身體，若意識隨後無法順利對接，可能會引發帶有伽馬輻射線的小型爆炸。

醫護人員拿出一臺跟體外心臟去顫器AED長得相像的小型儀器D-AED，但電擊貼片並未放在心臟附近，而是小心貼覆帕達卡的兩邊太陽穴。那是一臺「意識去顫器」，據說是挪威暗體機構的發明。醫護人員操作儀器，邊跟他們口中的「暗體總部」視訊通話，說要對帕達卡傳輸「引路訊號」。

急救持續整整六小時，帕達卡才重新睜眼。

確定可以移動帕達卡的身體後，現場人員全數撤退到店外，叫來搬運機器人，將帕達卡移進特殊車輛載走。包括酒保在內，所有人明顯鬆了一口氣。但緊接著又來了一批人，拿著輻射檢測儀在店裡東量西測，確認沒有輻射外洩才離開。

時間回到此時此刻，酒保不知是否該慶幸有過先前的經驗。但面對眼前狀況，他的不安只有更加強烈。

這次帕達卡連身體都不見了。他雖然圈起了身體倒地的位置，但上次那些急救措施該怎麼執行？

就算醫護人員帶來那臺機器，貼片大概也只能放在空氣上？

上回帕達卡重返現實，曾笑著感謝大家沒有踩到他。他高聲頌揚偉大的挪威人，以及醫護人員小姐帶給他的「新鮮陽光」。但這次呢？

警笛聲由遠方靠近。酒保轉向外頭，發現安雅竟還在看著此處。

他揮揮手臂，吼叫著要她趕緊滾開。

6

從帕達卡的角度，他覺得自己只是想了一下，小凱最後傳來的那句話。

寶貝，你會沒事的。

這怎麼可能？

他盯著吧檯牆上的鏡子，爬滿血絲的眼球濕濕亮亮，耳內持續尖長耳鳴，指頭緊握著請酒保整罐送上的第二瓶奇峰蘭姆酒。他在親吻安雅前，態度隨便地回傳了訊息，說自己正在趕路，晚點回覆。

謊言成為他的最後一句回答。

安雅跟吧檯在他看來轉了九十度。因為他和蘭姆酒一同臥向地面，一呼一吸之間，可以感覺腹部深處燒灼疼痛，而被地板黏住的臉頰、耳朵，則傳來時即時離的撕痛感。曾在巴貝多沉睡十二年的芳馥香氣，在破碎時發出咕嚕聲，流遍不被燈光照撫的木地板，浸濕他的襯衫、及肩而束在後頭的深色捲髮，令他發冷。

他腕內通訊環上的八角螢幕，繼病人心跳停止的尖鳴後，如今閃爍著另一種紅色警示，提醒他處於「精神塌縮」的邊緣，恐有生命危險。

帕達卡轉動眼球，注意到跌坐在自己身邊的安雅。

她看起來出奇冷靜，捏住插在他手腕上的玻璃碎片。帕達卡很確定感受到了她向內壓深，以及準備猛然拔出的力道。他有點好奇：即使他自覺該死，今日初次相識的她，又為何會想置他於死地？

但接著，他的整個身體就離開現場。

當意識流向海的遠方，他問自己，愛是什麼？

徒勞無功的身體力行，失去活力的溫熱撫觸，親吻毫無興趣的陌生人，能夠跋山涉水而來，連一面都不肯相見就又離去。

他最初想像過愛人的方法，恐怕不是這樣才對。

他又一次想打電話給隊上的偵錯員，他覺得他早該打那通電話的。他不曉得的是，後來他再也沒有見到對方了，也無法再撥電話給對方。

該死的電話。

7

以上就是二一八〇年九月二十七日上弦月的夜晚，傑西‧帕達卡在島001「福爾摩沙島」所發生的一切。

這是被寫入暗體發展史的一次「精神塌縮」。帕達卡使用了三十四年的身體自地表暫時消失，心智朦朦朧朧，到「意識花園」去逛了一圈。

恍惚之間，帕達卡莫名聽見各小隊調度員和麻瑰的系統對話。在那之中有第九小隊的郁南、第三小隊的阿斌、第七小隊的嘉遠。

他聽見麻瑰為調度員分析暗體與表層世界之間的時間換算率，與調度員商討隊伍最多能前進到「影海」多遠的地方。帕達卡誤以為自己身在暗體，於是大聲呼喊調度員的名字。但是，熟悉的戰友皆無回應。他成了鬼魅般的存在，著迷傾聽著人工智慧與人類合作的情景，像是行動劇。不知多久過後，他在虛空中陷入睡眠。

也因為這樣，他始終沒有前往寧心療養社區，或為小婷老大取得福爾摩沙的霧氣樣本。小婷老大不會怪罪，畢竟樣本仍在幾天後輾轉送到了科研島。

不過到了那時，暗體智慧研究所的全員又要碰上一樁棘手事件，導致樣本的分析再次延後。

因此，是時候來談談尤珀了。

北威爾斯的城堡　二一七一

1

這時尤珀二十一歲。她從默默無聞的大學肄業，離開了繼母位於杜鵑島的家。

聽說在一百年前，國內所有島嶼曾經都只有編號。群島政府占領了海底火山大爆發中驟現的多塊新陸地，並因海底地形、洋流等環境因素變得有利，持續在周遭建設出更多人工島。

於是，東亞島弧中心的那座小島和七群列嶼，猶如一盤被嘩啦傾倒的星子，從西不斷向東飛舞、蔓延，終於成為太平洋上的銀河腰帶，由船隻和獲得突破性發展的海底膠囊列車彼此相連。

在島嶼間四處遷徙、定居的國民認為：我們需要喜歡自己的新國家。

即使它形狀零散，不如大塊陸地那般遼闊，島無疑是海的靈魂。當我們為土地取下名字，就等同於將生活的根扎下。最終，數百個島嶼都擁有了名字，例如島030就成為了「杜鵑島」。

尤珀在杜鵑島上從十二歲住到二十一歲。這九年間，她一心打算成為人工島技師，幫助這些玉米片能持續漂浮在大洋之上，為政府的野心推波助瀾，如生日派對上的拉炮亮片，朝北邊、南邊灑得更遠，讓島嶼編號或許能在某天突破四位數。

尤珀從更小的時候開始，就被托上這條明確的人生道路，輕輕一推，她就開始懵懂前行。繼母、身旁友人，甚至她自己都不認為這有什麼問題。這是全球人工島的時代。棲地復育、人口壓力、居住正義、綠能農業、對大自然的需求與嚮往、從零開始規劃完美城市的美夢，全數能在人工島上覓得希望。

被總稱為「人工島技師」的島嶼規劃師、結構技師、城市生態營造師、循環系統設計師、大洋網路系統工程師，終於聯手敲開舊時各大城市的鳥籠，將渴望自由的倦鳥領向了夢幻島。

尤珀原本確實是這樣打算。

不過，她卻也在期末考當天離開校園，搭乘天曉得共計幾天幾夜的船班，前往島100「奇萊島」，參加了暗體執行人員的面試。

最初，她是在中研院暗體智慧研究所的招募頁面上，意外展開了這趟旅程。

在煩躁到不想用功的夜晚，她盯著窗外滿開的白花羊蹄甲，突然有了這個念頭。於是，她花費一個半小時，瞇眼研究那個黑漆漆但資訊量完全不敷所需的網站，填寫了基本資料、「執行人員潛質量表」，以及一份隨之而來的「夢境經驗量表」。

接著筆試就結束了。她一度驚訝，一個世界級暗體智慧研究所的招募考試竟然如此簡陋，連高中物化數之類的東西都沒考，就光問些她夢裡的小細節。

隨後半夜四點，她收到了奇萊島面試的通知。

2

奇萊島的面試場地，是一座位於高海拔山區的小屋。一樓孤零零擺著一張木桌，桌邊緊靠著四張椅子，此外沒有家具，簡直像電玩遊戲裡尚未搭建完成的初階場景。

面試官手拿兩個馬克杯，踩著吱嘎作響的木梯下樓，劈頭就要尤珀選個位置坐好。

尤珀在心中默數，一、二、三、四。

靠近面試官和樓梯的椅子是一，背對明亮窗戶的是二，最靠近門邊的是三，隔著桌子面窗的是四。

尤珀選擇四號座位，面試官則繞了一圈，坐進桌子另一端的三號座位。

「告訴我，妳為這場面試做了哪些功課。談談妳對暗體有多了解。」

面試官睡眼惺忪，將冒著熱氣的兩個杯子放上桌面，甩甩手，像是很痠。

「『暗體』領域從二〇九〇年代就出現了，在那時候的地位，是根本沒人想選的冷門研究科目。有些物理學家認為那是腦科學的領域，甚至覺得物理大樓裡面有這種研究室很可恥。」

尤珀講到最後一句，面試官在馬克杯後頭岔氣一笑。

不過，這位在每隻手指上各戴著兩三只雕花戒指的老奶奶還未滿足。

「別以為耍小聰明會加分。」

尤珀轉換策略。

「簡單來說，腦科學家在對大腦皮質釋放位於特定能階的基本粒子，將意識推進了某個不知名的空間。最初裡面總是一片黑暗，所以被稱為暗體。人在那裡頭可以不斷向前行走，永遠都找不到邊境。在一個丹麥團隊的實驗裡，曾經有受試者整整走了三十三個小時，全身陷入脫水狀態。那是目前史上最長的黑暗行走記錄，只不過，最後什麼地方都沒有抵達。」

「少女，妳知道關島離這裡有多遠嗎？那船都快把我這把老骨頭給搖散了。」

尤珀搖頭。她連現在這個奇萊島的實際位置都一知半解。

「我今天為了面試妳，可是耽誤了我孫子的忌日。能不能說一些物理教科書上沒寫的東西？」

老奶奶打哈欠，滿是皺紋的手指在桌角飛舞游移，指腹噠噠敲擊。

起初，尤珀以為那是煩躁的展現。定睛一看才發現，那兒用小刀類的刃物粗糙刻著一個八度的黑白鍵。她忍不住想知道，對面試者不滿意的老奶奶，已經在上頭彈了多少曲〈月光〉。

尤珀望向窗外的尖角山嶺，發現下雪了。她一度覺得沒什麼好說的了。她也沒有非得如此不可，去求一個好像本來就不屬於自己的未來。但在感覺此事的終末或將來臨時，她反倒想起一些很可能往後都不會再想說出口的話語。

「二一四九年，第三次世界大戰爆發後，一對長年研究暗體的學者伴侶，展開了前所未有的實驗。他們建立一套不為人知的標準，接連篩選出幾批兒童，把那些孩子的意識送進暗體空間。接著第一次，暗體裡出現了光。」

從眼角餘光，尤珀看見，無聲的鋼琴彈奏暫停了。

老奶奶第一次正眼看她。尤珀盯著落下的雪，直到那片被她關注的雪花隱沒至窗框下方，就再抬起眼，尋找另外一片。

「首先，天空開始發亮。孩子們發現，原來他們站在有重力的地面上，不在空中、也沒有奇妙的漂浮。空氣、站立的感覺、微微的風，就跟真實世界的體驗沒有兩樣。接著，童話裡總會出現的彩色馬兒突然跑了過來，全身散發魔法般的漂亮光芒，輪廓歪七扭八，像是用蠟筆畫出來的。暗體裡接連出現孩子們都喜歡的卡通人物，大部分都軟綿綿的，特色是會發出可愛的叫聲，看到有孩子睡著，就去靠在旁邊，好像怕他們會著涼。」

尤珀握住馬克杯的握把，迎上老奶奶的雙眼：

「那些小孩，後來全都死了。」

3

第二場面試，發生在島285「大武山島」的一棟民宅裡。尤珀跟隨導航抵達時，一度以為自己搞錯了地址，因為那幢房屋實際上就是一個家，面試官所住的家。

「我沒有什麼想問妳的。」他雙眼凹陷，眼球充滿血絲，挽起襯衫袖子的手臂上滿是密密麻麻、泛黑的針頭痕跡。

「他們把我排在面試裡，只是想讓大家看看，一個執行人員的晚年可能長成什麼樣。或者該說，一個執行人員如果沒有在對接艙裡暴斃，通常是怎樣提早退休的。一場面試我可以拿到七千塊。我叫羅伯。」

「七千塊……好多。」

尤珀在心中計算。要是她每場面試也能拿這麼多錢，大概就買得起海底膠囊列車的車票，也不必三餐都吃麵包了。

「所以我幫妳買了汽水跟披薩。開始吃吧。」

他向後躺進沙發，雙腿伸長交疊，擱到擺披薩的茶几上。

反光如鳥掠過眼邊。尤珀在羅伯擺上面的那條腿看見自身半開的嘴，因為那是裝載著粉綠色外殼的仿生腿。

「好漂亮……」

她忍不住驚嘆，接著淺淺吸氣，擔心這反應對羅伯有些失禮。

「沒關係。我也好喜歡這個顏色。」羅伯拿披薩紙巾擦掉仿生腿表面的指紋，將腿左右微轉，好讓尤珀看清楚鈑金裡數不清的銀亮小點。

尤珀笑著，覺得閃耀變化的細碎亮光就像人行磚裡的玻璃砂，能夠帶來喜悅。

「如果一場面試拿七千塊，就能經常更換外殼。」羅伯說，「就像光療指甲那樣，刮傷了就重做，換成別種花樣。妳做過嗎？」

尤珀搖搖頭，羅伯雙手疊於腹部，發出嫌棄的嘆息。

「我做過。」他稍微輪流抬起五隻手指，「其實滿棒的。」

「等我開始賺更多錢，就能做了。」

「如果妳通過這一連串天殺的面試，妳會拿到比每場面試七千塊還多的薪水。就算一星期做五次指甲也綽綽有餘。前提是妳沒因為出任務把自己搞到殘廢。」

尤珀從仿生腿的球鞋一路往上瞧，看見羅伯拉高運動短褲，大方露出殘肢的銜接處。那兒的神經與皮膚已和仿生腿緊緊相連，因此他能憑意志彎曲腳指，夾起一塊披薩遞到手中，也能在社區球賽裡踢出超乎常人的球速，因而在敵方球隊的抗議下被列為禁賽選手。

「發生了什麼事？」

尤珀覺得羅伯在等她問這個問題。

「我是個『補漏人』，負責在『沉想員』建構出大範圍環境或建築之後，去修正跟補足需要的細節。」

見尤珀一臉懵然，羅伯又發出嫌棄的嘆息，有點像牛在叫。

「哎……用簡單的比喻，如果沉想員是負責蓋房子的建築師，補漏人就是室內設計師。如果沉想員是大廚，補漏人就是備料員。大廚現在說要做瑞士起司火鍋，那裡就會有一鍋不管外型、顏色、質地都很像的東西出現，要讓它成為更逼真、甚至真正能吃的瑞士起司火鍋，就得由我們補漏人來創造鍋子裡面的用料。我這樣說夠明白嗎？」

尤珀頷首。

「那時我們整個小隊，都在沉想員打造的安全屋裡。應該是在討論行進路線吧。然後突然就發生了『裂解』。以剛剛的比喻，就是基於某種難以說明的心理因素，蓋好的房子撐不住，馬上要垮掉了。我很快就造出一道小門，讓其他人扛著那個失去意識的沉想員逃跑。妳可以想像一下，現在，裝著瑞士起司火鍋的紅色鍋子突然開始閃爍，隨時都會消失，就算我準備了那麼豐盛的火鍋料，奈米級的解析度、逼真的美味，最後也都會全部流光。那次任務結束後，沉想員心跳停止，我這隻腿也沒了。」

「我還以為，你們出任務時是躺在一個……艙裡面？」

「對接艙。但別以為關在裡面，就安全到哪裡去。我強烈認為，那個艙應該是設計來保護實驗室裡面的其他同事吧。執行人員在暗體裡受到的物理創傷，會以逼近真實的程度反應在實體上。為什麼呢？因為妳的大腦認為，在那裡發生的一切都是真的。換種說法，如果妳不夠相信，就根本沒辦法在那裡面完成任何一件事。」

羅伯轉動粉綠仿生腿，上頭的銀光實在很美。

「他們那時緊急停機，穿上整套防護衣，拚了老命把我從對接艙拖出來，直接送進醫務大樓開刀。喔，醫務大樓就在實驗大樓隔壁，方便到好像故意的。我在手術室裡死掉了兩次。那之後我變成獨腿怪人，所以他們就讓我退休。」

尤珀咀嚼著冷掉的海鮮披薩，羅伯用仿生腿將汽水瓶稍微推過來，示意她多喝點，別被這個故事剝奪了食慾。

「進入暗體被列為高風險活動，比衝浪高空彈跳直升機跳傘都更危險。妳可能會瞎掉、必須更換臟器、截肢，但這些還算好的，因為妳保全了心智。下個等級是瘋掉，視情況妳會住在福爾摩沙島或木星島的高級療養鎮裡，遇到以前一起工作的同事，想起很多工作上的回憶，變得更加瘋癲。最後當然就是一般民眾最喜歡嚷嚷的：會死。在暗體環境裡的死法有千百種，但在對接艙裡，實體所呈現出的症狀通常是器官衰竭，或是全身電損傷而死……忘了問，妳叫什麼名字？」

「尤珀。」她補充，「琥珀的珀。」

「真是個好名字，就像是在愛跟期待之下出生的。」

羅伯的語氣煞是敷衍。

「我的故事講完了，妳可以在這裡繼續吃披薩，直到妳開心再離開我家。然後等妳回去，我會給自己再來一劑，以避免讓妳看到不良示範……好了，琥珀的珀，妳還想參加下場面試嗎？」

尤珀懷疑，這是她能自己決定的事情嗎？

與此同時她也明白到，羅伯已經問出了這場面試唯一必須的問題。

4

第五場面試，發生在島062「聖艾爾摩島」近晚的海堤上。

夕陽已從島嶼對面那頭沉入海底，天空中的粉色餘暉正在分秒淡化，空氣裡聞得到雨的氣味。

尤珀在希臘文學課上面學到「petrichor」這個詞，指下雨時土壤的芬芳氣味。「petra」是岩石，「ichor」則是希臘諸神的血液。下雨的氣味，就是岩石的血液。

咚、咚、咚。

穿著紅色簡約洋裝的妙齡女子，順著海堤內側的道路走來。

她將熟睡的寶寶裝在胸前的嬰兒背帶裡，瘦得缺乏肌肉的白皙手臂舉在半空，手掌壓緊草帽以抵擋海風。

女子望見獨自立於堤上的尤珀，甩開跟鞋，留在堤下的路旁。她赤腳爬上混凝土樓梯，並在最後一階伸手，要尤珀拉她一把。

尤珀將很可能沒大自己幾歲的面試官拉上堤頂。

她從嬰兒背帶的縫隙抽出一塊野餐布，在風中帶勁甩開。尤珀踮腳，幫忙抓住瘋狂舞動的布角，壓至提頂表面，將鼓起的空氣向旁推出。

面試官撐著尤珀的手臂，邊哀鳴著屈腿坐好。尤珀看見她寬鬆洋裝下微凸的孕肚，以及腳踝上一只有銀光水平流動的電子腳環。

「呼。一次帶兩個還真累。」

她介紹自己名叫郁南，職位名稱是「偵錯員」。因為懷上寶寶，依法在兩年內都不可進入對接艙。但上頭老闆好似認為養兩頭小孩還不夠累，一天到晚就指派她當面試官。

尤珀盯著那張精緻的臉瞧，想起曾在書店看過郁南的臉——就印在《影海微光：暗體背後的科學真相與大膽假設》這本暢銷書的封面。那本書甫出版就被各大學的暗體系所列為必讀書目，包含後續的相關作品，都被翻譯成數十種語言，成為學界裡最具爭議、也最津津樂道的話題。在尤珀沒能畢業的母校，甚至有教授直接拿郁南的著作當教科書。

即使郁南大概有數不盡的版稅可以拿，尤珀還是好奇她一場面試能拿多少錢。

「兩年過後，妳會繼續回去出任務嗎？」尤珀問。

寶寶圓胖的臉頰似在散發月光，高尖立體的鼻子已有了郁南的氣息。

「那當然。」郁南張大化著淡妝的眉眼，彷彿想起煞是著迷的事物，咧嘴露出白齒，「我想不到有什麼東西比暗體更讓我覺得興奮。這個宇宙的奧祕、人類文明的未來，全部全部都藏在那裡面。光想到這個，就好希望我的孩子們趕快長大，親眼看看媽媽創造的歷史。對不對呀，嗯？」

郁南將手指放進寶寶肥滿的麵包掌中，小圓指收攏了些，將之緊覆。

現在尤珀知道，郁南跟羅伯是極端的對照組，對暗體抱有的動力顯然天差地遠。

相較於齒輪四散、渾身疲憊的羅伯，郁南的發條大概就插在背中央，咯啦咯啦穩定轉著，炯炯目光長期有力地投向遠處。她並不是不會感覺辛苦，甚至也沒比某些人來得強韌。她只是坦然於做選擇所必須付出的代價。

寶寶眉心一皺，緊閉萬般委屈的垂眼，突然就張嘴大哭起來。

郁南發出噓、噓的安撫音，解開嬰兒背帶，抱著孩子搖晃上半身。但她並未緊盯著寶寶，反而望向遠方陰霾的海面，將眼瞇起。

「聖艾爾摩之火出現了。」

她遞來一把雙筒望遠鏡。

尤珀將臉靠近鏡筒，聽見裡頭傳來細碎運作的機械音。兩邊鏡筒自行轉動，直到符合她的眼幅。原先分開的兩個圓形視野，疊合出了一艘雷雨中的船隻。

「看桅杆的最上面。」

尤珀聽從指示，將視野沿桅杆往上移。桅杆尖端存在著幾道藍白色的電弧，若火光般左右搖曳，一朝外分岔出枝芽就倏忽消失。

她放下雙筒望遠鏡：「看起來是某種放電現象？」

「這個島的位置經常發生雷暴。電位差一大，電漿放電就發出藍光。那就是聖艾爾摩之火，也成了島嶼的名字。」

郁南將長直髮從頸後攏向右肩，低頭察看左腳的腳環。原本橫向流動的銀光逐漸轉藍，線條呈鋸齒狀起伏。

「自從我請育嬰假搬回島上住，聖艾爾摩之火更常出現了。」

最終，在寶寶激昂的哭泣聲中，腳環轉為全紅，發出尖長的警示聲。

天色已在不注意時灰暗。化為黑幕的海面遠方，一道電光自高空打下後淡去，吸引尤珀轉向該處。現在她看得更清楚了。放電的直線向下劈打，忽而自左方、忽而從右方冒出。看似隨機，卻以過分壓迫且持續提升的速度，朝她們所在的海堤疾速接近。

尤珀還搞不清楚狀況，耳裡開始捕捉到漸次清晰的放電聲響——

噗滋！噗滋！

分裂增強、向外蔓延，一路逼至灰白的浪花線上。

「別怕。」郁南持續搖晃嬰兒，但嚎哭沒有停止，跟那簡直具有意識、還在拉近距離的驚人威脅呼應共鳴。

砰——！

轟隆雷音在頭頂上炸開。

尤珀屏息抬頭，鼻尖與胡亂顫抖的細雨在空中相觸。此刻她已不再需要仰賴手中的雙筒望遠鏡，因為海堤道路上的每盞路燈頂端，都出現了藍白色的聖艾爾摩之火。

「很美吧，就像我親手帶來的末日。」

郁南親吻寶寶，拇指輪流撫過那濕亮的兩個小眼角。腳環像是叫累了，不再發出嗶聲，嬰兒也眨掉最後一顆淚水，朦朧著目光返回夢鄉。

「現在這些放電現象……跟妳有關嗎？」

尤珀半張著嘴，細小如塵的雨水停駐於睫毛上。

「有時候，執行人員會把在暗體裡創造的東西帶回現實世界。」

郁南將腳環裡剛接收到的資訊投影至空中，轉動著島嶼周邊的海域地圖，確認了放電範圍、強度那類的相關數值。

「每個執行人員在進入暗體之前，都得先建立起專屬的『閘口夢境』。它必須是一個妳有能力反覆重新進入的夢。當妳能對這個夢獲得百分之百的控制，系統才會推進下一道進入暗體的程序。閘口夢境是用來確保意識能返回現實的保險措施，跟岸邊的燈塔一樣。」

郁南說著，用耳翼上片狀包覆的耳機接起一通電話，簡潔回報放電範圍不大、面試還在進行，就迅速掛斷。

「我在這個島長大，我的閘口夢境也很有故鄉的味道，基本上充滿了閃電，還有各種形式的放電活動。這原本沒什麼問題，但當它們像這樣跑到現實世界來，就可能不是一件好事。」

郁南從嬰兒背帶裡抽出一把筒狀伸縮傘，按下按鈕，枝幹自動向上延伸，最終成為沙灘陽傘大小的底座立傘。

郁南將傘擺在尤珀手邊，剛好能為兩人和兩個寶寶遮住小雨。

「妳的夢變成了現實。」尤珀簡要歸納，但不太相信自己所說的話。

「沒錯。」郁南拍拍腳環，現在它已經由紅轉藍，「基本上我必須一直戴著這個東東。假如放電現象太過頭，有可能傷害到民眾，它會自動對我注射麻醉藥物，把我的腦袋跟身體放倒。」

「把妳麻醉？那寶寶怎麼辦？」

尤珀難以想像這位孕婦背著嬰兒，在馬路上冷不防倒地的畫面。

「劑量配合懷孕狀態經過調整，而且大概會有十秒左右的警示倒數。所以我的動作必須夠快。放下手邊的一切，找個安全的地方躺下，以免摔到我的任何一個小孩。」郁南撫著肚皮。

「然後呢？妳突然間倒在路上，就那樣一直躺著？」

「當然不會。執法單位跟救護單位，還有暗體院所的人員都會收到通知，第一時間趕來處理。」郁南露齒一笑，「可惜今天的放電等級很小，妳沒機會見識到大場面。」

「怎麼好像……很不方便。」

「沒錯。如果妳當了執行人員，妳也會有屬於自己的『顯影』現象。未必像我這樣具有危險，也可能是更普通常見的東西。比如一個實際上不存在、現在卻突然能夠碰觸到的箱子，或者像房子等級的巨大物體。」

「妳說妳的聖艾爾摩之火可能危害到一般民眾。難道……其他人其實可以跟這些突然顯影的東西互動嗎？」

「呵呵。妳已經互動過啦。」郁南的神情很得意，想必已經如此說過了無數次，「奇萊島的那棟小屋子根本不是人蓋出來的。它最原始的版本，是在暗體場裡面非常著名的一棟雪山小屋。到後來，也成為了妳第一場面試官的顯影物體。」

「那棟房子不是真的？」尤珀頓時迷惘起來，「但我曾經走進去，我在那裡……」

「坐下，對，我懂。妳大概很難消化這件事。但妳有沒有發現，那屋子就像個空殼，沒什麼細節？這主要是因為，那位奶奶在退休之前一直是沉想員，擅長架構，對細節未必有法子。她帶來真實世界的顯影物體，就是那樣空蕩蕩的，只有骨架、桌子跟四張椅子。」

尤珀朝傘外張望。

路燈頂端的聖艾爾摩之火已經消失，綿綿的細雨也幾乎結束。

「這是不是表示，那棟房子……其實也會消失掉？」

「妳本人跟妳的筆試成績一樣聰明呢。」

「假如房子消失的時候，人還在裡面……」

「就會跌到地面喔。然後那個奶奶會生氣，變得比平常更難相處。」

郁南笑著按下按鈕，等傘布折疊收回筒內，插回嬰兒背帶的小口袋裡。

現在，那抹親切的笑容收斂了些。

「尤珀，當執行人員會有副作用。這些效應像後遺症，會在現實生活中持續出現。沒人能保證妳的顯影對日常的影響有多深遠，或多可怕。妳會變成一個以非自願形式影響真實世界的存在，並且承擔著這個結果度過餘生。」

郁南從嬰兒背帶的另一個小口袋翻出筆來，從通訊環的螢幕拉出一張紙面，投影於兩人之間。

「這是一張棄權聲明書。它允許政府在顯影發生時，以專案形式對妳設計需要的流程，以求保護一般公民。拿我的例子來說，我當年簽這張聲明書的時候，並不知道自己會在懷孕期間突然就得躺在路邊，接受腳環麻醉。但現在呢，這就是我生活的一部分。」

郁南將筆放進尤珀手中。

「我有義務提醒，妳可以選擇拒簽，讓這一連串的篩選面試在這裡劃下句點。妳可以回去把書唸完，像一般人那樣去上班、戀愛、過日子。假如妳簽了，但最終沒有通過所有面試，那它也會作廢。」

「為什麼不等到面試全部通過之後，再拿給大家簽？」

「想到一通過面試，這張聲明書就會馬上生效，是不是有一點可怕呢？暗體執行人員是一種家喻戶曉，但是沒人能想像真實處境的職務。我想設計面試流程的人，應該是希望大家在早一點的階段就感受到，它不是一份想辭就辭的工作。它是冒險，也是疾病。它能改變，也能隨時毀掉妳的人生。」

「所以，如果我現在簽了它，會發生什麼事？」

「妳會繼續收到來自下一個島的面試通知。不過，從下一關起，政府會開始幫妳出海底膠囊列車的票錢。」

郁南笑道，在寶寶額頭輕吻一下。

5

第二十場面試，尤珀進入房間，打開事先收到的信封。裡面裝著一張白紙，正中央只寫著一行字：

請面試房間裡的另一個人。

「唉，我感覺像在參加一個永遠不會結束的旅行團。」

從正對面開門走進來的男生頹然放下屬於他的那張紙，對著尤珀激昂抱怨。

「看來他們終於用光面試官了。」尤珀勉強拉動嘴角，當成一種和善的招呼。

男生夾於指縫的信封表面，寫著「傑西・帕達卡」。

帕達卡跟尤珀銜著一張長方鋁桌，在兩頭的鋁椅坐好。

這個房間不大，灰褐色的牆面沒有對外窗，讓兩人同時聯想到警察訊問犯人的戲劇場景。

這時的他們都很疲倦了，也各自有些煩悶的心事。其中一個因素相當明顯——他們很可能都搭乘了同一艘紅眼船班，只為了來到這個島上，在這場發生於凌晨三點的面試裡，跟另一位疲憊的應試者大眼瞪小眼。

「妳想過他們為什麼非得設計出這種流程嗎？」帕達卡將手插進短瀏海之中，稍微向上拉扯，「我已經花了快半年在這些臭小島上繞來繞去。一般人怎麼有辦法跟公司請假來處理這種面試？本來就缺錢的人又該怎麼辦？沒了收入要怎麼過活？這是一種排貧的門檻嗎？」

「就算有錢人也未必能走到終點。他們沒辦法忍受這種屈辱。」尤珀的肚子傳出巨鳴。她無力回天，但帕達卡對此也無動於衷，選擇在尤珀說話時閉眼歇息，能假裝有睡到一秒是一秒。

「他們做過數據統計。百分之五十五的人在前十關就會主動停止面試。那些單純被薪水福利沖昏頭的，則是在前五關就會打退堂鼓，被那個棄權聲明書給嚇回家。不管一個人有沒有錢，他要是沒有足夠堅強的意志，就沒辦法說服自己不斷往前走、接受不知道什麼時候才會結束的考驗……」

帕達卡在空中撐開五指，示意無法接受更多尤珀毫無生氣的碎念。那被捏得直直豎起的瀏海，無聲緩速掉回原位。

「說白一點，這只是在用一種接近酷刑的方式，反覆確認你有多想要一份必須付出一切人生的狗屎工作。」帕達卡指向天花板的各個角落，「搞不好這根本是一場社會實驗？我敢說他們現在正在遠端欣賞我們的對話，準備好記錄我們在精神崩潰的瞬間，到底會不會把對方給掐死……」

尤珀試著撐開半闔的眼，但只看見帕達卡同等憔悴的面容。

「如果你已經對一件事滿腔怨言，但還是在每一次能夠選擇的瞬間，決定繼續做下去，那就是一種自願的奉獻。」

「妳的意思就是我們不斷許願，目標達成有可能一輩子都沒進展的偉大成就。這是我們的奉獻，沒人逼我們。」

尤珀發現彼此說話的語氣都不是很好。他們明明是在抱怨同一件事，卻搞得像是敵意四射的檢討大會。

這當然跟缺乏睡眠及空腹低血糖有關，也跟面試內容與想像中落差過大有關。但她決定既然人都來了，至少做點指示上要他們辦到的事。

「我猜要是為了錢，任何人都可以接受二十場面試，還不知道到底能得到什麼。」

尤珀覺得不是任何人都能這樣，但沒反駁帕達卡，因為覺得不值得再把氣氛搞得更僵。

「所以，你為什麼想當暗體執行人員？」她問。

「我想幫助一個人。」

帕達卡說完就沒再動嘴唇。正當尤珀以為他不打算講了，他像是樂於拿鋁椅殺人的凶惡表情上，首度出現一絲緩和的鬆懈。

「我愛的人。」

「這樣呀。」

尤珀覺得那好像是個無懈可擊的答案。

「那如果這場面試，我們之中只能有一個進入下個階段，你就當那個人吧。」

「這又不是什麼把彼此殺了才能存活的遊戲。妳陪他們玩這場鬧劇，只是為了來這裡成全我的嗎？還是妳也是他們雇來的真的面試官？這其實是一場假裝不是面試的真的面試？」

「先生，我跟你一樣累好嗎？」尤珀忍不住抱怨，「我早就已經不知道自己在幹什麼了。你就不能好好說話嗎？」

但帕達卡並不領情。

「妳說吧。」

「說什麼？」

「一樣的蠢問題呀。」

他紅通通的倦眼直視尤珀：「所以，妳又為什麼想當暗體執行人員？」

6

尤珀說到這個段落，向璨拍腿大笑。

「妳真的能對我這個陌生人透露這些？不是有簽保密協議？」

尤珀不以為然，皺皺鼻頭：「他們還沒錄取我，我也還沒簽賣身契。沒必要為一間不知道會不會去的公司展現義氣。而且，我會跟你收五百塊的故事費。」

她半開玩笑，朝著向璨平伸手掌。

但向璨還真從口袋裡掏出五百塊，用兩指夾著遞給尤珀。

她面不改色地抽出，捏進手心。

這段談話發生於島009「丁香島」。

時間是南半球的春初，在寒峭尚存的河岸，尤珀斜靠裝著行李的骯髒後背包，全身上下有十個地方感覺疼痛，但沒一處獲得舒緩。

她獨自啃著一塊半個月前買的麵包，思索要是最終沒有錄取，是否應該回頭懇求學校讓她回去把書念完。

這時她離開杜鵑島已經接近九個月，在跟傑西・帕達卡的暴躁對談過後，她又經歷了十幾場面試，總計三十三場。

她就這樣在福爾摩沙的數百個島嶼東奔西走，盡量保持心情平和，表現得像是馬奎斯《異鄉客》

裡的任一位主角。那歷程實在太過漫長，導致有時候她會忘記最初這一切是怎麼開始。她只知道在面試中一次次驗證意志，感覺好比把自我往空中拋，一旦拋物線接近地面，就又接住拋出。

尤珀有些好奇，帕達卡後來不曉得又走了多遠。他是否也跟她一樣，在聽見面試結束的宣告時，突然懷疑整人節目的攝影團隊很快就要衝刺出來，圍住自己大喊：「整到你了！」

或者很有可能，帕達卡早已在後來的某一個關卡，揮動雙手表示不幹了，隨附一段暗體研究相關人員都是瘋子，以及憎恨二一七〇年代的長篇大論。

如果是這樣，他該怎麼拯救那位他愛的人呢？

尤珀不知道帕達卡有多走投無路，但她很快想到自己的這趟離家大遠行，以及近幾日在丁香島上的買醉行程，也差不多花光了她原先就少得可憐的積蓄。

尤珀信仰篤深的養母描述這是「屬於尤珀的出埃及記」，語態寬大為懷、不勝欣慰。想到那份無法被悲觀侵蝕一分一毫的正面情懷，她突然發現經過這些年的相處，自己在這方面並沒有跟養母變得更像。她心知無論錄取與否，養母都能將結果詮釋成尤珀生命裡寫定的歷程，也因為如此，她永遠都會想逃避返回杜鵑島。

尤珀無神嚼著味道發酸的麵包，對未來有些置之身外，只確定沉靜的海水未有動靜，毫無朝兩旁退開的跡象。

接著，她被左邊雜草堆傳出的窸窣聲給嚇到，失手將僅剩的半截麵包掉進水裡。

向璨撐地坐起，朝著灰濛濛的天空大打哈欠，在徐徐的風中伸展手臂。

就位置而言，他在尤珀左側一公尺，因此從後頭看起來，就像是她瞬間有了個並肩而坐的同伴。

她懷疑自己到底多心不在焉，才會沒發現旁邊草堆裡正睡著一個貨真價實的人類。

向璨臉色憔悴，下巴插滿剛長出來的鬍渣，活像個野人。

而且，他表現得甚有戒心。

「妳是誰？」

「只是個路人。」

他不死心。

「如果妳是光星人假扮的，最好現在告訴我。妳是嗎？」

基於他沒在開玩笑的嚴肅神情，她看出了他懷疑論者的立場。光星人的飛船早在三年前離開地球，但人們喜歡謠傳或相信，一部分光星人仍偷偷留在這顆行星上，偽裝成人類的外貌過活。分辨他們的最好方式是透過瞳孔。在他們深深瞳孔的正中央，存在著一條細線。

「應該不是。你呢？」

「就算我是，也不會告訴妳。」他盯著水裡的那塊麵包蹙起眉頭，「那裡怎麼會有長棍麵包？」

在那一刻，尤珀知道自己被一道閃電給照亮，獲得了暫時無法解析、但此前未有的意義。

向璨突然問她二一四〇年出生了沒。她搖頭，那時候她才負十歲。

他也沒認真聽尤珀的答案，擅自說起了小時候聽過的故事。

那故事裡說，二一四〇年代的某夜，北威爾斯發生了一場罕見的大地震。人們狼狽逃至屋外，在焦躁不安又斷斷續續的談話裡度過夜晚。等到晨曦如地毯滾開，他們發現位於附近的一座中世紀城堡，竟化為了一個凹陷的窟窿。

偌大的底面空無一物，城堡的每塊建材都消失殆盡，彷彿被人連夜搬走似的。假如是因震動倒塌，再怎樣也該留有斷垣殘壁、石塊、門扉那類。可是什麼都沒有。就像被一隻參天冰淇淋勺給挖走，啵一聲，地上就變得乾乾淨淨。

向璨話鋒一轉。

「妳知道那個『不存在的島』嗎？在光星人的屏蔽之下，有長達二十年的時間，處於眼睛、雷達、衛星完全不可見的隱形狀態……」

「巨石島？」

尤珀之所以知道那個島，是因為學校裡有些傻蛋合租了動力船隻，企圖偷登上島去拍些炫耀影片。莽撞計畫的結果，是被駐守的聯軍部隊給逮捕。這演變成一番外交危機，在電視新聞上延燒了半個多月。最終，一位白髮斑斑的駐外大使在記者會上鞠躬致歉，宣布辭職，將職務交付給後進的外交人員。就這樣，國內的男女老少都認識了「巨石島」，並對她同儕們的愚蠢甚有印象。

向璨點點頭，閉上眼，在眼皮後頭觀看當時的一切畫面。

「六八年聯軍對巨石島展開最後轟炸，光星人決定離開地球。巨石島變得能被外界觀測跟進出之後，各國學者開始造訪那個神祕的島嶼……結果有人意外發現，北威爾斯的城堡就在那裡。」

尤珀這才發現，向璨其實沒有轉換話題。

他一直在講著同一件事。

「北威爾斯的城堡？在地震裡消失的？」

「在地震裡消失的。」

他們注視彼此，進入一段無關尷尬的沉默，各自咀嚼這個事實帶來的震撼與啟發。

「很確定？」

「經過一番精密鑑定，百分之百。」

「怎麼可能。為什麼會發生這種事？」

「第三次世界大戰都結束了，外星人也造訪地球了呀。而且現在人類還在探索著暗體這種來歷不明的維度。除了世界末日，還有什麼事情沒發生過嗎？好像也沒有什麼值得驚訝的了。」

尤珀回不了嘴。畢竟她最常思考的一件事情，無非是眼前的這個世界，實質上究竟是個什麼樣的地方。

在世間某個角落無故消失的某件物體，了無聲息地，從另一個完全無關的角落冒了出來。

從遙遠星系乘飛船來到的智慧生物，還沒來得及說明真正的來意，就被當成壞東西，用砲擊和各種歷史上全都出現過的狡詐手法給抹上泥濘，趕了回去。

在遙遠過去的二十一世紀初，地球上大概還沒有這麼多沒人說得清來龍去脈的事件。當時大眾單純覺得天文科學是喜歡亮晶晶東西的人，用來逃避資本主義和消費社會的一種浪漫，最在乎的是社群軟體上隨時可能被演算法剝奪、也隨時受到數據監控的娛樂。

在那時，不會有誰意外將意識深處的聖艾爾摩之火帶到真實世界。真實就是真實，夢就是夢，兩者之間壁壘分明，對彼此僅有浪漫的投射與呼應。

在那時，人也不會因為單純做了個夢，就失去自己的四肢或因此死亡。暗體顯現於世，就如一刀劈開「真實」，從中露出未曾受到窺視的，屬於世界的矢狀面。

戰爭期間，人們努力維持城市的運作。外星族群來訪時，人們議論著該如何與他們相處。暗體被發現，人們也開始創造的相應玩笑話當消遣。事實已經證明，無論多麼超乎想像的事件在眼前發生，人類在驚異之餘，仍會盡最大努力，試圖過回以往平靜無波的日子。

但人類究竟想拿自己跟這顆星球怎麼辦，到底是亙古未解的諷刺猜謎。

確實，那些荒謬的事情都發生過了。不過……尤珀突然覺得，自己滿喜歡這個冷不防消失、跑到其他地方去的北威爾斯城堡。至少，她想不到有任何人會因此受到傷害。

尤珀開始有些惋惜，她那群愚蠢的同學怎麼就不機靈一些，設法成功踏上巨石島呢。那麼或許她就能在瘋狂傳播的探險影片裡，親眼看見那座城堡的模樣。

「換妳了。」

向璨的口吻，彷彿兩人已經認識超過了不只這十分鐘。

他向後撐住濕冷的土壤，闔眼歇息。

「妳也講一件有趣的事吧。然後我就要回家，我們以後也不會再見面了。」

於是，尤珀便從奇萊島的那場面試開始說起，直到向璨拍腿大笑為止。

7

這時尤珀二十二歲，她的戀愛將要劃下句點。

根據她後來所做的自我詮釋，她這輩子最糟糕的事件全都發生在這年。此後她未曾再遭遇過大事，就好比管理她人生的那座星宿意外陷入沉睡，自此沒有甦醒。也好比，後來的日子全是大浪後的餘波，不具有獨立性，與其相關卻不值一提。

尤珀將會感覺她的二三、二四、二五、二六、二七、二八、二九、三十歲長得全都一個樣。譬如一顆故障的相機鏡頭，明明能聽見裡頭傳來對焦的聲響，拍出來的照片卻都模模糊糊，色塊交織而不見輪廓。

在二十二歲的這一日，她尚且無法預見那樣的未來。尤珀只能眼睜睜地見證這顆鏡頭故障的瞬間，但茫然不解。

而這次對話的絕大多數內容，她都在隨後的一個月內忘得精光。

8

「我們的一切正在消失。快要消失的東西，都是很美麗的。」

向璨為他即將親手結束的關係下一道註解。

而尤珀想著，向璨是如何成為自己的太陽，讓她變得晶瑩剔透，像是一塊可愛的寶貝。

他擁有陰沉與柔暖並存的目光，大笑時習慣拍打大腿、賣力抖個不停；半夜上廁所時，經常坐在馬桶上睡著。當他不太有血色的臉龐顯露笑意，一陣無可比擬的哆嗦就要穿透她的靈魂。

尤珀用茶匙推動紅茶表面的檸檬，眼睛停在牆上的熱帶雨林照片。那是在哪裡拍的？

「你剛剛說，是因為我的職業？」

「可以這麼說。」

「因為我是暗體執行人員，是個偵錯員？」她語調溫柔，彷彿談話的對象是鄰居或無理取鬧的老人家，「因為我隨時都可能在任務中死去？或者，因為有時從任務中醒來，我會短暫忘記自己是誰？」

她突然想起，牆上照片的熱帶雨林位於丁香島，兩人相遇的那個地方。

「你已經失去對我的愛？」

「不是。」

「你認為我已經失去了對你的愛？」

「不是。」

「那我想不到其他可能的原因了。為什麼我們必須從此不再見面？」

向璨撕開桌上僅剩的半條麵包，沾了一下濃湯，但是沒有放進嘴裡。

「是不是因為我最近的記性變差，讓你很辛苦？」

她又問。並打算接著解釋，醫務大樓的醫師賽娜說過，雖然忘事的程度是有些嚴重，但很可能是因為她經過近一年的受訓，終於開始正式進出暗體，身體還不夠習慣所致。

尤珀想將那些從腦袋流掉的字眼撈抓回來，可是所有的專注力與意志力，都正用來控制身體在椅子上坐好，用正常人的方式飲用紅茶，並且保持面無表情。

「我知道你昨天跟我談過，前天跟我談過。你上週也跟我談過。我不記得我們的對話內容了。這點我非常抱歉。但這並不是因為我不夠重視我們的談話，或我們的關係。這是我大腦現階段的排斥效應。不會持續到永遠。為了製造我的鬧口夢境，它過勞了。但是我會成長，也會往前走。我不會永遠都這麼疲憊的。」

「尤珀。」

向璨在空中握住尤珀的紅茶杯，順著帶回桌面。尤珀這才發現，那杯內早已喝空。最後一滴褐紅在杯壁滾轉、上下跳動，因為自己的手正抖個不停。

「尤珀，妳想聽一個故事嗎？」

又是一個故事，尤珀想。

顯然這個故事說完之後，她就要失去曾經以為獲得的家。

9

波蘭裔數學家曼德博問過一個問題：英國的海岸線有多長？

把一段彎彎曲曲的海岸線放大來看，會發現細部裡藏著小型的海灣、半島。接著再放大細部，會再找到又更小型的海灣、半島。

為了量測出海岸線真正的長度，一個好奇的人將持續放大海岸線的細部，再不斷用更小的尺去測量、加總，直到分子層級，或者更小。而這個過程，很可能永遠都不會到達盡頭。直說結論，英國的海岸線竟是無限長。

「碎形」的概念就這樣誕生於世。碎形會往越來越小的尺度，持續沒有止盡的自我模仿。那是在一層層縮小過程中循環的自我重現。在驚人的複雜度之中，存在著亂中有序的結構。

坑坑疤疤的宇宙看似難以理解辨清，在微小的尺度裡，卻隱藏著大量非關隨機與意外的秩序。在一段崎嶇的閃電裡，會找到更小一段的崎嶇閃電，在那裡頭，將可再找到更小的崎嶇閃電，向來如此並長此以往。換個方向思考，正是小到不行的超渺小閃電不斷加碼放大、往大尺度複製疊加，最終才成為了就人眼看來毫無規則可言的閃電。

最終，人便指向黑暗的天空，說道：多麼隨機而難以捉摸的線條呀，大自然蒙著一神祕的面紗，我們永遠都無法參透。

事實上不只閃電。諸如雲朵、山脈、雪花、地震、氣旋，這一切現象全都與隨機性無關。美國數學家赫巴認為，就連生物學中也不具有隨機性。換個說法，隨機性僅是世人在看不清混沌面貌時所加諸的詮釋，不外乎是一種鴕鳥式的化約。

現在試著想像，在某一虛空之中，座落著一幢圖書館。

它以存放書籍、文獻的形象存在，因為那是由人類角度所投射出的形象。實質上，它的運作可被視為一顆中央處理器。這個「世界」的中央處理器。

日以繼夜，它有能力在一瞬的萬分之一時間內，運算出世上某一刻所有事件的每種可能性。在結果得出之前，它甚至業已拆解全數可能性內的每項影響因子，以及當任一種影響因子以不同形式演變時，會對這個極其複雜的系統產生何種影響。它無中生有，容許無窮無盡的分歧自我運作，像是一片徒勞。

接著，造物者決定在一片靜謐之中加入噪訊。

它在虛空中敞開一條通道，並將入口顯現於某一小批人類面前。這批人類恍惚步入虛空，目睹這塊中央處理器，便將之看作一座圖書館。而關於世間一切事件的全數可能性，一晃成為書架上隨機擺放的書籍，一則則短散文、未竟的歷史、預言般的詩句。

每回他們進入圖書館，稍加研究，就窺見世界將在短暫的未來演變成什麼模樣，以至於短暫未來所牽引的未來、比那再更後頭的未來。而當回顧此前的歷史，他們也驚訝發現，存在於圖書館背後的那個至高意志，在時間的維度上，為地球這顆行星安排了節點般的大事件，過去自是、未來亦然。

比如生命的繁衰生長，比如大滅絕。奧陶紀、泥盆紀、二疊紀、三疊紀、白堊紀。滅絕是種規律，是消除原訂發展的部分格式化，就好比將不甚滿意的陶土作品稍微捏在一塊，續而重新雕琢。

這批人意識到，自身似乎被賦予了圖書館使者的特殊身分，同時也很快地想通，這雙手並不被限制，未必得協助未來如期發生。

當演變的大方向不盡人意，他們便藉著這些事先獲得的提示從中介入，令閃電枝枒朝另一個截然不同的方向延伸。這一小部分的人類，彷彿獲得了世上最偉大的權力，孜孜矻矻改寫著造物者的劇本。

不過，世界從未變成令人滿意的理想鄉。哪怕些許。

歸根究柢，這是因為，假使造物者大致想定了一條演化之路，這一小批人在離開圖書館後，事實上哪怕一次，也不曾全體順從、或全體違背過圖書館所指出的道路。正反效應相抵，事態便回歸均值。

造物者靜觀著他們推轉各種命運的石磨，但從未觀測到大幅悖離計畫的跡象出現。

將噪訊加入系統之後，秩序依然不被撼動。至今還沒有。

這便是造物者在「世界」這個容器裡所設計出的，一個關於混沌的實驗。

暗體任務 FORMOSA-I225-0790205

在尤珀那梯次執行人員結訓的日子，暗體智慧研究所所長小婷老大對著臺下的菜鳥發表演說。她描述起但丁的地獄共有九層，中心位於耶路撒冷，由上往下不斷縮小。地獄和煉獄並不相同，後者具備著過渡的性質。

煉獄在拉丁文中意為「淨化」。渴求寬恕的罪人，透過煉獄之火滌淨「尚不至於無法赦免」的罪過，冀求著進入天堂的可能。小婷老大叮嚀他們，無論在暗體裡看見或體驗了什麼，執行人員人生的起點和終點，都只能位於表層世界。

現在你將要登上一座暗影洶湧的山巒，你從一座安全的山間小屋出發——那是闇口夢境。你在夕陽被剝奪後的陰涼裡步入森林，並且必須記得，你從來就不住在那棟小屋。你還有必須返回的，與山無關的地點。

帕達卡的闇口夢境，天幕上流淌著熹微透光的巨型藍色顏料。深淺的斑塊時而變化成立體的灰白雲朵，時而如玻璃杯壁的水珠滑滾下來，在沒有屋頂及一二樓的浮空公寓裡摔成冷冽的霧，惹得所有人一陣哆嗦。

那是一間名副其實的空中樓閣。位置約莫固定在三樓高度，外觀就像拿菜刀切竹筍，將老公寓的頂部和底部俐落削掉，只留下中間一截，毫無遮風避雨的功能。從這裡出發的任務人員，需要把繩梯固定在沙發椅腳，往玻璃斜切成半面的「窗外」扔出，接著在暴風裡左搖右晃，謹慎探至下方真正的地面，並在過程中感到渾身冰寒。

繩梯的表面已經粗糙，往各個方向翹起數不清的斷裂麻絲。

尤珀踏到繩梯的某一階時聽見張力緊繃的裂聲，身體跟著朝下一沉。

然後，她看見在地面上，有一個陌生男人在看著他們。

男人從這一天就已存在。

相較於帕達卡少年老成的臉部線條，對方大眼深眸，臉頰是年輕的那種飽滿，瀟灑的彎瀏海隨風後飄，額頭的比例值得欣賞。

第九小隊的隊員在地面上集合完畢後，男人步向帕達卡，用無害淡然的笑臉，遞給帕達卡一把銀刀。

尤珀覺得對方看起來就像天使。男人並不算矮，但在龐然壯碩的帕達卡面前，仍顯得幼小了些。明眸的穩固來自一股自證的信心，彷彿相信就算如此，也不會動搖自己所擁有的特權，甚至於受到眷顧的、已經寫明是「屬於他」的，那些看不見的東西。

男人站得很近，鞋尖超過帕達卡的靴頭，臉龐就在帕達卡眼下正前方，宛如電影裡特寫畫面用來取景的站位。然而對此，帕達卡卻像目盲一般。他直直看向前頭，彷彿男人的身體是透明的，而他只是在思索接下來要選擇的路徑。接著，帕達卡邁開步伐，就步入幽曖翻攪的風景之中。

握著銀刀的男人未被接受，被留在原地也不顯氣餒，仍然秉著明亮的驕傲，注視著帕達卡雙手插入外套口袋、顯得無動於衷的背影。

男人從第一天就存在，是帕達卡闖口夢境的一部分。

這樣的情景，將在往後的七年之間反覆發生：藍色顏料下墜成冷霧，把繩梯綁在沙發椅腳，踩上像要馬上斷裂的那階而向下一沉，看見男人正在地面上等候，男人走向帕達卡，遞上銀刀。

但是唯獨這天，有個細節不太一樣。

而且只有這天如此。

這是尤珀第一次藉由帕達卡的闖口夢境進入暗體，是他們身為夥伴的起始之日。此時她對帕達卡的認知，還停留在一個嘴巴犀利、經常厭煩、不避諱風流的表象上。她首度目睹了帕達卡內在的景象。相對於此，那景象竟也像是發現了有人進入，而碰觸了她。

男人目送帕達卡遠去，柔和的笑意裡頭摻入一絲落寞——

接著他回眸，注意到尤珀。

她有些意外，保持禮貌性的微笑。男人的眼睛自然彎起，好似對她的存在抱持正面感想。她沒在任何人身上看過比那更幸福的樣態。

這個奇異的演變，只在任務 FORMOSA-I225-0790205 中發生過一次，就這麼一次。

往後七年，每當感覺繩梯往下一沉，尤珀都會馬上尋找那個男人這次站在哪裡。他出現的位置未必相同，也經常穿著不一樣的服裝，但是無一例外，總是存在。

她有時期待對方能再注意到自己一次，或許也因此將目光從帕達卡身上移轉開來。不過，男人再也沒有意識到尤珀。而不論多麼習慣了這個場面，尤珀也從來無法假裝沒看到他手上的那把刀。

第二章

黑影繼續沿著巨塔往上竄，彷彿一團巨大的黑色棚蓋往上展開。
一開始速度比較慢，希拉倫感覺自己還有辦法計算那速度是幾秒，
後來，當黑影逼近，速度就越來越快，一眨眼就掃過他們。
然後，他們就已經陷入黑夜中。

——〈巴比倫之塔〉

暗體　二二八〇

1

通訊環在響。

這間浴室裡，中研院暗體智慧研究所科研島總部第九小隊的指揮官碧碧・伊培艾裸著身子，惡瞪鏡中的自己。

她撐著卡拉拉白大理石洗手檯，全身大半重量都倚在那兒，兩個掌心早已麻到失去知覺。或許只要稍微沒控制好氣力，她就會一頭向前撞去。

在碧碧腳邊、洗手檯下、馬桶座旁、尚湧著霧氣的淋浴間內，處處滿布深色酒瓶碎片。琥珀的高級酒液跟清水相互推擠，彷彿受到驚嚇，開枝散葉奔向排水孔。等碧碧在恍惚中想起手中大肆出水的蓮蓬頭該關了，這些失去生氣的河流就斷了聯繫，成為地磚上或大或小的湖泊。

其實，碧碧聽得見通訊環的聲響。

即使在淋浴或泡澡期間，她習慣將槍型干涉器和通訊環藏放在浴缸旁的藤籃裡，一堆乾淨浴巾的底層。這是它們在一天之中——包括她經常過短的睡眠期間——離她最遠的片刻，也是最遠的距離。

她在乎她所管理的隊員們，扮演他們最強大的後盾。在嚴厲的面孔和行事作風下，藏放著對情緒的敏銳感知，以及不乏熱燙的關懷。她從未漏接過一通任務電話，也絕不會錯失舉槍的機會。即使她的心理師每隔一陣子就會輕聲強調：三戰已經過去很久了。巨石島毀滅、光星人撤離地球也已經十年有餘。

妳已經找回對生活的控制，妳已經不在戰場之上。

像碧碧這種退伍軍人的戰爭故事，有些人出於刻板印象老是愛聽，而她會虛應故事來圖個方便。但說穿了，什麼離開戰場時只剩下不完整的靈魂、什麼因隊友的死亡而受苦……她不是這樣。想像與真實間差距甚大。

確實。她偷偷庇護過被各國濫捕、清算的優秀情報人員，不曉得總共多少個。她在前線戰情室度過聯軍非法攻打巨石島那一日，親眼見證無數小船穿出光星人的屏障，「降臨」在雷達圖上。

她也見過幾個實際上還留在地球的光星人，像一般人類那般友好聊天、交換想法。至今她仍感覺，那幾段談話內容無比珍貴。

碧碧的靈魂並未破碎，至少不是在當時。她感覺自己日日比當時更加赤裸，衣不蔽體地，暴露在這個會隨風捎來殘酷的世界。失去天真的屏障後，每一顆砂粒都像衝鋒槍的子彈，在精神上撞出蜂窩狀的洞窟。

現在她五十五歲，幾經回顧對照，恍然發現這種感受竟然從二十四歲之後就不曾減弱。什麼長大就會好，或時間能撥亂反正，都是本質相當的敷衍謊言。

「戰爭過去了。」碧碧以她下屬們很愛的低厚語調，試圖扯開縮成一團的濃眉，關懷鏡中的自己。但她覺得不太對勁。她害怕的不是明天隨時會死的失控感。她顯然遺漏了什麼。她還沒有想起。

她不敢想起。

沁涼如水的薄霧抵達了。嘲笑著物理定律，從排水孔瀰漫上來，成為不帶饒恕的沉默呼告。幾道輕笑迴旋舞動，如羅網在霧中匆忙來去。

酒瓶碎片表面開始冒出一顆顆微渺的光點，啵、啵、啵地，一觸碰她結實的腿，就灑開凍刺的痛感。

碧碧的下巴微幅垂落。鏡中這個憔悴的黑人女子，一雙天生憤怒的粗眉，淺褐色皮膚，帶有四十五度右斜刀疤的鼻尖，宣告著不容質疑的厚實圓唇。她的眼線滑墜至顴骨旁，暈成兩塊雲朵。被水霧推拉的黑色線條向下延長，將雙頰各切成兩個長塊。

這個女人，她害怕戰爭嗎？

「不。」碧碧聲線沉啞，悶重震動傳遍胸口。

光點環繞著她開始飛旋。緩慢加速、遞次升高，向外擴展成銀色芒星，更刺眼、也更疼痛。

曾若輕吟的笑聲現在變得清晰、稚嫩、清亮，來自她在這世上最最最愛的……

碧碧蹬腳，刺進一地玻璃碎片。出血很快就使腳底熱燙濕潤。但她繼續蹬、繼續蹬，哭腫的雙眼隨耳際噪音迅速撐大。

笑聲！

急促升高的油門聲！

那孩子的笑！

霧氣狂舞，自鼻孔、耳道、眼球、舌頭鑽進碧碧的腦內。

轟隆！

呵呵呵。

轟隆！

呵呵……媽媽。

轟隆！

在碧碧以為就要昏厥的前一刻，一切又再歸於寧靜，如同墓園。

「媽媽。」

一隻小小血手撫過左耳。

碧碧下唇一抖，爆出撕裂的嚎叫。

「啊…………！」

她的雙拳捶向鏡面。

「啊…………！！」

她分不出自己這是狂吼，抑或尖叫。

她不曉得她是憤怒，或者恐懼。

「啊……！！」

地面上琥珀黃的湖泊，現在沾染了些許紅色。

（像那孩子的小眼睛，擠破在四輪傳動的雪胎底下。）

滴、滴、滴。

啵。

（像那孩子外露的內臟，有一部分運氣不佳，從排水孔流進下水道。）

「啊……！！啊……！！啊……！！啊……！！」

「碧碧，停止。」

「**啊**……！！**啊**……！！**啊**……！！**啊**……！！」

「碧碧・伊培艾。聽我指示。」

「**啊**……！！**啊**……！！**啊**……！！**啊**……！！」

「編號ＢＩ０４７，妳的狙擊鏡反光了。」

碧碧的拳頭在空中凍住，飛離的鮮血獨自撞向牆面，產生幾乎可以忽略的潑濺聲。

她彷彿嗆了水似的，歷經幾次淺淺倒吸，隨後靜止。

好奇怪。

她總覺得她的通訊環在響。

可是，這間充滿霧氣的浴室沒有那個藤籃。

這不可能。

沒有藤籃她該怎麼放槍型干涉器？通訊環又在哪裡響著？

貼附於全身的光點，在事跡敗露前不動聲色地閃爍，等待她的領悟到來。

碧碧用插滿碎片的血掌，伸向前方一塊裂得歪斜，但還算健在的小小鏡面殘片。

碧碧盯著鏡中兩道暈開的眼線，兩塊雲朵。

她向來只在卸妝後才入浴——細節謬誤。

她的藤籃不在這裡——重點缺失。

她的狙擊鏡反光了——現在暫時想不起這代表什麼。但很明顯，它為這個場景硬生插入了強烈至極的錯置感。

碧碧猛然嗆咳，大把大把吸入氧氣。

那張花亂的臉龐仍有淚水，但極端情緒正在退潮。

稚嫩的輕笑停下，一道拉長的「嗯」聲，好似為她的醒悟感到失望。

接著那東西撫過她的後頸、從背脊直直穿過身體，飛散著褪向遠方。

依附在碧碧身上的光一齊爆閃，仿若死透的蟲體，畫著交織線條螺旋飛墜，在地磚已然消失的霧氣深淵裡，撞出晶瑩剔透的鈴響。

「碧碧，請歸隊。」

機械音再次響起，如劃破黑暗的車頭燈，直直穿入這個空間。

碧碧闔上雙眼，聽見女兒最後的一絲笑聲在某處一晃而逝。

在暗體的門前，一個人若克服不了內心深處的恐懼，便只能墜入災厄，無權奢望踏上存在其他可能的夢土。

她出聲應答：「編號BI047，二一八〇年十月四日，沉入暗體失敗，退出閘口夢境。」

2

無垠漆黑之中，碧碧的意識像被誰給推著前進，緩緩往現實漂流。

當代暗體研究者稱此過程為「黑暗洗禮」。無論是偵錯員、沉想員、補漏人或測繪師，隨便一個去暗體環境出過任務的人，多少都曾對「浮出」的過程發表過幾次感嘆。

當任務人員確切認知任務結束，精神意識便主動遠離暗體，像往游泳池底一個蹬腳，往上浮回水面。這也是為什麼，有些人會稱現實世界為「表層世界」。在實驗室裡，這個過程實際上僅有短暫數秒，但執行人員所感受到的，卻是長短不一的黑暗漂流。

單就科研島總部的資料，最長的黑暗洗禮體感記錄，來自已經從前線退下的郁南。她是當代最傑出的沉想員之一，後來為表層世界帶來的聖艾爾摩之火「顯影」現象同樣不在話下，根本是雷霆萬鈞這個詞的體現。

郁南曾經歷感覺上接近三天的黑暗洗禮。大家都很驚訝，她後來為何還能保持理智沒有發狂。

很可惜的是，在歷經第二次生產後，郁南失去了沉入暗體的能力。她退居調度員職務，負責在暗體任務中扮演引導執行人員的輔助角色。在這件事情上，近來經常無法成功建造閘口夢境的碧碧，已經漸能理解那樣的心境。

曾擁有過的力量，在不知不覺間完全失去。身為一個不能哭喊「我不要」的成年人，難以奢望被語帶輕柔地安撫。尤其像她和郁南這樣性子有些倔、信仰著自身強韌的人，又更難從失能的事實中颯爽站起。

碧碧試著想像雙手靠近胸前，輕輕抱住自己，但是失敗了。

一般而言，即使是在最普通的夢境裡，人也很少感覺不到「軀體」。在夢中的任一項動作、行事邏輯，都是以軀體這個外殼為出發點。但在黑暗洗禮的過程中，僅有意志單獨存在。

引用某些人的說法，那是「感覺自己失去形狀」的一段時間。

即使是出了同次任務的成員，在回歸時所體驗到的漂流狀況和時長，都有形形色色的版本。感認黑暗洗禮的感知，關乎每個人對暗體的「適性」。若以游泳為例便是「水性」差異。有些人天生善於在水中達到全然放鬆，五感能夠覺醒、發揮更敏捷的潛能；有些人則難以克制恐慌升竄，光要保持平衡就耗盡心神。

神經學家和腦科學家持續研究其與基因之間的關連，但明顯的事實已經指出，向來唯有「偵錯員」能在黑暗洗禮中保持絕對清醒。即使身處黑暗，他們仍能精確讀秒，異常輕鬆地維持著時間知覺。就好比碧碧隊上的尤珀。

尤珀形容黑暗洗禮的時間像是歌曲，會波動搖擺、有節奏起伏。

有次她還真的開了金嗓。

當第九小隊的其他隊員正被複雜的引力和意識重整搞得心智渙散，那孩子向著流動的黑暗，以無人能敵的破鑼嗓子，大聲演唱 Bruce Springsteen 的〈Born to Run〉。

`Cause tramps like us, baby we were born to run

據說聽在隊員們的耳裡，就像甩頭高唱。

We'll run till we drop, baby we'll never go back

這句是用喊的，因為覺得很符合暗體任務的情調，但跑了兩個調。

全隊人都聽見尤珀暴力的歌聲。彷彿某種詩意的對照，在調度室中等候第九小隊甦醒的其他人員，包括碧碧在內，卻只看見躺在對接艙裡的尤珀嘴唇微動，就一下。

尤珀會是怎麼做到的呢？

跟她身為「暗體嬰」有著關連嗎？

「暗體嬰」這三個字，從二十一歲的尤珀點開筆試網頁、送出資料的那刻起，就被小婷老大給列為所內高層的禁語。他們未在面試過程中放水，但每一個人都勤於確認尤珀已經進到第幾關，默默期待著她能成為真正的暗體執行人員。因為這樣一來，他們的職業生涯或許就要增添些許傳奇的氣味。

在感受上約莫十秒鐘的漂流過程中，碧碧就這樣不成比例地思考了上述所有事情，最終恍然想起「那句話」背後的歷史。

「妳的狙擊鏡反光了。」

當時，他們一群士兵匍匐在凹凸不平的大岩石陰影下，說這句話的人在五秒後被敵軍射殺，只因為二十四歲的她，犯了一個天殺的低級錯誤：反光的狙擊鏡洩漏了他們的所在位置。是以，碧碧將這句話設定為暗體任務結束時的個人暗語。

因為它跟終結有關，勸誡著愚蠢會引來死亡。

3

對接艙閃了三下。搖曳著藍光的平衡液水位下降，頂蓋無聲往後退開。

碧碧睜開眼，認出暗體總部實驗大樓的天花板。

她的嘴唇發紫，十隻手指、兩個腳掌仍留有鏡面碎片割刺的疼痛。儘管捶打鏡面、踩踏碎片都不曾實際發生，她的身體仍倍覺疲累，暫時只能躺著，渙散地思索是誰將她從那間浴室叫回現實。

碧碧是在沒有調度員和暗體人工智慧「脈瑰」的情況下，嘗試獨自沉入暗體。每週三下午，她會刻意鎖住這間十五號對接艙調度室的權限，不讓任何小隊預約使用，只為保留一段不被打擾的時間，練習找回從前的手感。

她從前真正的鬧口夢境，是在杜鵑島的某棵樹下。但是如今，她已經不再能夠穩定返回那個該去的地方，反倒總在戰火轟炸、陌生岩窟、冬日泥沼、以及剛剛那間屬於某度假小屋的浴室中輪流打滾。

身為第九小隊的指揮官和副所長，碧碧已經很少需要親自執行暗體任務。如今所內已有九個穩定的正式隊伍，第一至第八小隊甚至各有兩個儲備隊伍。她的職責是用多年經驗帶領這世代的執行人員持續前進，但她並不喜歡自己再也做不到的那種感覺。

「妳的血壓過低。」

對接艙旁，一臺操著男性嗓音的人形機器人操弄面板，檢查著她的身體數值。

「沒有成功沉入暗體，在失敗的錯誤閘口夢境裡發生割傷。沒有傷害到重要器官。情緒失控……狀況不佳，但至少妳聽見了撤退指令。」

「是你帶我撤退的？」

碧碧微抬頸部，對接艙的艙床順從重心變化仰起上半截，推她坐起身子。

「協助機，報上你的編號。」

機器人仍盯著面板，左手指插在連接孔上處理數據，右手往旁平舉。那掌心中央退開一個孔，小小的機械臂從中不斷延伸，從三公尺外的平檯，取來一杯熱騰騰的牛奶。

「我沒有編號。」

「每一臺協助機都有編號。」

碧碧不願接下牛奶。她向來討厭這些頂著同一張臉的假東西。小機械臂等候一晌，又將牛奶送回置物平檯。

「我不是協助機。」它表示，「外面那排對接艙調度室，確實有很多輔助暗體任務的機器人在走來走去。我跟它們長得一模一樣，但實質上完全不同。」

機器人將左手退出連接孔，豎起食指。

「妳馬上就會試著把我重置，但是不會成功。」

「協助機，準備重置。」

碧碧將手指對準機器人後頸的感應位置。以她的權限，可以輕而易舉放倒與影響這座機構的幾乎每部儀器。

液晶臉型面板上，代表著雙眉的兩條白線向下垂落。

「很抱歉。妳是這棟建築物裡職權最高的人物之一，但我無法遵從妳的指令。我是經過改造的協助機，在某種意義上就再也不是協助機了。」

「你的程式出問題了嗎？」

碧碧不著聲色探往腰際，但那裡是空的。她的隨身物品和槍型干涉器，都放在三公尺外的平檯。

「我的程式運作良好。」

它也看一眼平檯，未被碧碧的意圖冒犯。

「我不會傷害人類，我會確保人類不受傷害，我服從人類的命令。但我只能聽從一個人的指令。他是妳其中一個下屬。」

碧碧嘆氣，現在她有點想要剛剛那杯牛奶了。

「我猜猜看……帕達卡？」

碧碧收回感應失敗的指頭，換壓在自己的太陽穴上，又嘆氣。

「接下來我會在最短的時間內，向妳解釋現在的緊急情況。喔，沒關係……」

它豎起手掌，示意碧碧再躺一會。

「在妳恢復到能夠站起來走動之前，我就會說完。」

4

「首先，我的名字叫希森。」

希森將手掌抵在胸口，展演誠摯與禮節。

碧碧感覺有些荒謬。

帕達卡把在總部園區裡出沒的橘色斑貓取名希森、黑色土狗取名希森，任何他需要取名字的東西，他都取作希森。

那就算了，他現在竟然還幫這臺偷偷改造的協助機取名希森？

在暗體智慧研究所，無論科研島總部或福爾摩沙分部，都不允許替機器人取名。執行人員在分辨現實與夢境上已經有著嚴重困難，因此這類被稱為協助機的機器人，全都做得跟一般民間所會使用的照護型機器人大異其趣。它們沒有與人類如出一轍的肌膚紋理、沒有體溫或毛髮，要說帶給人的感覺，可能跟點餐機器人更為相仿。

協助機在設計上刻意增強機械感。外觀大致上是人形，米白色亮面硬殼的軀幹和四肢，在關節處以金屬部件連接組起。臉部刻意採用低解析度的圓形螢幕，兩個綠圓點當眼睛，兩條彎線當眉毛，不會主動對人類表達情緒。它們無論行走或操作物品，都發出嘰嘰的運作聲。這番徹頭徹尾的努力，就是為了不讓人將它們誤認成人，產生額外的情感連結。

現在拜帕達卡所賜，一臺如此外型的協助機，突然用起成年男性的沉穩嗓音說話，像有靈魂被關在那空殼裡似的。

碧碧先前沒特別阻止帕達卡做這些不必要的調整，是因為好幾位機器人學家都不太看好帕達卡的手藝。現在好了，她是不是該把這傢伙直接調去機器人部門？這會是懲戒，或者會讓帕達卡樂不可支？

「這個臭小子……」

碧碧想揍這個年輕人的肚子一拳，但想到帕達卡的現狀，又感到心情複雜。

九月二十七日，帕達卡因私人理由申請緊急外出，卻發生精神塌縮，身體直到三天後才重新出現在酒吧「搖擺城」的地板上。他首先被送往福爾摩沙島暗體分部診治，直到血液裡的暗體汙染物濃度終於降回安全範圍，且確認輻射暴露量未對身體造成毀滅性的傷害，昨天才送回科研島總部的醫務大樓來。

「你為什麼冒著害帕達卡被懲戒的風險，跑來中止我的暗體任務？」

「妳可能會不開心，但我必須指出，系統並沒有對妳指派任務。妳的闇口夢境成形不穩，正處於禁制狀態。因此妳稍早沉入暗體的嘗試，就跟我的存在一樣屬於違規事項。」

碧碧挑起黝黑的粗眉。

「再者，在缺少調度員協助的狀態下使用對接艙，是相當危險的行為。當『裂解』發生，少了表層世界的人員引導，妳可能會永遠迷失，再也無法醒來。」

碧碧無話可說。希森的每句話都站得住腳。她好奇這種帶點攻擊性的說話方式是怎麼一回事，但至少可以確定，跟它的主人是有幾分相像。

「帕達卡替你連接了哪個系統?」她瞇起眼問。

「我的內部系統跟暗體人工智慧『麻瑰』直接相連。」希森說,「相較於所內的其他協助機,我對暗體的運作歷史、現有狀態、執行人員的規範與數值,都有更高度的掌控和理解。」

這下碧碧開始認真考慮,或許該真的把帕達卡調去機器人部門。

「這種事情……真的可能辦到嗎?」

「麻瑰」是在真實世界不具運算主機的人工智慧體。在暗體被人發現前,研究人員曾是在一個稱為「意識花園」的維度裡研究夢境。麻瑰就建置於那個位置,是一套「立基於想像所打造出的人工智慧」。它經過反覆訓練,找到了通往暗體的門扉,引領暗體時代正式到來。

如今在暗體任務期間,表層世界的「調度員」會透過控制系統與麻瑰互動,並透過麻瑰的協助,將資訊情報即時傳達給身在暗體的小組成員。

麻瑰是為暗體而生、與暗體並存的人工智慧,因此大概沒人曾經想過,它能在表層世界產生什麼用處。

「回到最初的話題,請容我向妳解釋目前的緊急情況。」

「說吧。」

「第九小隊的偵錯員『尤珀』在非任務時間生命跡象異常。目前她正在經歷出血性休克,腦部開始陷入缺氧狀態。」

「尤珀……你說什麼?」

碧碧整個人都醒了。

她將還有些麻痛的雙腿移向地面，在瞬間襲上的暈眩感中努力表達。

「生命跡象異常……我沒收到警報呀？」

碧碧起身探向平檯上的通訊環，但無力的膝蓋一個踉蹌，反而將所有東西給掃出平檯，直接跌坐在地。

與此同時，希森延伸左臂的長度，握住裝著熱牛奶的咖啡杯，並順著液體搖晃方向稍微繞轉，免去噴濺。它的右臂擴張手掌的面積，同時接住通訊環與碧碧的槍型干涉器。

碧碧搶過通訊環，將早已響了不知多久的紅色警訊投影出來。

「執行人員生命跡象異常」的字樣，在她與希森之間斗大閃爍，凸顯兩張臉龐都缺乏血色。

「通訊環……真的在響……」

在閘口夢境裡發生的，是真的發生了。

碧碧的驚恐隨即轉為憤怒。

「警報為什麼沒有響？尤珀人在哪裡？有沒有人員趕去協助？為什麼系統這麼安靜？」

若是平時，整棟大樓裡的人早該動起來了。上週帕達卡在福爾摩沙島精神塌縮，調度室幾乎在同一時間就掌握到他的心律消失。三十秒內，緊急處置小組就已經安排福爾摩沙分部派員前往現場協助。

暗體執行人員的緊急狀態永遠是那麼分秒必爭。

他們會在不被他人意識到的時刻消失於世，連個聲響都沒有就掉出表層世界，而且無法保證平安返回。在實驗大樓機房裡安靜閃爍的儀器，記錄著每個人的生命跡象，是他們活著的唯一線索，也是當他們掉出軌道時，能即時發出警訊的唯一助力。

「妳通訊環上的警報音是我關掉的。因為我馬上就要對妳說明尤珀的狀況。」

希森將手中物品放回置物平檯，在機械音中收起延伸手臂，改用正常大小的手掌，指向牆上的主控螢幕。

碧碧扭轉上身，看向對接艙旁的大螢幕。

「至於系統警報沒有響……則是因為，約莫在妳睜開眼的時候，暗體總部實驗大樓的供電系統，遭到了外部人員破壞。」

碧碧再次張大嘴，因為在巨型的主控螢幕上頭跳閃著的字眼，是「備用電源已啟動」。

「目前系統暫時降速，備用電源全部用來維持對接艙的運作，避免其他調度室正在出任務的執行人員受到傷害。因此才沒有餘裕在第一時間針對尤珀的出血狀況發出通知。」

希森想拉碧碧起身，見她自行扶著對接艙站起，便將手收回。

「請不用擔心，在向妳解說的同時，我已經通報市區的警局和醫院。」

碧碧戴上通訊環，將武器套回腰間。

「供電系統出了什麼問題？」

「在暗體總部門口抗議的群眾闖入建築物，透過破壞電源表達訴求。」

「這群莫名其妙的傢伙……」

碧碧翻白眼，試著深呼吸以控制怒火。

那個光名稱就很愚蠢的小黨「光明幸福聯盟」，自從藉著批判暗體研究而在議會拿下足夠席次，就像上了癮似的，繼續高唱著「拒絕暗體執行人員特殊待遇」，在國內各處號召遊行抗議。

近一個月，他們甚至動員民眾在科研島和福爾摩沙島的暗體智慧研究所門口長期駐點抗議，對著來上班的研究人員與執行人員盡說些狂言，並瘋狂噴灑所謂的聖水。

「你們把魔鬼召喚到了世間！」

「領民眾的血汗錢成天做夢！」

「你們會讓末日提早到來！」

這類騷擾行為搞得執行人員心慌，紛紛改從緊急逃生通道出入辦公室，才不會一大清早就被罵聲搞得心浮氣躁，連闇口夢境都難以建立。

上回高層會議，碧碧就向小婷老大提議過，應該請警方加強戒備，勢必保護執行人員的人身安全。就暗體研究的重要層級而言，哪怕請軍方出動都是可能之事。小婷老大同意碧碧，但仍謹慎審度著局勢。

為了避免研究人員受到過分干擾，院內的媒體關係部培養了一批公關人員，專責暗體研究的議會質詢、受訪等相關對外事宜。他們最擅長的就是親切的佯笑，以及那句「查無關連性，應與本院研究無關」的萬年結論。

公關人員建議小婷老大盡可能別對抗議人士採取激烈手段，以免民眾的反感再度升溫。碧碧不滿意以退為進的放置處理，卻也想不到其他方式，能迅速改善暗體研究在人民心中那尸位素餐的形象。

但是，闖入暗體總部、破壞實驗大樓的電源……根本已經是惡意的體現。

每一個睜開眼睛的日子，執行人員都在跟來自精神世界的副作用纏鬥，並竭盡全力保全表層世界的安寧。他們不張揚自己的付出，一次次沉入暗體，只為替全人類尋找意義重大的答案，以及未來的出路。在對接艙內的每分每秒，都是以生命的耗損為代價，但他們鮮少抱怨，反而經常一笑置之。

去截斷這些人執行任務所不可或缺的電源，無疑是在踐踏那樣的決心，並且大聲表示：你們的生命不值得尊重。

「我要去院長辦公室一趟。」

現在看來，帕達卡幾天前的精神塌縮，好似僅是這一連串混亂的序曲。

她在心裡排列接下來的步驟。去所長辦公室跟小婷老大同步資訊。請各小隊指揮官確保實驗大樓的所有執行人員都平安返回表層世界。接著，啟動撤離機制。至少就今天一天，所有人員最好都別繼續待在這棟建築裡了。然後，她得趕去醫院一趟，確認尤珀的傷勢。

她將掌紋靠近牆上的感應裝置，但門並沒有退開。

「這件事恐怕有點困難。」希森說。

「還有什麼是我不知道的？你一次說完吧。」

「除了電源毀損之外，還有另一群民眾闖進樓梯間，點燃紙張以表達訴求。」

「……」

該死的光明幸福聯盟。

去他的表達訴求。

「消防隊已經趕到並控制住火勢，但目前走廊上還留有些許煙霧，建議不要馬上離開這個房間。」

「協助機，計算最短的移動路線。」

碧碧拉下感應裝置旁的手動控制拉桿，從側面推開沉重的門扉。

「我不是協助機。不過，我已經算出最安全的行走路線。」

希森來到碧碧身邊，早一步走出她所推開的門縫。

那身影很快就沒入映照著緊急逃生綠燈、瀰漫著些許白煙的走廊之中。

5

「暗體研究」抗議再升級　暗體總部冒火柱

《群島日報》記者安雅・卡德爾　科研島四日電

十月四日下午三時許，科研島（島225）的西南方天空突然冒出一柱黑煙。已於暗體智慧研究所總部前自發抗議多日的民眾闖入實驗大樓，以破壞電源表達訴求。在和平行動的過程中，逃生梯間意外起火，導致場面一度混亂。

由於全所電力不足，原正進行中的暗體工作被迫中斷，所內人員也因安全考量於一小時內全數撤離。抗議民眾指控，此行為在在展現了「暗體特權人士」的傲慢，「走一般人不能靠近的祕密通道，夾著尾巴逃跑，卻不願意花一點時間來到大門口，傾聽全體國民的心聲」。

「光明幸福聯盟」發言人表示，黨內不少成員都在暗體研究早期駭人聽聞的「孩童實驗」中失去親人。他們對暗體執行人員並無憎恨，反而對於他們如斯德哥爾摩症候群般效命於該研究感到刺骨椎心。光明幸福聯盟往後亦將持續「中止暗體研究」的訴求，直到全體執行人員都能獲得真正的自由，方可罷休。

此起衝突事件再次引發各界對暗體研究安全性的熱烈辯論。近期各島嶼頻傳由暗體相關人員所引發的異常事件，確實已使部分民眾的生活受到影響。

「路上有人突然昏倒，接著就必須封路。」一位民眾分享他在藪鳥島（島285）旅遊期間的親身經歷，「街上的螢幕突然發出警報，要民眾盡快遠離。消防車、救護車、警車都來了。警察把附近一個街區的人全部疏散，圍著那個倒地的人，但卻沒有送去醫院。」另一位民眾補充道：「不能移動那種人的身體。弄個不好就會爆炸……」

一位不願具名的暗體分析學家對此提出說明：「當執行人員的意識在任務時間外無預警沉入暗體，其與物質構成的真身斷裂開來的瞬間，基於維度落差所放大出的暴漲能量會從身體逆向衝出，形成一場帶有伽馬射線的小型爆炸。目前我們並不確定此現象發生的原因，以及確切的解決手段。但學界一致認同，執行暗體任務，確實會使人類的所處維度相較失穩，就像是卡在兩層樓之間動彈不得的故障電梯，既不完全處於表層世界，也不完全處於暗體，而是在一條光譜上不停變動，有時在此、有時在彼。」

在稍早的記者聯訪當中，中研院暗體智慧研究所所長余婷再度保證，相關意外皆具備已證實相當穩健的配套措施，從來不曾、未來也不會危害到任一國民的安危。余所長呼籲民眾，應理性看待執行人員的任務次級效應，並給予這批勇敢的公僕更多鼓勵與尊重。

暗體執行人員在公共區域引發「精神塌縮」的公安事件，已經屢受爭議。相關人士所攜帶的「暗體汙染物」和輻射殘留更是令國民感到恐懼、防不慎防。此一難解的議題，相信將在即將到來的總預算案審議期間，引發正反方的更多攻防戰。

即使群島政府曾多次強調暗體研究之必要及其劃時代的偉大性，在能以雙眼證實它的實際價值之前，「我們是否需要暗體研究」這個單純的詰問，相信仍會存在於每一位國民的心中，無法消散。

6

暗體研究為精神病學捎來了突破性的發現。

那些眼睛總是無法追隨著鐘擺穩定運動的人們，骨碌碌地凝望著空中某一區塊，而後移向他方、另一個他方。他們禱念單詞、看似意義不明的短句，永遠著迷追尋著旁人所難以視見之物，心智與行為似有部分被瓜分到無名之地，健全存在的跡象斷斷續續，時而強勁、時而微弱。

多數實驗都證實，過往學理上所定義的精神疾病患者，有一定機率是並未接觸暗體，卻有部分心智——某些學派稱之為「靈魂」——莫名掉進意識花園的人類。

「意識花園」是介於表層世界和暗體間的閾限空間，若以漢堡當比喻，就是兩塊漢堡皮的間隙。上述被視為「瘋狂」的患者，對世界樣貌的感知自此天翻地覆。

他們認知中的世界驀然開展，變得比「平凡人」來得遼闊、深遠，充滿層次。他們所體會的時間是紐結、多維、交纏卻又獨立，好似細胞那般生長、並且滅絕。他們曾見證不同時間的世界合而為一，也曾目睹時間被時間覆蓋、瓦解、吞噬。無論如何，他們都沒有一刻，曾完完全全存活於表層世界。

他們因過往不被理解的特徵，而被劃為成某一類別的疾患。然而在此之前，歷史上僅僅是沒有人真正領悟到，只能單獨存活於表層世界的人，才是某種程度上的「殘缺之人」。

學者指出，這與執行人員的「退化」症狀具有驚人的同質性。

根據統計，目前已有不在少數的暗體執行人員，其大腦皮質的特定區塊在任務期間或退休後病變，引發失智現象或孩童化。他們心智裡的螺絲似被轉鬆，但在表層世界被判定為「找不回來」的部分從未消失，僅僅是掉入了意識花園，並且一直待在該處。

十月四日，當碧碧正隨著希森安靜穿過火災濃煙，身在隔壁棟醫務大樓的帕達卡一共醒了兩次。他的上則感知是酒吧「搖擺城」那塊黏黏的地板。他的真身從這個世界消失、失去輪廓，意志則落入「意識花園」。自那之後，他就再也沒感覺到「秒」這種單位時間的流動感。

「精神塌縮」發生時，執行人員的真身輕則留於倒下之處，有的會在空氣裡閃爍，時而清晰、時而透明。最嚴重的案例，則無非是如帕達卡般，整具身體憑空消失，無人保證還能找回。

無論身體去了哪裡，精神塌縮後的意識都會遊逛花園，輕飄飄地存在。

在表層世界，大家會前往寧心療養社區之類專為暗體人員所設的園區，探望那些失智、發狂、再也無法執行任務的前同事。而在此處，他們則無意間與那些人的部分意志重逢。

在意識花園裡發生過的一切，向來不被記得。光是能夠脫離此處，平安返回表層世界，就已是一種幸運。人出神時腦袋裡總會癢癢的，好比曾在其他地方跟誰有過對話，但總是無法真正想起。那些時刻，你都去過意識花園。

這是帕達卡第一次來到傳說中的意識花園。他並不焦慮於能否返回表層世界，因為在漢堡的夾層裡並沒有上與下、裡層和外層的概念。

在這裡，帕達卡遇見尤珀。

雖說「遇見」，卻不是身體與身體、目光與目光的相逢，單單是意志間的往來對談。而那對話的內容，是幾年前尤珀和帕達卡早已有過的閒聊。

此時帕達卡不具備時間概念，沒有現在、也沒有過去、沒有未來。因此他無從意識到對話「曾經」發生「過」。他不過是以全然相同的形式和思維，再現出那段對話。

「今天第四小隊的人在聊，有些執行人員會發生『人』的顯影。被顯影出來的『人物』，就像從頻道跑出來的雜訊。通常是偶發性的，不會一直重複出現。這情況成因不明，唯一知道的是，這些『人物』通常已經死了，或者後來會死。」尤珀說。

「那不就是鬼嗎？」帕達卡說，「妳基本上就是在說，執行人員很容易撞鬼。」

「你也可以這樣說啦。」

「如果有天妳發生顯影，妳覺得會是什麼東西？」

「老實說我不知道。我只希望不要是聖艾爾摩之火。」

帕達卡噗哧一聲。

「妳在面試時沒見識到郁南被麻醉吧？真的錯過好戲了。」

「聽說那個麻醉滿痛的。」

「郁南說，她的腳踝一整年都是腫的。」

「那你希望自己的顯影是什麼？」

「嗯……」帕達卡想了一下，「我希望是很火辣、或者很酷炫的東西。」

「莫名其妙。」

「反正我就這樣決定了。」

「又不是你說要就可以要。」

尤珀笑了一下，突然拍手。

「不過，我倒是有一個『近似於』顯影的體驗。」

「哦？」

「我做了一個夢。是在現實世界真正睡著的時候，不是進暗體出任務的時候。你應該懂吧。一個貨真價實的夢。一般人類會有的夢。」

「嗯，就是夢嘛。我知道。」

「我夢到……有個男生正在開車前往一個女生的葬禮。接著，那個女孩的鬼魂，突然現身在副駕駛座。」

「女孩的鬼魂出現，一群也要去葬禮的朋友陸續上車，看到這情形，都勸那個男生不要『認領』她。那情境裡的概念就像，如果你認領了一個鬼魂，它會變成你的一個附屬，在你的人生中如影隨形，而且也沒辦法取消。」

「鬼魂女孩在車上對男孩說，在一本二〇二五年的小說裡，記載著我們兩個現在的對話。」

「我醒來就把夢忘光了。兩個月後我又想起這件事，就拜託經營書店的朋友幫忙找。結果真的有那本書，提到有個男生正在前往一場葬禮，然後死去女孩的鬼魂，突然出現在副駕駛座……那確實是小說，而且就是在二〇二五年出版的老故事。」

「聽起來像是妳讀了一本小說，然後妳夢到它。」帕達卡說。
「可能是我講得不夠清楚。你再聽一次。」尤珀說，「我先做了這個夢，才第一次知道書的存在。」
「妳夢到了沒有讀過的小說情節。這是預知夢。好，那這跟『顯影』哪裡像了？」
「我正要跟你解釋。後來，我在某次出差的時候，真的經過了書裡描述的濱海道路。S17號公路。它長得是我夢裡那樣，也是書裡描寫的那樣。」
一個在一百多年前就被寫下的故事，被尤珀給夢見。
她受到書中人物的提示，找到那本二〇二五年就已定稿出版的小說。
接著，她也親自踏上那條道路。
「我懂了。這事真的很詭異。但濱海公路大概都長得差不多吧。」
「同一天，我在路上跟一臺紅色的老車擦身而過。」
「妳該不會是要說……」
「是他。那個在故事裡開車前往葬禮的男生。長相就是我夢到那樣。車款、引擎的聲音、他的穿著，都跟小說裡一模一樣。」
接著，尤珀提出那個她最最在乎的問題。
「可是一百多年前，暗體研究根本就還沒開始吧？那時並沒有我們這些執行人員在攪亂宇宙的裡層規律。暗體裡的創造物也還不會侵蝕現實。那是一個最最單純的世界，好像一張還沒有被戳破的紙。」
「我真正好奇的是，這個故事究竟是我為現實世界所帶來的『顯影』，還是作者對於遙遠未來這一刻的『預言』？」尤珀問，「再往外延伸一層，這也讓我開始疑惑，我們所在的世界，究竟是我們所有人自願的『顯影』，還是造物者付諸實踐的『預言』？」

帕達卡沒再說話。

他從不懷疑尤珀擁有看穿真實的能力，他只是需要一點時間來消化。

帕達卡偶然轉頭——雖然僅是意識層面上的——覺得有個身影漸漸走遠。首先是緩步而行，接著就開始奔跑，直到完全看不見為止。他不曉得那是誰，但也因此發現，這個空間突然安靜得像是墳場。

在這段永恆持續的沉默中，他再一次「醒來」。

一返回表層世界，他就將尤珀的那個問題給忘得一乾二淨。

7

第九小隊指揮官碧碧和調度員郁南並立於科研島市區醫院的手術室外。

她們趕到時，醫務人員正將尤珀推入手術室，刻不容緩，自然也沒管她們是誰、隸屬哪個單位。在擦身而過之際，碧碧確認到尤珀臉頰、手臂上的擦挫傷，郁南則盯著尤珀染血破損的衣物，將下唇咬得發白。

尤珀的頭部遭鈍物毆打，成了最主要的出血位置。另外腹部也有著明確的利刃穿刺傷，導致臟器破裂。看那慘況，彷彿是遭遇了一場無比糟糕的車禍，實際上卻是遭人攻擊。

根據警方蒐證，事件發生在城區缺少道路監視器的小型巷弄，因此尚且無法鎖定嫌疑人。由於尤珀屬於特殊國家公務員，警方已經成立小組分頭調查。
「警察怎麼說？」郁南紅通通的眼睛，死命掛在手術中的燈號上。
「他們會派人來所內，確認尤珀近期的生活狀況。」
隔著空氣，碧碧感覺到郁南的手臂在顫抖。兩人的衣物都散發火災現場的臭味。從暗體總部疏散後，她們搭上不同車輛，直到此刻才首度碰頭。
「有鑑於今天總部發生的事，警方也不排除是鎖定執行人員的隨機仇恨犯罪。」
這類案件在各國都時有所聞。起因無非是對執行人員的豐厚福利感到不滿，或將地表的各種異狀怪罪給暗體研究。二一五〇年代的福爾摩沙群島，就曾頻發鎖定執行人員的攻擊活動。
在暗體研究嶄露頭角的時間點，前期投入的執行人員頻繁死亡，引發了大眾恐慌心理。有些人認為，自己依憑存活的這個世界正被攪亂。暗體研究是沒有確切憑據的胡搞瞎搞，乖順無求的民眾卻必須共同付出代價。
這三十年來，隨著暗體研究的成果被寫入教科書，出於不理解所引發的暴行已經少見。但仍有如光明幸福聯盟這般的勢力，持續追咬著早期執行人員大量暴斃的事實，認為相關機構罪孽深重，理應全面關所。
「碧碧，尤珀是我們最優秀的偵錯員之一。」
「我知道。」
「她可能是從『小賴』之後最好的偵錯員了。」
「我知道。」

小賴是暗體領域中無人不曉的初代偵錯員，最大的歷史功績就是在無光的終端訓練出了暗體人工智慧「麻瑰」。他在暗體裡那棟「雪山小屋」與麻瑰日夜共處，直到它從單純的訊號壯大成全人類的眼睛，以光速朝著暗體深處邁進，確認了暗體確實與遙遠星系的世界彼此相連。

是從那時，歐洲、太平洋、美洲的三大暗體總部才聯手成立「地景計畫」，試圖在暗體裡頭重現地球這顆行星的全貌。

一九七七年，人類在太空時代的黎明對空發射航海家一號與航海家二號，並在這兩艘航空器上裝載刻寫地球文明細節資訊的「航海家金唱片」。

航海家金唱片裡收錄地球人所使用的數十種語言與方言、大自然的聲響、巴哈的《布蘭登堡協奏曲》、各地原住民族的曲式和民謠。上頭繪出人類男女的生物形貌，和足以鎖定太陽所在位置的脈衝訊號。

那是一張基於交流目的所製作出的唱片，只為對無比遠處可能存有的文明訴說自身存在的事實。它是史上最孤獨、目的最遠大的一封信，是人類在太空時代對宇宙發出的主動訊息，長久以來，等候著幾乎不可能收到的回信。

有人認為，地景計畫就是暗體時代的航海家金唱片。

它更為明確而精準，由全球無數的執行人員憑著超人天賦，在曾經全面籠罩著黑暗的暗體裡頭，建造出地球的複製品。大地與大洋、山脈與河流、都市與街道，全以等比例巍然建立。地景計畫所創造出的地貌，年年月月日日秒秒由相關執行人員補足、修正、維護，因此不像其他相較短暫的沉想物體，會在沉想員浮出表層世界的時候瞬間瓦解。

以科研島的暗體總部而言，第一小隊至第八小隊的成員都隸屬於地景計畫，唯獨第九小隊的工作範疇，是在暗體裡探索無關「複製」的其他可能。

地景計畫也跟當年的航海家金唱片一樣，受到了部分人士的質疑。畢竟這種行為無疑是將自己家的地址、平面圖、房間擺設給親手奉上。沒人曉得收信者對此將有何想法，或會將這些資訊用於何種目的。

不論如何，在暗體研究的洪流之中，沒有小賴就沒有麻瑰，沒有麻瑰就沒有地景計畫。他被奉為史上最優秀的偵錯員，至今無人能出其右。

「我曾經以為，我會成為繼小賴之後最好的偵錯員。」

郁南攤平手掌心，好似一切就是從那個位置開始流失的。

「在我心中妳早就是了。」

碧碧止住原本想說的話，闔起雙唇。她總覺得多說無益，只會戳得對方的傷口一陣痠痛。

「我只是有點後悔。感覺自己虛度了光陰，沒在還擁有那份才華的時候好好珍惜它。」

這名國內年紀最輕的暗體學博士握住胸口的墜鍊。裡頭嵌著兩個孩子的照片，姐姐今年十一歲、弟弟九歲。他們都還沒見證到媽媽所創造的歷史，因為她已失去夠格胸懷壯志的實力。

從當年在聖艾爾摩島海堤上與尤珀的面試以來，郁南再也沒有成功返回暗體。

碧碧足夠理解郁南的性格，知道她對尤珀大概沒有嫉妒。哪怕真的有，可能也只是微乎其微。但除此之外，郁南必定很慶幸再看到優秀的偵錯員誕生於世。

能看出虛假裡的破綻，是相當重要的天賦。沉想員容易太著迷於對暗體揭露自我，補漏人總是專心於精雕細琢，唯獨偵錯員能在虛幻中保持清醒，對一切及時喊停。

「碧碧，尤珀不能死。她是暗體嬰呀。」

「我會當作沒聽到剛剛那三個字。」

郁南抿唇，緊盯住「手術中」的燈號。

就算受到碧碧警告，這個事實也不會改變。郁南明白這種想法很自私，但她只感到一絲絲羞愧，更多的是理所當然。尤珀不一樣。就是跟任何人都不一樣。她是暗體嬰。如果是尤珀，必定能夠帶著她未竟的願望，衝破那謎一般又充滿驚奇的地帶，見證她再也無法看見的真相。

所以說，尤珀一定得活下來。

8

這日深夜，暗體總部空無一人的實驗大樓裡，唯獨一扇窗還亮著燈。

那是暗體智慧研究所所長「小婷老大」的辦公室。

稍早實驗大樓失去電源，隨後火災蔓延，差點釀成大禍。在碧碧撞開這間辦公室的大門後，小婷叫來所有小隊的指揮官，下達撤離人員的指令。但她自己始終沒有離開這個房間。比起逃生，她有更要緊的事情得處理。

她站在落地窗前，呼出的氣息在表面形成圓形白霧，攪動她心頭的煩憂，眉心因而緊蹙。此刻，她正從線上跟幾位美洲、歐洲暗體智慧研究所的領袖低聲談話，確認彼此所在城市的現況。

寬大的紅褐色實木桌面上，稍早泡好的咖啡已經失去熱度。杯子旁邊是一管寫著「島001霧氣樣本」的細長試管、一疊相關分析報告，以及明天一早飛往福爾摩沙島的機票。

籠罩著臺北的霧氣，檢驗出了只出現在南美洲的花粉。

不僅如此，繼東京、首爾之後，現在連慕尼黑和羅馬也出現大霧。這些持續不散的霧氣來源不明，但目前似乎都只出現在大型城市，並且一致摻雜著當地從未出現過的異邦物質。

新聯合國召開緊急氣候峰會，積極討論全球「異常大氣現象」的起因。全球暗體智慧研究所的領袖們也正嚴陣以待。跟平時一樣，他們必須確認暗體研究是否直接或間接造成了當前的局勢。

自從分析報告出爐，福爾摩沙分部就開始密切監測臺北大霧裡的暗體汙染物濃度。很奇怪的是，數值就超標了一丁點，不多不少。汙染物濃度未見上升，卻也沒有如平時那般自然消散。

電話會議那頭，倫敦暗體智慧研究所的所長談論著大霧與「顯影」現象的可能關連，但赫爾辛基的所長不甚同意，因為顯影現象向來都是來自執行者個人，僅有小規模發生的記錄。

小婷老大凝視附於玻璃內側的黑灰，思緒繞著雙方的辯論打轉。

冷不防，眼前閃現一塊茫茫的白。

砰！

一團軟韌的物體撞在眼前，要不是有玻璃擋著，恐怕老早撲上她的臉龐。小婷老大不自覺舉起手臂，頭部向旁一偏，整個人微微踉蹌——

那是一隻海鷗。以過分猛烈的勁道撞擊玻璃，但似乎沒有受傷。半秒後牠慌亂振翅，腳丫子在玻璃上速滑幾次，終於找回飛翔的節奏，上升離開她的視線範圍。

騷動傳至電話那頭，有人問起狀況。

「抱歉。請繼續。」

小婷老大以手掌側面壓住玻璃，遮擋光線，好看清楚外頭出了什麼事。

或許因為終於凝聚心神，她漸漸聽見如浪增強的振翅聲音。

整個天空布滿了晃動的白點。

數以百計形體模糊的鳥隻，在天空中密密麻麻地碰撞彼此，正忙著飛往大海的方向。

被夢網羅的人　二一六七

1

這時尤珀十七歲。一頭天生灰淡的髮，被她所暗戀的男孩韓森形容為「霧茫茫的奶茶色」。任一陣細小的風鑽過髮間，粗髮就在翩躚的掉落中被光穿透，好似只要拿著夠亮的燈束耐心照射，終有一刻將化為透明。

無論男孩女孩，總愛拎起她的頭髮迎向光源，期待找出神祕的內藏物。他們被少見的色澤給迷惑，花了太多時間定睛端看，沒有邊際想著一些她之所以為她的命題，在心中編織苦澀的詩，試圖對她無謂目光後頭的思想迷宮一窺堂奧。也因如此，很少人知道當她的頭髮長過耳朵，就會自然而然在尾端形成一個彎弧。

尤珀將此事隱藏起來，如把小紙箋隨手夾進一本書中，不看頁數就直接闔上。從七歲起她經常性地自行修剪頭髮，用刻有他人姓名縮寫的銀亮大剪，喀嚓喀嚓恣意地剪，並且從不在意整齊。前後約莫十四年的時間，她細細的後頸完全露出在這個世間，因此經常著涼。

2

尤珀遇見被暗體攔截意識的女人那天，島030「杜鵑島」的白花羊蹄甲紛紛開出白花，小島若在一夜之間積成雪海。

空巡機為此景拍下的照片，成了《群島日報》晨間報導的門面大圖。星散於各島的國民一早醒來，都在或大或小的行動顯示器裡至少瞥見一眼。

颱風過境後，往關島的航線終於復航。

同班同學韓森向學校請假，一早就準備搭私人快艇西行，返家確認拒絕以科技設備通訊的祖母是否安好。他的祖母絕對沒有看見那張杜鵑島戴著雪白頭紗，漂浮在蔚藍太平洋上的美麗照片。因為她從退休後，就嚴正拒絕使用任何形狀、尺寸的軟膜螢幕，稱那些怎麼折都沒有痕跡、不附鍵盤的智慧膜體是「會思考的鼻涕」。韓森不太欣賞這番形容，尤珀則打從心底欣賞這名據說會拿黑檀手杖訓斥世界的老婦人。

尤珀在暗體發展史的課堂中假裝腹痛。半小時後，她站在鋪著紅色木板的遊艇碼頭上，滿不在乎地微抬起頭，冷冷凝視富家子弟韓森在陽光下發亮的白皙臉頰，真正的期望藏入內心深處。

「妳未來想成為韓森太太嗎？」

他伸手梳動尤珀的瀏海，寒涼指尖和她額頭相接一次，她的背就跟著顫抖。少女的心思昏眊一片，僅僅渴望他將手指繼續移動到身上的其他部位，所有部位。

這是尤珀的第一場戀愛。就連韓森本人都不知道，兩人從很早的階段就已兩情相悅——尤珀為了他神魂顛倒，只是不像他那般表現出來。這最早是奠基於高傲的審視，隨後是習於被追逐呵護的異常溫暖，到了現在，她終於覺得自己真的準備好了。

她認為這個祕密在這一天最為呼之欲出。

可是，韓森什麼都沒弄懂。

「我不想成為任何人的太太。」

尤珀偏移下巴，瀏海勾過韓森的手掌，在海風裡彈跳一下。即使全然出於己願，在離開他碰觸的同一瞬間，她的心整顆碎了。

「妳想跟我一起航行嗎？去見見我的祖母。」

韓森在傾斜的陽光中側轉身體，厚壯有肉的手掌向後划去。採用他中間名的私家快艇拋來一束熱燙折光，打亮尤珀瞳孔深深淺淺的褐色線條。

「科研島私人企業工程師監製的動力結構，沒海底膠囊列車快，但舒適五倍。速度九十節，我們可以趕上阿露貝島的夕陽。對吧，貝爾？」

操著大不列顛口音的管家貝爾早已一襲海島穿搭，用以對少爺的雀躍表達支持，花襯衫、短褲、墨鏡、涼鞋。他分開交握的雙手，好比剛恢復生命就得心應手的雕像。

貝爾的手指在墨鏡側邊的電場辨識區優雅翻轉，自鏡片內側閱讀著尤珀永遠不想洞悉的機密資料。

「我們應該可以安排，從今天傍晚包下阿露貝島。」貝爾說。

「或者離海灘更遠一點的那個人工島。」

「露露島。」貝爾梳了一下空氣，活像在撥開遮蔽視線的瀏海，「地小，但能在沙灘上安排晚餐。」

「妳未來是要成為人工島技師的。如果吃晚餐太無聊，妳也可以順便勘查那座人工島的電纜系統。

聽起來很不錯吧?雖然我知道，妳還是會用專題做不完來拒絕我的邀請。」

韓森一次說完他的誘惑，後面又緊接他輕信不疑的結論。

那是尤珀透過沉斂演出以使他相信的，因此也是尤珀所無從擺脫的。

韓森的嘴唇厚實飽滿，灰玫色，稍稍上揚時，會在兩邊嘴角挖出微乎其微的淺窪。而尤珀的上唇微厚於下唇，不必多費力氣，即可用不屑一顧的漠然，來掩飾大喜過望的心跳。

在漫長浪線撞碎過後，海風襲上陸地，撥亂尤珀麻質背心裙的長擺，順道捎來一道白影，撫過韓森線條優美的肩頭。當島上的白色花朵旋轉著五片花瓣盤旋降落，尤珀的髮也跟著撩開，露出棗紅色的捕夢網耳環。

一隻白尾熱帶鳥收攏翅膀，輕盈降落在兩人之間的繫纜柱上。

幾步外的貝爾拉下墨鏡，露出眉間的深深溝渠，嘴型無聲說出它的別稱:「長尾鳥。」

尤珀看出這是隻亞成鳥，初級飛羽上滿布著黑，無懼於欠缺歡迎之情的豪門管家，也不理睬兩名年輕智人正淡然談論著婚姻大事，頭歪翅展就理起羽來。

在牠的視野裡，他們全是大地上的部分配件。

「聽說有一艘聯軍的軍艦，在向風群島附近的海域消失了。」

尤珀以為自己是在談論一件時事，或者是用岔開話題，來掩飾面對韓森的動搖。她還沒有發覺，其實她從頭到尾都不希望韓森出海。

「聯軍已經不會再搗蛋了。如果又發生三戰那樣的狀況，妳可以來投靠我家。」他想了一下，「妳的養母也可以一起，雖然妳不喜歡她。」

「那麼巨大的東西，突然消失不見……已經不是第一次發生了。」尤珀說。

「軍艦消失讓妳很困擾嗎？」

「不。」尤珀覺得韓森沒有搞懂她的意思，「在這個世界上，沒有什麼會憑空消失。包括看不見的那一些。」

「哦親愛的，我相信是有的。」韓森的笑很迷人，「像是那些一天到晚窩在暗體智慧研究所，躺在『對接艙』裡睡覺的科學家。」

短短一瞬，尤珀感覺胸口悶疼。

「外在事物的實在性，並不取決於有意識個體的觀察。」她心裡一倔，扳起臉孔。

「過去也稱不上是實在的過去。」既然受到了挑戰，韓森便也認真回覆。那就是尤珀最喜歡他的地方。他繼續說：「不被現在所記錄的過去，可以說是沒有意義，或不存在的。」

「好辯。」

尤珀的口吻遠遠不像責難。

她追問：「難道你從來沒有那種異常的焦躁？不會好奇這些東西去了哪裡？從世界的裂縫……」

「世界的裂縫。」一瞬之間，韓森的眼裡洋溢疼愛。

疼愛會使一個人看見的東西變得比實質上弱小，需索庇護。

「如果我們的感官足夠精細，就能確實感覺到那道裂縫存在。」尤珀強調。

「假使有天真的能夠辦到好了，尤珀，妳想對那道裂縫做什麼？」

「跨越過去。」

「然後呢？」

「在那道裂縫的對面，說不定，是你會嫁給尤珀。」尤珀說。

韓森眼眸發亮，彎身湊近尤珀，在她鼻尖上一吻。

尤珀憎恨他不直接吻在唇上，但就像他完全聽反她話中的真意，他當然也看不出她多麼心口不一。實際上，她滿腦子只想鑽進快艇，將他撲倒在散發高雅氣味、淺栗色的皮革椅上。

「別擔心。說不定，妳還沒做完專題，我就已經回來了。到時候我們可以繼續討論這樁婚事。」

他往繫纜柱的頂端撐起身體，雙腳飛落在快艇裡頭，站得很穩，對尤珀揚起手掌。

白尾熱帶鳥被突如其來的動靜嚇得起飛。尤珀勾起嘴角，看見一根羽毛從天而降，切開她與他之間的空氣。

她的情感在理智背後哭兮兮地吵鬧，想抓住他馬球衫波斯藍的衣領，自行實現她渴望的親吻。但此刻的她告訴自己，只有小孩子才會渴望什麼就伸手去拿。

她要韓森在沒有她隨行的旅程裡、大洋上搖曳晃蕩的睡夢中，反覆想念著她。等他回來的那天，尤珀或許會考慮以更明確的語言，將他變成自己的，也將自己終於交到他的手中。

總之，那還不是現在。

尤珀所不知道的是，那既是未被紀錄的現在，也沒有發生於未來。

出海之後，韓森的船從沒有在任何島嶼靠岸。

3

尤珀離開遊艇碼頭，沿著種滿白花羊蹄甲的濱海道路行走。

她一轉身就努力不回頭望，心思全掛在漸弱的快艇引擎聲上。

當目光再次聚焦時，尤珀赫然發現一名黑人女性正平躺於樹蔭底下。

她踏入樹影，收顎觀察那具身軀。

女性沒有什麼特別，或許四十幾歲，無論穿著、妝容、體態，都是能在任一個島嶼隨處見到的樣貌。女性圓睜著眼，眼球表面漫布一層薄薄的亮光，分不清是單純濕潤或者眼淚。

她的腹部明顯突出，成熟的身孕隨呼吸和緩起伏，雙手平放於身側、雙腿平伸。那姿態稱不上異樣，就像隨便一個　躺草地望天、在陰影裡沉思的路人。雖然她的背部枕著凹凸不平的樹根，只要當事人不介意，倒也無傷大雅。

「妳還好嗎？」

尤珀走到她身旁，用絕對不至於被忽略的聲音發問。

對方的瞳孔筆直鎖著上空，在那兒只有籠罩著兩人的樹葉和花影。

沒有回應。

尤珀覺得，自己或許是多管了閒事。

樹浪搖曳中，一片白花羊蹄甲飄飛落下，朝左搖擺又拐彎向右，最終落在女性的瞳孔中央。

沒有眨眼。

這時候，尤珀懂了。

想通的剎那，她發出近似嗚咽的嗆氣聲，下巴突落，高高低低地顫抖，就是沒再闔上。她汗毛直豎，咚隆跪到女性身旁，雙手撐著濕潤的泥土，彎下頭靠近……小心翼翼吹出一口氣。

原已靜止的花瓣略微搖動，猝然向旁噴飛，旋動著落到身體另一邊的土壤上。

「嘿。」尤珀靠近女性耳邊，聲音輕得像是怕被別人聽見，「那只是夢。不是真的……！」

女性沒有眨眼。

「妳不會有事……妳會醒來。」

尤珀沒發現眼淚一湧而出，在睫毛附近零落開來。即使真有選擇，她大概也不想察覺自己所處的狀態。她單純顫抖著手掌，抓緊泥土。

「想想那些快樂的事……」

尤珀喃喃重複，對抗摸不著也看不見、她從未親眼正視過的黑暗。

「想想那件最快樂的事。」

尤珀很早就知道該怎麼做了。

你必須說服他們那只是夢，否則他們會永遠醒不過來。

她不停重複那句話，不停告訴對方那是夢、不是真的。雖然尤珀也曾經懷疑，將他們帶回這裡，這個號稱真實的世界，究竟是不是一件有益之舉。

與此同時，純白的花瓣持續墜落，其中幾片穿過女性變得有些透明的身體，碰觸了微微潮濕的地面。

「妳還沒有……跟妳的寶寶見到面，不是嗎？」

這句話就像被擊錘敲出的子彈。

女人的身體恢復實心，體溫隔著短短的距離，傳至尤珀冒出汗水的鼻尖。

尤珀再一次感覺對方「存在」了。

女性倒抽一口氣，久未移動的眼皮突然大睜，眼角流出汨汨淚水。

她的目光孱弱，在望見尤珀的那一刻，又變得更加疑惑。

「又是妳。」

「妳可能認錯人了。」尤珀說，「妳的精神剛被暗體攔截，腦袋應該很混亂。」

被暗體攔截，是尤珀對這件事情的個人稱呼。在這個年代，暗體執行人員的「精神塌縮」還未有一套完整的處理程序。如果有誰突然倒下，他們經常就這樣悄無聲息地躺在路旁，即使身體消失，也未必被人目睹。難以計數的執行人員都曾在無人發現的角落，如時間被喊停般動也不動。某些時候，他們的心跳終於熄滅，身體就成了遺體。

女人止不住紊亂的鼻息，但仍然緊盯著尤珀。

「妳一直都在暗體裡面。」

「妳還是再休息一下吧。」尤珀的聲音因防備而緊繃，「我不會跟暗體有關連。我以後要成為人工島的技師。」

女人眉心緊皺，撈抓著就要流失的資訊。

「妳叫……尤珀，對不對？」

被素未謀面的陌生人叫出名字，尤珀默默咬緊牙關。

「妳搞錯了。」

跪地的雙腿微向後移。她試圖站起，但女人攫住她的手臂，不讓她離開陰影掌控的地域。對方的掌心熱燙，指尖傳來正強勁舞動的脈搏，遠遠超乎常人所能承受的極限速度。

「在閘口夢境……」女人在迷茫的神采中說道，「妳勸我別再繼續下去。妳說，我會失去最珍惜的東西。」

「我根本就沒有見過妳呀……」

尤珀覺得好荒唐，她根本不該幫助這個人的。

「妳……是妳告訴我的。在暗體裡……有妳需要的答案。妳會見到……最無法割捨的，那個重要的人……」

尤珀發現寒意自腹部升起，彷彿體內血液被一次抽乾。

對方指的是韓森嗎？為什麼她非得進到暗體裡見他不可？他現在可是正航行於太平洋的浪花之上。他是沐浴著明媚出生的，未來也會踩著祝福的花毯幸福一生，直到老去之日，仍能展現那種未曾見過深淵的大笑。

這實在是太荒謬了。

女人夾帶嘆息，對葉隙間搖曳的日光緩緩眨眼。

「妳會知道他們為何而死，也會知道自己為何而生。」

女人撥落沾黏於臉龐的花瓣，使尤珀注意到她鼻尖上的長長疤痕，從癒合的方式就能想像，無論事情是怎麼發生，那把揮下的刀都殺意堅決。

「而我會失去最重要的東西。」

「我絕對不要。」

尤珀放棄掙脫的力道，跟著抬頭望向千瘡百孔的陽光之洞。

「暗體有什麼好的？妳不辛苦嗎？」

「那……是我見過最美麗的地方了。」

「杜鵑島的海浪也很美！我會跟喜歡的人結婚，成為人工島技師。我不會隨便就在路邊昏倒，變得透明或者死掉。我會度過安靜但快樂的一輩子！」

尤珀大聲宣稱，聲音宏亮得接近厭惡。

從九歲到十二歲，尤珀在某座機構裡住了三年。

按醫生的說法，那段時間的她，反覆經歷著學理上所謂的「精神死亡」。她的大腦成為一臺踩下煞車的車輛，在觸碰停止線前無止盡地減速，動能流失而意志黏糊。治療師們所做的干預，是用力搧動停滯的空氣，刺激她目視一切事物時所展現的淡漠。

他們當然也配發了藥劑，但相較有效的方式，其實是簡單的身體勞動。在這些勞動之中，身體能意識到自己其實有辦法掌控部分情況。任務完成會刺激多巴胺釋放，帶來比原先稍加良好的自我感受。

在最糟糕的狀態下，尤珀連最基本的飢餓或痛苦都感覺不到。身為人的認知邁向瓦解，喪失對活命的確切概念。她躺著不動，像瓶子裡漏光後不復存在的沙子，心臟停過幾次，最長的時間是六分鐘。

醫生說一般而言，精神死亡的進程可能更快，或許短短幾週，就會達到生理與心理的確切終點。

但展現在尤珀身上，卻是漫長的三年。他們不斷將這輛慢車往回拉，車子又緩緩駛向停止線去，然後他們就再往回拉。

那三年的事情，尤珀絕大部分不記得了。只有薄如蟬翼的晶瑩印象，偶爾閃過眼角側邊。

她會偷喝治療師們藏起來的酒，以那個年紀而言可能太早。不過空洞的感覺並沒有因此消失。毋寧說，無力恰如布面上渲染開來的染料，充斥於所處環境的細節背景，在日光裡、在葉聲中，與寧靜或吵鬧都緊緊交織。

這時尤珀會在不被發現的程度下，再多偷一些酒，喝進空空如也的胃裡，預設著醉意應該要向上疊加。但到了那個階段，她通常不再有茫的感受，也等不到醉的到來。那是她第一次發現有些看似方便的物品，很可能毫無用武之地。

她記得吃藥吃到有點昏的時候，頭會忍不住一直往旁傾倒，需要倚靠在一個定點上，比如院牆上的花盆。她沒對醫生說，其實她喜歡那種感覺。她也記得在勞動過後，天氣變得很晴朗，出現了一顆星星。她認不出那是什麼星，它也只是孤伶伶地掛在那兒，簡直像畫作裡的汙漬似的。

她最明確的領悟只有一個。

無論身懷榮耀或平凡無奇，人內在的黑暗都不會消失。沒有了它，人就不會存有。

「奇怪……我為什麼……躺在這裡？」

女人嚇得抖動下巴，鬆開尤珀的手臂，像是沒意識到自己剛剛抓得她多痛。

「剛剛，妳的意識被暗體攔截了。」

尤珀再次解釋。

在被抓著不放的過程中，尤珀以十秒為單位，趁機計數對方大拇指傳來的脈動。女人的心率現在已經恢復正常。

從對方眼裡浮現的平穩光亮看來，尤珀已經不知為何滑出她的記憶。

「是妳幫了我嗎?謝謝妳。」女人十分客氣，稍早帶有魔性的壓迫感全然逝去。

「不客氣。」

女人站起身來，抖落一身花瓣。

她沒跟尤珀說再見，步伐搖搖晃晃地，沿著大道獨自離去。

暗體任務

FORMOSA-I225-0800407

尤珀坐在路邊，等候著某件事情的發生。

這是一座叫做法蘭茲・約瑟夫的偏僻小鎮，短短十五分鐘，就能從城鎮入口走到另一端。幾組行人經過她身後。老夫妻牽手散步，在紅色的國際郵筒投下一疊明信片。繫著圍裙的酒館侍應手持玻璃杯，搔搔鬢角的鬍子，快步爬上酒館前方的樓梯，跳躍著朝室內衝跑而去。一群相貌平凡的男子穿著居家服飾和拖鞋，激動談論著電影情節。直升機發出巨響，飛過帶點雲霧的藍天。

在此一片刻，她心知自己不被任何人所需要，或者放在心上。她沒有亟於解決的困境、待辦事項，以及哪怕一絲絲對於「接下來」的打算。她只有被設下結界的情緒，沒有回憶。

她想起達利說過：天國算什麼，卡拉才是真的。

達利擅長於清醒著睡著。在覺醒與沉眠間的微妙間隙中，身體放棄移動，夢境則如湖面白霧襲往岸邊。暗體學課本將達利列為「天生鄰近暗體」的案例。他在無數次的臨睡幻覺中碰觸了暗體，以及之中的祕密。

聲音、幻象、畫面、念頭、浪潮、谷風、光影。

那些人在還沒有暗體研究的時代，就懂得從世界的夾層擷取資訊。

尤珀棲坐於酒館人行地磚邊的木製桌椅，雙腳打直斜靠地面。

她並未點餐，酒館裡的人也不在乎，沒有出來招呼。馬路對側有間開著暖氣的公廁，以及兩個比她還要高的垃圾桶。在雙線的柏油路正中央，斜斜掉落一根拐杖。

不一會兒，天空中出現幾個黑點，持續朝著尤珀靠近、降臨。

帕達卡扭曲的臉首先出現在她的眸中。

尤珀因此想起她所在等待的那件事。

「比起埋怨妳，我可憐妳的時間更長。」他臭著臉說。

被從一萬六千英尺扔下來的帕達卡，雙手拉著剛剛撐開的飛行傘，用明顯打算殺害尤珀的神采直線降落。他相當不滿意尤珀的鬧口夢境。他無數次對尤珀抱怨過，能不能讓一切再更簡單一些？像是讓隊員們**直接出現在一棟建築物裡就好**，不要每回都得高空跳傘，這樣不是簡單多了嗎？

「你還是很怕高嗎？」尤珀笑著問。

「我有懼高症。我已經厭倦每次都要跟妳來場這樣的對話。」

帕達卡憤怒揚聲，飛行傘跟著一歪。

「你臉上濕濕的，是嚇哭了？」

「因為太想念妳了，無時無刻都在嗚咽。」

他翻著白眼，雙腳一碰地，就迫不及待把所有裝備的扣環一一解開。

咯啦、咯啦、咯啦、咯啦、咯啦。

「妳學會了當執行人員的所有態度，卻沒學會權術。」

帕達卡用溫柔的語調，怨懟難耐地撂著狠話。

「對你，我需要使用什麼權術？」

「比如說不要讓一個有懼高症的同事，每次都非得高空跳傘才能進入妳的閘口夢境。讓他不必總是從這種可怕的事情，開始一場暗體的任務。讓他感激妳的存在，而不是心懷憎恨。」

尤珀突然理解到為何自己會坐在這樣一個地方，以及她所在等候的是什麼。

帕達卡的臉朝向地面，手掌抓握住兩個發軟的膝蓋，然後，他發現在視線所及之處，躺著一根相當不錯的物品。於是他拾起那根拐杖，蹬地撐好顫抖難止的身體。

他把雙手交疊於拐杖頂端，拾回自尊後，就再度瞪起尤珀來。

尤珀意識到在這之前的許多次，還有在這之後的無數次，不論重來多少次，帕達卡永遠都會撿起那根拐杖，無一例外。

你在恐懼中跳下高空，身體靜止於空中的剎那，就像在墜落中死去。即使如此，你仍不斷來到、不管多少次，你都來到。

她所需要的是一個寧靜不已的世界。

在那裡，有人將會排除萬難，最終尋找到她。

「天賦跟負面代價是一體兩面。」現在，補漏人趙胖也降落了。

細瘦得像竹節蟲的他優雅著地，在最後一秒擺出超級英雄著陸的姿勢，讓尤珀為他歡呼。尤珀在鼻前用力拍手，對他拋一個媚眼。

趙胖向著帕達卡，語態寬大為懷：「你擁有太多憤怒了。」

「我既麻木又悲傷。」帕達卡用戲劇性口吻演繹僵硬的臺詞，「沒有人來奪我性命。」

「你們平常出任務都是這種氣氛嗎？我想申請轉隊了。」

剛被發配到第九小隊的測繪師小馨放開飛行傘的兩邊肩帶，十指張開時，傘面、繩索、綁縛住整個身體的背心就化為花瓣，憑空消失。

「哇。」趙胖跟尤珀一同發出嘆聲。

「別給我做這種額外的表演。」帕達卡傾倒食指，發出恐嚇。

小馨如芭蕾舞者，腳尖無聲輕觸地面，對著大家彎腰致意，趙胖跟尤珀鼓掌喝采。

「既然這一切攸關生死，幹麼不輕鬆一點呢？」小馨攤手。

「隊員到齊，上耳機。」補漏人趙胖說完，四人的耳邊就出現耳機。

幾聲雜音後，從那之中，傳出了調度員郁南熟悉的嗓音。

「各位，你們是科研島暗體總部第九小隊，即將出發執行第 0800407 號任務。暗體範圍在第九小隊的影海近海，根據麻瑰的計算，時間換算率是最低指數二十。體感的任務時間四十小時，換算起來是表層世界的兩小時。」郁南說道，「如果時限接近，偵錯員尤珀還沒辦法喚醒所有人，我會再一次跟你們聯絡。記住：**把耳機收好，不要弄丟了**。」

「要是沒有聽任務宣告，我通常在這時候就已經忘記自己是誰了。」趙胖取下耳機，放進帶有鈕釦的胸前口袋，「就像一直處於喝醉的狀態。」

小馨從背包取出速寫本，翻動半完成的大地圖。她咬開墨水筆的筆蓋，在空白新頁上，朝著前方的原野開始速寫地形。

尤珀在胸前握住雙手，閉眼感受。整個環境裡充滿了巫師盛會那般，妖魔亂竄的流動感。北方有不明電場正在竄動，而月亮的位置……她內稟的直覺能越過風暴，找尋到黑暗深處不朽的一道光輝。

「妳在對什麼祈禱？」

帕達卡隨口消遣，用拐杖勾開纏繞鞋子的飛行傘繩索。

「不知道。沒想過。」尤珀笑著睜開眼睛。

「現在又在笑什麼？」

「祕密。」

尤珀保持微笑，朝著混亂的風場邁出腳步，聽見帕達卡拄拐杖跟上的聲音。她不過就是想起了，拐杖是達利作品中著名的符碼，跟天使一樣經常出現。她的天使有點暴躁且難以控制，但仍來到她的身邊了。

第三章

我提醒他們維卡里歐兄弟會殺自己養的豬，
他們不但跟牠們親近，還一一取名字辨識。
「沒錯，」其中一人回答我。
「但要知道，他們替豬隻取的不是人名，而是花的名字。」

——《預知死亡紀事》

羅卡交換定律　二一八〇

1

帕達卡呆坐於二十坪大的屋內。

窄小的公寓內沒有開燈，落地窗簾將科研島街道的燈火阻擋於外。他凝視著半空中的一團空氣，已經許久沒有眨眼。

他屈腿坐在空間正中央，腳底感覺木地板在日間吸收的悶悶熱度，雙臂交叉擱於緊靠的膝蓋上頭，左手腕尺骨側的縫線在隱隱作痛。那是名為安雅的怪女人基於不明意圖贈送給他的傷口。

在那手臂內側，扯掉點滴所造成的出血已經凝固，但不鏽鋼針的冰冷硬感並未消失，感覺就像他過於暴力，導致折斷在皮膚裡頭，徒留短短一截沒能拔出。他也把通訊環用相同的方式扯掉，拋向不知何處。他身上不再有發出亮光的物品，因而與黑暗全然重合。

帕達卡非常確定，這屋子裡少了某樣東西。

是什麼呢？明明非常重要，卻一直沒有回到視野裡頭。他懷疑自己在全然的精神塌縮後，浮出到了一個錯誤的地方，才會產生如此的異樣感。他無端認為，在他的身體還沒滑出表層世界的那個時間點，他曾經存在過的那個地方，才具有那樣東西。

而這裡沒有。恐怕永遠都不會再有了。

2

物理性的跡證，會指出一個場域發生過的真實。自他處攜帶的土壤、衣物落下的纖維、掌紋和鞋印，被某人觸碰過、無心破壞、刻意移動的物件。按照法國犯罪學家艾德蒙・羅卡的觀點，任意兩物體的接觸，必定會發生移易和著跡，無論程度大小。

羅卡被稱為法國的福爾摩斯，也被譽為現代法醫學之父。他所提出的交換定律，成為了後世所有法醫工作的基礎。

偏偏有些謎題，到底是法醫學所鞭長莫及、無能為力的。

寧心療養社區寄來的通知寫著，他們仍努力於山間亂石堆尋找小凱的遺體。他們「認為」小凱當晚應該曾在山崖邊坐著一段時間，但是沒有「確信」。他們看見電視新聞上的「搖擺城」騷動，為帕達卡先生的身體狀況感到擔憂，也再次為管理疏失致歉。有任何新消息，將在第一時間通知。

帕達卡不需要確信。他認為小凱就像向風群島附近的聯軍軍艦，已經永遠消失於這個世界上。而他，永遠都不會再前往福爾摩沙島了。

寧心療養社區和羅卡都不曉得的是，不接觸的兩個物體，仍然足以造成轉移現象。

比如，他的沉默與無所作為，抹煞掉了小凱的生命之火。

帕達卡從內心就能清楚看到那座山崖，以及小凱死前的模樣——

尋求解脫的念頭壓在氣管上。淚流滿面，恐懼到全身顫抖。好不容易拿起從護理站偷來的通訊環，向唯一能依賴的人撥出電話，對方卻連接起都嫌煩，還轉頭對無關的人物說玩笑話——**應該是又想死了吧**。

逡巡於水中的邪惡，總在挑選著缺乏保護的靈魂。為了不被碰觸，小凱使勁踢開黏稠的海水，伸直了手破水而出，爭取短短幾秒的救援。上頭誰也不在，但是下頭有。怪物攫住他的腳踝，說：沒人想要的孩子呀，那就由我接收吧。接著，被選中的身體就被拖回水底。

死前遭遇的最後一件事，是被認定最重要的人給忽視，彷彿明確指出：你過往綿延至此刻，用來壓制住害怕的信任，到頭來仍是徒勞無功。

帕達卡再也想不到比這更悲慘的結尾了。

為什麼我會把**任何事情**的順位擺在小凱前面呢？

他覺得自己好可笑，自私、失常，糟糕到無與倫比。

這樣的背叛，次數早就無法數清。明明都踏上福爾摩沙島了，卻像個行走的笑話，說什麼都靠近不了那座天殺的寧心療養社區。有時因為小凱狀況不佳、經常精神塌縮，有時是帕達卡自己辦不到。他所能給予的最大慈悲，竟然只有奮力抵達小凱所在的土地，就這樣將小凱埋沒在腦後焦慮燃燒的區塊裡。那是一半程度、但永不達標的努力。

而小凱呢，在遭受如此無情的捨棄後，傳送過來的最後一句話，卻是帕達卡記憶中的口吻，輕柔憐憫。

寶貝，你會沒事的。

帕達卡嘲笑自己。傻到認為躲避電話或會面，就能躲避掉終要來臨的死亡。明知一切無可阻止，卻還是心存僥倖。

我不願意面對自己必須這樣過活的理由，他想著。現在我終於失去了那個理由。

帕達卡已經想不起，自己最初是怎麼來到如此的人生之中。他走了很長一段路，有過許多後來破碎掉的腳底水泡，但仍不斷拖步前行。

小凱的執行人員生涯僅僅三年。從二一六八到二一七〇年，他換掉了至少三個器官，沒有更多後來。小凱搬到福爾摩沙島去養身體，並且在帕達卡結束訓練、被分派至科研島的同一年住進寧心療養中心。從二十五歲到三十四歲，帕達卡勤勉工作，每當前往更遙遠的地方、打造出了更堅固的沉想，就將一切細節完整轉述給小凱。

帕達卡的想法是，在這片沒有邊境的維度裡頭，或許有天自己能親身體驗摧毀小凱心智的那份痛苦。屆時他就能夠向小凱妥善證明，那份尖叫著的空虛，並不單獨屬於世上的任何一人。

只不過，帕達卡一直都很健康。他依舊擅長反諷、頂嘴、誘惑異性當遊戲、破壞規矩。兩年受訓、七年值勤，九年就這麼過去了。

現在帕達卡意識到，自己的執行人員生涯，恐怕不需要再邁向第十年了。初始的意義和動機業已喪失。那很可能就是他一脫離昏迷，就下意識把通訊環隨便拋開的原因。

小凱死了。是他害死的。

帕達卡什麼都不再需要了。

可是很奇怪，他還是回到這幢房屋，而且覺得屋裡少了一樣東西。

3

此時此刻，科研島暗體總部醫務大樓的九號病房內，暗體精神科主任醫師賽娜將嘴抿緊，藉此消化腹中的憤怒。

她任由一群深色西裝的男女操弄病床旁的儀器，並對著空無一人的床鋪採證，彷彿那裡剛剛有人死去。

賽娜還不知道的是，忍了這一段，他們不會停手，還會繼續移步她所管理的醫師辦公室、資訊安全室和機房，將目所能見的紙本和電子紀錄全部打包帶走。

一旦人忍受了微小的不合理，在事態變本加厲的過程中，只會越來越難喊停。這是賽娜這天所獲得，如油燈照亮夜路般的啟發。

兩名實習醫生行色匆匆，穿過保持敞開的房門，躡手躡腳回到賽娜身邊。他們是阿祥和盧靜。礙於身高，阿祥必須駝下背部，附到她耳邊回報情況。

小婷老大目前在福爾摩沙島開會，不在院內。接手處理的副所長碧碧，已經下令全面配合調查。

在病房另一角，靠窗的明亮處，站立著「原本」負責調查尤珀襲擊案件的兩位刑警。即使背光，仍能清晰辨識他們尊嚴受到冒犯的眉宇。

他們鬆開領帶低聲談話。聲音粗獷的那位忙著操縱手機，在電話這端持續等候。他向上司回報尤珀案件已被國安局暗體戰略處半路攔截，好似對挽回局勢還抱著期望。

國安局的人只說，事情牽涉國家機密與國家安全，必須取走所有必要相關資料。就這樣。

一臺協助機自茶水間端來冒著熱煙的咖啡。

它停在門口，從手臂伸出延長小臂，直到抵達賽娜交叉的手臂旁。瑰夏咖啡豆的青草甜香在滿布怨懟的空間中瀰漫開來，就連明快掠奪著一切的國安局人員，都忍不住回頭一望。

看看時鐘，恰巧是賽娜每日近午的小歇時段。實習醫生盧靜連忙對協助機揮舞雙掌，嘴型縮緊，發出噓、噓的驅趕聲。

協助機在噓聲中收回小臂，臉部螢幕浮出由標點符號排成的哭臉「:(」，握穩沒人收下的咖啡，轉身跨步離去。

在賽娜那雙嚴肅的綠色瞳眸後方，正憑藉在網路上看過的希臘景色安撫自己。

海底火山爆發只改變了太平洋上島嶼國家的命運。希臘沒有變，愛琴海也沒有。那裡的人雖然樂於往換日線附近搬遷，但是聖托里尼島依舊、羅德島、克里特島、米諾科斯島……等等，為何自己身在島國，卻還想逃往其他島嶼？

她又明白了。假使對所處的境況不夠滿意，哪怕別人只是拎著一根棒棒糖，看起來也會像是天使的羽毛。

我受夠了。

當兩位實習醫生怯怯盯著她紅髮披散的側臉，揣測著人稱「醫務大樓火箭砲」的她是否終將宣戰，她不過是在內心不停重複這些話。

我受夠了。

我想辭職。

4

時間稍微往回倒。

賽娜的這一天，是從半夜展開的。

凌晨三點，她被臨時叫到市區醫院，因為第九小隊的尤珀在手術期間「變透明了」。參與手術的醫師們不敢輕舉妄動，急忙聯絡暗體總部。

當賽娜帶著必要的儀器和人員趕到現場時，尤珀已經恢復實心，傷勢也開始重新出血。賽娜對那群重返手術室的醫生說明，這是發生在執行人員身上的正常現象，沒有什麼規律可言，僅僅是因為平時跟暗體有著頻繁接觸，存在的狀態容易在任一時刻變得稀薄。

特別是現在。尤珀意識不清，缺乏意志操舵，物質構成的肉身就像灌了氦氣的氣球，更容易倏忽離地、越飄越遠。

賽娜請檢測組的人員現場確認尤珀的數值。

她指著遠遠低於危險標準的暗體汙染物數字，試圖瓦解醫生們的心防。但那群人仍然顯得遲疑忌諱，比起受過醫療訓練的專業人士，更像怕被事件波及的過路人。雖然他們沒有表明，細微的肢體語言仍明確展現著恐懼，彷彿尤珀的身體會突然爆出黑洞，把人給活生生吃掉似的。

最後，賽娜忍不住吼了句「你們還算醫生嗎」，他們才不情不願地執回手術刀。

為了避免尤珀又因為雞毛蒜皮的小狀況，被那群養尊處優的醫師無端晾在手術檯上，賽娜請暗體精神科的資深醫師駐守現場，叮囑他們隨時關注尤珀的狀況，並且務必在關鍵時刻逼那些懦弱的傢伙堅守崗位。

「我早就說過，一般醫院也必須配置暗體精神科醫師。這樣做事太沒效率了。等我們好不容易大老遠趕來，本來能救活的人都要被弄死了。」

賽娜對著前來關注情況的總醫師抱怨。

「光是冒險讓貴所的執行人員進入院區，我們就已經收到民眾跟院內同仁的抗議了。如果不是尤珀小姐出血多、狀況危急，按照一般慣例，我們通常希望由暗體智慧研究所的醫務大樓自行處理。醫生們在開刀房裡連夜工作，難免比較疲憊。還請諒解。」

對方自認慷慨地指出方向，準備把賽娜送至門口。

但賽娜還沒有說完。他們理解的遠遠不夠。

執行人員就跟任何一個平凡人一樣，需要獲得醫療照護，不該老是在醫院之間被互踢皮球。醫院只會盡說些風涼話，暗指暗體智慧研究所搞出的問題，就該在自己的醫務大樓治療——這種發言，她自入行以來不知聽了多少遍。

她多想對那些戒慎退縮的蠢臉大喊：你們根本不懂暗體研究的意義有多深遠。

它的意義是一首詩，人類不讀詩已經很久了。

賽娜張嘴打算繼續爭論，但彷彿嫌她事情還不夠多，醫務大樓傳來了緊急通報。

原本躺在九號病房觀察狀況的傑西・帕達卡突然消失了。

科研島初露的暮光沒能撫慰賽娜的暴躁情緒。

她匆匆返回暗體總部，發現實習醫生已經封鎖九號病房。

他們一看到她就群起圍上，展開語無倫次的報告，說懷疑帕達卡或許又一次發生了精神塌縮。

她沒認真看著他們任何一人，直往病床的方向瞧。

「噓。」

賽娜高舉食指，如一道聖旨讓所有人閉上嘴。

她無視實習醫生遞上的防爆衣，接連揮開幾個穿戴全套面罩防護衣的檢測人員，在眾目睽睽下走向病床。

她趴至地上，蒼白的臉頰緊挨住地面塵埃，覺得自己可以馬上睡著。

她將手探入黑漆漆的病床下方，抓出了那條被帕達卡給扯斷的通訊環。

「小朋友們，你們在學校裡都上過『精神塌縮』這門必修課。」

帕達卡的病床看起來很舒適，讓她渴望躺上去，看能否在斷片似的睡眠裡忘掉市區醫生的嘴臉，以及身邊團隊的不可靠。

但賽娜只能坐到床緣，對著一整群實習醫生和檢測人員嘆氣。

「在出動檢測組之前，有沒有誰花費個十秒鐘，確認帕達卡的暗體汙染物數值，是否在斷線前一刻飆升？」

暗體汙染物激增，通常是精神塌縮的前兆。

就算帕達卡運氣真的那麼背，在短短幾天內就經歷第二次連身體都消失的精神塌縮，賽娜也確信通訊環不可能單獨掉落。既然帕達卡還有辦法扯下通訊環，就表示當下具有意識。

這個男人從頭到尾都還在表層世界活動。

賽娜半舉起手，鼓勵曾確認暗體汙染物數值的人站出來，好讓她當眾表揚。一室寂靜。

「協助機？請回答。」賽娜叫住正在將檢測儀器推離病房的機器人。即使身處如此的場面，它們仍能來去自如，不像人類，動不動就要受困於凝滯的張力之中。慧黠的它們知道儀器現在都不需要了，最好推回原處放妥，緊急出動時才方便拿取。

「直到斷線之前，傑西·帕達卡的暗體汙染物數值一切正常。」

「謝謝。」賽娜的手掌往上一托。

協助機展現笑臉符號，用更快活的腳步，將檢測儀器推至走廊。

「我們現在知道，帕達卡並沒有發生精神塌縮。」賽娜甩動帕達卡斷裂的通訊環，拿來指向實習醫生，「阿祥，你說。目前的標準程序應該是什麼？」

阿祥縮肩，食指背面磨蹭眼鏡下緣。

「呃，通訊環斷裂，無法定位執行人員的位置……所以……」

「不要浪費時間害怕，想好再回答。」賽娜說。

「呃，執行人員在非正常程序期間，關閉或阻礙通訊環的定位，依法要通知警方展開搜索程序。」

「現在人是在院內弄丟的，通知警方之前，我們可以先做什麼？」

「確、確認監視器。」實習醫生說，「我們可以先調出走廊跟各出口的監視畫面，還有……」

「還有每臺運作中的協助機。」賽娜說，「它們的工作就是記錄一切。我們可不希望警方特地趕到，卻發現帕達卡只是在廁所拉肚子。那個臭魔女安雅・卡德爾，就在等我們犯這種錯誤。我們沒有要每天都登上《群島日報》，對不對？」

她雙手一拍，凍結在九號病房內的所有人類就頓時恢復了運作能力。

人員解散後，剛抵達總部就聽見訓話的刑警們走進房內向賽娜點頭致意。兩名彪形大漢慰問賽娜的辛勞，打趣說道如果未來想轉職，科研島警局相當歡迎。

「假如我要換工作，我會去創個小業，當自己的老闆。」賽娜說，「我再也不要見到任何一個官僚體系的蠢蛋了。我連公司名都想好了，就叫『跳嶼』。你們覺得如何？」

他們對看一眼。

「滿好聽的。」

「很有島國的感覺。」

賽娜露出這天以來的第一道笑容，搞得兩名警官有些飄飄然的。

幾句閒聊後，三人言歸正傳。

警官們希望能從同事口中問到尤珀的生活狀況。他們拜訪過尤珀登記的住處，那裡的灰塵比賽娜剛剛在地面上沾到的厚個五倍，顯然已經無人居住好一陣子。

賽娜不確定這跟「鐵人」碧碧的領導風格有無關連，但事實上，第九小隊的固定成員，包括尤珀、帕達卡、趙胖、小馨和郁南，都屬於鮮少進出醫務大樓的那群人。

參與地景計畫的一至八小隊都經常有人累倒，或出現嚴重的急性身心過荷症狀，唯獨第九小隊健壯如牛、沉默如金。

賽娜想起今年三四月時，好幾次夜裡值班，都在醫務大樓的廁所碰見尤珀。身著寬鬆的居家服裝，手拿牙刷，走起路來悄無聲響。賽娜暗自猜過，尤珀那陣子可能就偷偷住在這一間第九小隊專用的九號病房，或許是公務疲憊懶得回家。

由於執行人員在暗體任務中全隊折損、需要急救的狀況相當常見，每個小隊的專屬病房都備有足夠全隊人數的床位。

換句話說，就算尤珀在夜裡不經同意占用一個位置，那本來也就是要給她用的，因此賽娜並未特別過問。

後來又過一陣子，她就沒有再見到尤珀了。

「不過，就算尤珀沒住家裡又怎樣？你們沒去查那群對我們所內放火斷電的暴民嗎？還有誰比他們更有嫌疑？」

「拘提到案的幾個民眾提到，他們只有縱火，沒有斷電。」

聲音斯文的刑警說完，隨即摸摸嘴，反省自己嘴比腦快。

聲音粗獷的鬍子刑警收回譴責的目光。

他說：「貴所的外部入侵案件，我們有其他同事專責調查。至於尤小姐的襲擊案件，我們希望多了解被害者的人際狀況。任何細節都好，或許可以成為破案線索。」

「尤珀很聰明，有種低調的幽默感，大家都愛她那個怪怪的特質。在偵錯員這份工作上，她已經破了好幾項郁南以前創下的記錄。其他隊的指揮官一天到晚都想挖她過去地景計畫，但碧碧說什麼也不放。」賽娜話鋒一轉，「但我也從來沒看過哪個三十歲的人，能把生活過得那麼乏味。執行人員通常都會排假回去看家人，但她幾乎沒在休息，很少離開科研島。要是她有一個帕達卡以外的朋友，我都要幫忙歡呼了……」

「帕達卡。」

鬍子刑警複誦。

正當賽娜打算進一步解釋，帕達卡就是那床現正失蹤、平時經常打破飲酒規範的傢伙，國安局的那些野蠻的西裝男女就一舉闖進了房內，展開程度遠遠超乎標準的採證。

從那刻之後，賽娜就一直抱著手臂思考希臘，以及離職的事。

也因為如此，國安局人員多花了三十幾分鐘，才從她緊握的掌中取走她稍早撿起的，曾經屬於帕達卡的通訊環。她當然知道那是國安局人員需要、也渴望找到的物品。可是猜猜怎麼著？扳著臉假裝認真，一邊來個腦中希臘旅遊，當然又更重要。

面對她這消極但意義重大的反抗，實習醫生盧靜和阿祥露出崇拜聖人的神采，爭取案件主導權失敗的兩位刑警則低調忍笑，在離去時將手背到背後，對賽娜比了個讚。

幾年後，賽娜跟聲音比較粗獷的鬍子刑警結婚，並且去希臘度了蜜月。

5

六天後，國慶日。

科研島警局失去了對尤珀負傷案件和外部入侵案件的調查權。擅自從醫務大樓逃回家的帕達卡已被捉回暗體總部。但是尤珀的傷勢並未好轉，凶手也沒有因為國安局介入就變得更加清晰。

尤珀告訴過帕達卡，今年的煙火在木星島施放。

她就是這樣，會用不經意的語氣去提及心裡有點渴望的事物。帕達卡也忘記是什麼時候，順手就買下兩張去木星島的船票——因為她異常喜歡坐船，討厭海底膠囊列車。他盤算著給她一個驚喜。

不過今晚，他們兩人都不可能、也沒有搭上那艘船。

帕達卡獨自坐在能容納十人的中型會客室內，等候國安局人員到來。對方沒什麼禮貌，十五分鐘前才突然宣布下午五點要過來問話。

被關在所內的帕達卡很快就走過來坐著，只為爭取半張著嘴發呆的空檔。反正現在也沒人會排暗體任務給他，只要他乖乖待著，大概就不會受到刁難。

除了這場顯然將等同拷問的會談，他還得面對暗體執行人員外出違規事項的懲戒調查，以及長達兩個月的禁假、突襲抽血與尿檢。這份工作的殘酷，就是能對剛去從鬼門關繞了一圈的人執行所有該做的懲罰。

但還能怎麼辦？畢竟是他打破酒精規範在先。

是他在「搖擺城」酗了酒，還好死不死弄丟一個愛人、嚴重精神塌縮，導致違規事實東窗事發。要犯規就不該被抓到，這點是他不好。

說實在，現在帕達卡對上述事項都沒什麼感覺。

他雖然心智頹喪，卻仍然謹慎地向上天祈禱，能不能在短時間內先不要見到賽娜。賽娜罵人真的好可怕，尤其在她成為你的朋友之後。

正當這些思緒在腦中暴亂起落，門開了。

帕達卡發出怯懦的哼聲，有點怕是賽娜來抓他了。

走進房內的不是賽娜，是一臺協助機。

6

「帕達卡先生，我已經把電子名片送到您的裝置。我們兩個今天代表國安局，來向您詢問一些重要資訊，希望您配合調查。首先請問，你跟尤珀小姐是什麼關係？」

「第九小隊的同事。」

「據我們所知，兩位目前住在一起？從什麼時候開始的呢？」

「目前我們不住一起了，因為她在市區醫院的加護病房。」

「在那之前，是從什麼時候開始一起住的呢？」

「五月吧？應該是我上上次喝酒被懲戒的時候，還是上上上次？」

「請問兩位的關係。」

「同事？剛剛問過了耶，你有在認真聽？」

「兩位正在交往？」

「你猜呀。」

「為什麼一起住呢？」

「一定要交往才能一起住嗎？共居社區的老人，他們也都跟彼此交往？」

「帕達卡先生，還請您配合調查。」

「不然？我會被當成敲爛尤珀腦袋的凶手？我提醒一下，尤珀出事的時候，我就像一條植物，躺在福爾摩沙島的什麼什麼加護病房裡面。如果你們有興趣，我也可以分享我被鬼抓走的經驗。首先，你的眼前出現一片黑暗——」

國安局人員提高聲音。

「正確而言，那時您已經被轉部，回到總部這邊的醫務大樓。」

「看來你們什麼都知道嘛。那調查我們為什麼住在一起，對她的案子會有幫助？」

「尤珀小姐為什麼搬到您那裡住呢？請配合調查，否則我們得請你的主管過來了。」

帕達卡閉眼，眼皮下的圓滾突起向上爬升。

在這個空檔，至今未發一語的女性國安局人員看往房間另一端。那裡有副看起來電源沒開的協助機，以醉漢般的姿態斜斜靠坐在牆角，全黑面部向著他們三人。

她聽親朋好友說，暗體智慧研究所都用這種機器人來處理沉入暗體的各種雜務。除了有點擔心上頭是否沾染了多餘的暗體汙染物，她也覺得那張黑壓壓的臉蛋看著這方向有點詭異。她原本想問帕達卡，會客室裡正常而言會放機器人嗎？但帕達卡突然繼續了話題。

「她睡得不是很好。」帕達卡將手指插入右耳的髮叢，頭部後仰，頸部咯啦一響，「我發現她一天睡不到三小時。這對執行人員來說是很冒險的事。睡眠不足……跟酒精攝取過量，都可能導致暗體任務出錯。所以我請她搬來跟我一起住。我們沒有在交往。人不是只有談戀愛的時候才能關心彼此。」

「跟尤珀小姐一起住的時候，有沒有發現她哪裡奇怪？」

帕達卡盯著國安局人員，在一次眨眼的短短時間裡，腦後閃過尤珀的許多影子。

有回帕達卡請尤珀幫忙帶上客廳的窗。她看著他，像是被這個指令凍結成一座冰塊。帕達卡聽過對擁擠車廂、汽車、隧道感到害怕的幽閉恐懼症，像是尤珀這樣的症頭，倒是第一次碰到。

尤珀睡覺或更衣時從不關房門，上廁所也不關門，被帕達卡碎念就傻笑帶過。直到有次他比尤珀還晚返家，發現大門完全敞開，才因此得知，那一切都是尤珀對住家門窗的壓力反應。

「如果家裡有別人在，像是你在的時候，就算大門關著好像也沒關係。」

尤珀轉動靈巧的眼，像在談論雲啊風的，彷彿已和這些習慣融為一體，介紹著身上存在已久的痕跡。尤珀問這是否會造成他起居上的困擾。帕達卡輕鬆回應，看來以後也只能繼續撞見尤珀的裸體，反正看久就習慣了。

「至少，我們應該可以一起去泡裸湯了。」

他說完尤珀就拍手大笑，倒在沙發枕旁點頭說好。

但帕達卡沒問尤珀，為何她的背部、腿部，至少他曾無心瞄到的那些地方，會存在那麼多四散的疤痕。帕達卡對賽娜描述了那種比皮膚還要淺的區塊，以及一條條的長線痕跡。賽娜推測，那應該是連黑色素都被破壞的脫色疤，通常是手術或割傷所留下。

帕達卡在二十五歲認識尤珀，成為執行人員後的時光幾乎日日相見，堪比上同一所學校而不曾分班。他很意外，對某一人曾經以為的熟識，實際上可能粗淺得驚人。

他開始能夠理解當尤珀睡不好的時候，為什麼會無法獨自待在租屋處，而會偷跑去醫務大樓那種奇怪的地方過夜，因為那裡至少有人存在。

自從明白了尤珀的恐懼，帕達卡就盡量避免比尤珀晚歸，並且在任何一個空間裡都用心保持門窗敞開，為她保有足以順暢呼吸的條件。這些小舉止被尤珀察覺後，她便開玩笑地叫他「阿媽」。

尤珀一早醒來就會吃藥。中午、睡前也規律服用。藥物裝在她自己準備的小瓶子裡，帕達卡不曾看過實際的藥瓶和藥名。

帕達卡好奇她持續用藥多久了，尤珀微抬起頭，對著空氣讀取遠古的記憶，最後露出一道乾淨的笑容：「九歲？」

尤珀睡覺時常說夢話，有時還會夢遊。

就算腦袋清醒，她也會在該睡覺的時間跑到他的房間，跟他對話起來。

「你還記得沙漠的事嗎？」她經常問起這個問題。

「真的沒有任何印象。」他會打著呵欠，把棉被分給她一點，因為知道她會講很久。尤珀認為在某次任務裡，他們去了一座沙漠，並且在那裡談論了相當重要的事情。只是不管花費多少努力，通常還是問不出個所以然。

尤珀決定放棄時，會嘆一口氣。

「那我們明天去吃煎餃吧。」

「又吃?那間店很髒，很像黑道開的店欸。」

「不知道為什麼就突然想吃……可以吧?吃煎餃。」

帕達卡會好啦好啦地敷衍她，心想真是個怪人，然後在被吵到睡意全失的瞬間，聽見尤珀小小的鼾聲。

這就是尤珀，一顆礦石裡裝著深深的湖。必須足夠靠近，才能觀察到那些光澤和暗區。

帕達卡跑回住處那天，國安局的人突然破門而入，把尤珀的東西幾乎搬光，搞得好像她以後都不用回來住一樣。他們戴著手套，忙把各種物品裝進夾鏈袋。有人從沙發上掃落了兩個小小的捕夢網。帕達卡呆坐在屋內正中央，又已經很久沒有眨眼了。

他眼球一動，盯著紅色的捕夢網耳環瞧，知道不是自己的東西，就抓起放進口袋。在這個屋子裡，不屬於他的物品，就是屬於尤珀的。

即使受到國安局人員折磨的此刻，尤珀的捕夢網也代替她的本尊，在帕達卡的外套口袋裡守護著他。

帕達卡雙眼一眨。

飄得老遠的注意力，落回剛剛那個問題上頭。

有沒有發現她哪裡奇怪？

如果世上真有一種人叫做「正常」，那尤珀就是壓根怪到了極點。

「沒有。」他說。

「尤珀小姐是否曾經提過，近期有遭遇任何事件，或有值得留意的人物？」

「沒有。」

國安局男子毫無收穫，十指輕抬又返回桌面。

一直心不在焉的國安局女子注意到談話停擺，接手詢問：

「她是否對您展示過她的手記？」

「她經常隨身帶著的那個筆記本嗎？」

女子從公事包抽出一疊證物照片。擺上桌面時，她聽見會客室另一端傳來一些奇怪的嘰聲，正想轉頭確認，帕達卡又說話了。

「二一八〇年九月二十日……臺北大霧。」

他唸出那行寫在五月格子裡的句子，想起剛把尤珀拎來家裡住的時候，她總在夜裡捧著筆記本沙沙書寫。他好奇那是在寫什麼，她說，在寫詩。

在臺北大霧的四個字後頭，用紅筆打了個勾。

「二一八〇年九月二十七日……」

那是他前往福爾摩沙島的日子。在那輛他講了好幾通電話的計程車上，司機大哥對著他抱怨——

「首爾、東京大霧。」紅筆打勾。

帕達卡暫且看向兩位調查員。

「這不就是一些最近發生的事情嗎？」

「您再往下讀。」女子微抬下巴。

帕達卡抽掉剛剛那張證據照片。

「二一八〇年十月四日，慕尼黑、羅馬大霧……」

這是帕達卡從精神塌縮狀態醒來那天，也是尤珀受到攻擊的日子。

「沒有打勾。」男子提醒道。

「因為尤珀小姐在這天遭遇了意外。」女子說。

「只是少個紅勾勾，能代表什麼？」

帕達卡輕笑，可是兩位調查員回以肅穆，目光提醒著他，這疊東西還沒全部看完。

於是，帕達卡又抽掉一張證據照片。

後面這頁手記像是黑紙，因為上頭密密麻麻寫滿了字。

拉哥斯

喀拉蚩

孟買

聖保羅

金夏沙

拉合爾
利馬
德黑蘭
紐約
巴格達
聖彼得堡
仰光
吉薩
布達佩斯
斯德哥爾摩
倫敦
馬德里
喀土穆……

在每個地名旁邊，都各自標註著日期。

帕達卡抽掉那張證據照片。下一張又恢復了原本的書寫密度，一頁只寫一兩行字，字跡潦草，像剛醒來還拿不住筆似的。

「二一八〇年十一月，動物大遷徙。」

紅筆往外拉出一條弧線，如雲霄飛車轉了個圈，在旁寫下：

「鳥都去了哪裡？」

他再抽掉那張照片。

「二一八〇年十二月六日……」

帕達卡捏緊這僅剩的最後一張，覺得寒意在胃裡蔓延。

他望了會客室角落一眼，協助機黑不見底的臉部並未給出任何提示。

「世界拍碎。」

7

世界拍碎。

沒開燈的副所長辦公室裡，「鐵人」碧碧獨坐於胡桃木桌後的高背椅。她將上半身屈向桌面軟膜，緊盯著從機器人希森螢幕轉播過來的畫面，唯獨緊繃且發汗的臉部，被藍白的光彩給單獨照亮。

帕達卡看她的那一眼，就像用平時對上司過分隨興的口吻，隔空問著：

「世界拍碎……**快告訴我那是什麼鬼？**」

當碧碧抗議不該允許國安局進入所搜索的時候，電話的背景音極其吵雜，幾乎讓她懷疑，話筒那頭的小婷老大是否能完整接收到她的憤怒。

「碧碧，緊急氣候會議的議程不斷延長。」小婷老大說，「而且中央部會需要找我過去。這陣子暗體總部的大小事情就交給妳發落。」

碧碧發現她並未答問，於是將話題帶回。

「配合他們查案吧。」

「但是——」

「我們不是唯一一座出事的暗體機構。倫敦、基督城、利馬……全球各大暗體智慧研究所，都發生了執行人員的襲擊事件。它們之間或許存在關連，所以國安局的反應才這麼大。」

「這種事情……怎麼可能。」

碧碧嘴上說著，但思緒早已飛向某個特定的念頭。

「簡直就像是事件重演，對不對？又有人想把執行人員置於死地了，而且是越殘忍越好。」

「……執行人員是無辜的。」

碧碧其實不在乎大眾對暗體研究贊同與否，但無論如何，製造傷害或取人性命都不該成為結果。

「可是當我們捫心自問，我們真的無辜嗎？」小婷老大說，「你們平常最喜歡互相比較，討論哪個偵錯員最能趕上當年訓練厲瑰的小賴。可是在小賴成功之前，已經死過多少執行人員了呢？上過科技發展史的人都知道，在培育厲瑰的最初期，光是為了在暗體裡穩定住沉想而不被吞噬，就已經損傷掉了數百個，以全球而言，甚至是數千個沉想員。他的榮光，是許許多多生命疊加而成的。妳我的榮譽，也是這樣。」

「每一位執行人員，都是在知道可能付出什麼代價的前提下，才決定走上這條路。」碧碧加強口吻。

「如果我們可以說這些都是自願的犧牲。那麼，讓暗體第一次出現光亮的孩子們呢？在『孩童實驗』裡死掉的孩子，平均年齡不滿十二歲。如果暗體從來保持著黑暗，或許就不會有任何人死去，不是嗎？」

小婷老大溫和不停轉的語調，拋出碧碧無法抗辯的內容。

「又有多少人，只是因為我們『擔任著執行人員』，就受到了傷害？」

這一刻，碧碧彷彿又聽見了稚嫩的輕笑。

呵呵呵……

按照福爾摩沙群島《暗體執行人員法》的規範，執行人員不可操縱交通載具。只要出入過暗體，精神塌縮的發生就變得無法預測，因此他們一分、一秒，都不該坐在動力機械的駕駛座上。

名稱類似的法律在各國皆有，內容大同小異，且不外乎都規定執行人員不可飲酒或過量服藥，且必須降低生活中的輻射暴露量。

因此，他們不可持有智慧型手機，僅能利用通訊環這種微小裝置來應付通訊需求。這些規範是用來確保身體在沉入暗體時的穩定度，也可以大幅降低精神塌縮的機率。看得遠一些，平時越珍惜耗損終有極限的精神和肉身，退休後就越可能保有平靜安穩的精神狀態。

絕大多數人都認為自己不可能遭受雷擊，但之中的不少人都樂於購買彩券，夢想著千萬分之一機率的眷顧。碧碧也只是一介凡人，會貪圖沒人看見就彷彿不算數的方便。

比如因為孩子肚子餓好想吃點心，在租來的度假小屋裡偷偷使用不該持有的手機訂餐。

媽媽。

碧碧的精神塌縮幾乎是立即來到。在塌縮前一刻，她依稀看見年幼的女兒開了大門往外跑，對著初落的雪片笑喊跳叫。

她如失去靈魂的人偶，將剛沖好的咖啡灑了一地，睜眼倒向地毯。她的顏面恰巧就朝著大門方向，動彈不得地目睹那臺車輛肇事逃逸，疾駛過門框所圈出的長方形街道景色，不曾停歇、沒有回頭。

三十分鐘後，碧碧的瞳孔恢復視物能力，聚焦看見的第一個物體是女兒染著白雪的破裂頭顱，曾像鳥兒般晶亮的眼睛，已經變得灰白。

「所以說，當外面有人喊著殺掉那些科學家，難道妳不會覺得，其實有那麼一點道理？」

小婷老大的聲音將碧碧喚回現實。

「妳是暗體智慧研究所的所長，怎麼可以講這種話！」碧碧吼叫。

小婷老大最可怕的地方，是能在不經意的片刻毀壞掉一個人精神的完好。那些話是輕撫的緩風，但是夾帶小到難以辨識的銳利尖砂。待風止靜，皮膚表面就要留下刮痕，有血流淌。

碧碧捏緊拳頭。

「尤珀被傷害成什麼樣子，難道妳沒看見？就算『孩童實驗』是歷史上的錯誤，也輪不到尤珀來還……！」

碧碧知道自己有過錯，是無須爭辯的。

她早該將手槍對準下巴扣下扳機，讓自己的頭顱變得跟女兒一樣當作贖罪。自那一天起，碧碧早已認定發生在自己身上的所有歹運，都是還不夠痛快的報應。

或許她早該葬身於三戰前線，死在那場體型相距懸殊的刀械肉搏戰裡——她不該贏。她不該決定生下一個天使，再違規使用該死的手機，放任那孩子遭到毀壞，痛苦著將血流乾。

「在我們兩個爭辯『我們到底有沒有錯』的同時，世界上的某些角落，有好幾個天賦異秉的暗體執行人員已經身受重傷、失去行動能力甚至死亡了。在我看來，如果有人願意在乎執行人員為何而死，已經是這個世界所給予我們最大的仁慈。」小婷老大說道。

碧碧再也沒有力氣反駁了。

「國際刑警組織已經跟發生執行人員襲擊案件的幾個國家聯手展開調查，包括福爾摩沙群島。碧碧，讓他們查吧。接著，做好自己該做的事，就這樣。」

於是，碧碧做了自己認為該做的事。

下午四點五十五分，她從會議途中提早離席，衝回副所長辦公室。

碧碧派希森進入每個搜索和談話的現場，包括帕達卡被突襲詢問的那間會客室。

她連燈都來不及開，就在黑暗中開始伏案速記。

8

國慶日傍晚，帕達卡單手一撐，躍上實驗大樓的頂樓邊牆。

夕陽已經滑向科研島的海岸，橘紅而刺眼。在帕達卡目光下墜的方向，兩名國安局人員一前一後，保持著不太能談話的距離，從暗體智慧研究所前庭的沙地步向大門，連同被拉長的影子，成為兩條斜斜的黑線。

「大門外面那些人，是來做什麼的？」

名為希森的協助機雙手扶著邊牆，即使直視勢力漸弱的恆星，也沒有絲毫退縮。

帕達卡感覺強烈的側風推擠身體。

為了保持平衡，身體會使勁與之抗衡。但風任何時刻都能止息，令他向前一撲，血染沙地。接著，那兩名毫無交流的國安局人員恐怕又要往回跑，按表操課問問他的屍體究竟發生了什麼事。

「看起來是軍隊。軍隊來了。」帕達卡在幾乎直射的夕陽光裡瞇起眼。

「是來把我們困在暗體智慧研究所裡的嗎？」

就帕達卡看來，從迷彩卡車上逐一跳下的持槍阿兵哥，就是要來將所有人困在原處無誤。

「他們應該會覺得，是要來保護我們的。」

「聽說這附近的一隻野貓、一隻野狗，還有一隻浣熊，全部都叫希森。為什麼這樣取名？」

「這樣很方便，不用記那麼多名字。」

「希森是你父親的名字。不是嗎？」

帕達卡將食指貼至唇上，嘴型說「噓」。

帕達卡的微笑跟話題一同轉換：「剛剛拷問結束，我在會客室外聽見他們提到什麼『圖書館員』。你也有錄到那段吧？」

希森抬起彎曲的機械食指。

「不是『圖書館員』，是『圖書館人』。他們說，最近抓到一個『圖書館人』。」

「那是什麼？」

「似乎是『知道答案但不說』的人。」

這是帕達卡自己開啟的話題，但他其實不那麼在乎。他想去市區醫院探望尤珀，不過他們已經替他上了電子腳環。他不被允許離開這棟建築物，而且兩分鐘前就該到醫務大樓報到。

突然間，有件事掠過他的腦海。

「等等，在距離暗體很遠的某個地方，好像也有一座圖書館。這跟他們說的圖書館人，是不是有關？」

「你去過？」

帕達卡不點頭，也不搖頭。

希森未得到答案，機械頭部向旁歪斜。

帕達卡閉眼探向遙遠的記憶：「表層世界的額狀面，跟暗體的矢狀面彼此交會。它們重疊的部分，就是意識花園。而暗體的額狀面，又跟『另一個地點』的矢狀面彼此交會。據說那個重疊的部分，就是『圖書館』的所在地。」

「你說得對。」希森說。

「拜託，我根本不知道這段話在說什麼鬼。」

帕達卡向外划開手臂，活像個舞臺劇的演員。

「首先，三維世界的切面要怎麼定義？哪裡是上方、前方？這個難以想像的切面，又為什麼會跟其他切面又存在交集？這根本不是人類能懂的語言。只有那些怪物數學家才能理解。」

「看來你以前不是數學家。」

「在當上執行人員之前？」

希森的臉部螢幕顯現一個勾。

「在很久很久以前……」

帕達卡幾乎快要想不起來了。

「我曾經，是個小說家。」

「哦？小說家跟數學家，在本質上是一樣的。」

帕達卡忍不住想，這真是臺有趣的協助機。

「你說你不理解剛剛那段話，那麼，你最初又是怎麼獲得這項資訊的呢？」

「尤珀。」他說。

尤珀經常夢遊。

那夜帕達卡睏倦翻身，發現尤珀在房門外晃蕩。她明顯正在睡覺，嘴裡喃唸著某個空間的額狀面，另個地點的矢狀面，以及這一切是如何以碎形的結構無窮延展。

帕達卡認定尤珀是一頭怪物。他護著她搖晃的身軀，帶她返回床鋪躺好。他坐在床邊，閉上眼，在一波波睡意中與她有一搭沒一搭地對談。

當尤珀再次發出熟睡的呼吸聲，問題就不再獲得回覆。

「我問她『另一個地點』是哪裡，她說，那裡叫做『後世界』。」

嘰——

希森掌心朝上，在變得粉紅澄澈的空中投射出一個簡單的關係圖。

表層世界

意識花園（夾層）

暗體

（夾層）圖書館

後世界

「化為結構，大概長這個樣子。」希森說。

「那些面來面去的鬼話，為什麼會變成單純的層疊關係？」

「我把它化為你也能理解的形式，小說家。」

「謝謝。」

帕達卡移開視線，回去望著軍隊。

「圖書館人，該不會是能抵達圖書館的人吧？如果他們是『知道答案但不說的人』，那我們這些一天到晚掉進意識花園的傢伙，大概就是『對一切不知所以然』的人。」

帕達卡將指尖抵住光線分秒淡去的太陽表面，隨著說話節奏左右彎拐擺動，指揮著寧靜的交響曲。他的思緒飄向木星島即將點火升空的國慶煙火，擁擠的人群、夜晚的集市，還有他們究竟是怎麼錯過了這一切。

真可惜呀。

尤珀已經好久沒有出門旅行了。

「尤珀很在意這些事情？」希森又問。

「我們第九小隊被賦予的任務，是思考這個體系為什麼會長成這樣。」

自從厤瑰說暗體跟其他文明存在著聯繫，人類就一直想把自身的存在資訊傳遞出去。他們假設暗體的盡頭存在著「界外」，也就是假如人類能真正穿越暗體，所能抵達的另一邊。

「尤珀大概就是……一直在思考這些事情吧。」

「你認為那是她的推測，或是真正的答案？」

「以前我好奇過，現在我不想知道了。」

帕達卡在側風中闔上雙眼。

他的電子腳環嗶嗶作響，代表著很快就要有人撞開頂樓的門，來把他給捉回該在的地點。

「那些一直不散的霧、想置我們於死地的激進人士、討厭我們造成公共安全威脅的民眾，其實我全部都不介意。就算世界末日要來了，我也覺得沒關係。」

「為什麼？」

「因為在表層世界，已經沒有我最愛的人了。」

「尤珀呢？」

「我也愛尤珀。但不太一樣。」

「哪裡不一樣？」

頂樓的鐵門猛烈向外開啟，但被帕達卡稍早隨手纏繞的鐵絲給卡得死緊。從那極小的縫隙中，清晰傳出賽娜的怒吼。

「傑西・帕達卡。你最好馬上給我從那邊下來！離邊牆遠一點！我知道寧心療養社區的事情了！你為什麼不說!?傑西，都發生了這種事，你為什麼一句話都沒跟我提!?」

「哪裡不一樣？」希森再次追問，「在這個世界上，究竟有幾種愛？」

「啊……真想念搖擺城的酒。那裡的啤酒最棒了。要是能再喝到幾杯……說不定，我還有機會想出個答案給你。」

帕達卡低頭注視希森，無神的嘴咧開輕笑：

「但現在，我忙著覺得有點害怕。」

靜候世界誕生　二一五九

1

這時尤珀七歲，她已經懂得觀察太陽黑子。

唯有在太陽活動不甚激昂，也就是黑子數量特別少的時候，她的雙親才會出於工作受阻，罕見待在他們獨門獨棟、有著海濱後院的小巧家中。

哪怕不能雙雙到齊，至少會有一個。母親或父親，更多時候是母親。

這種時候的他們，會在起居上隱約顯露一種痛苦的不確定，彷彿毒癮發作，直在後頸踹踏舞動，為實驗進度落後感到憂愁。尤珀也學會裝出一副遺憾樣，但完全不作此想。

老實說，尤珀不算從小就志在科學的那種小孩。當然，身為兩位暗體理論科學家的獨生女，她無可避免攜帶著些許甩不掉也關不上的敏銳觀察力，並被迫暴露於一種實在艱困的生活環境之中——兩位家長總在餐桌上談論相位度量的變化、黑體輻射的異常、密度波的波峰，而不是冷峻輝煌的月光、入秋後滿山滿谷金黃耀亮的山毛櫸、在海濱玩耍輕語的過境戴菊。

尤珀觀察太陽不是為了崇拜光，只是為了決定需不需要蹺課返家。如同教父的名言，親近你的朋友，更要親近你的敵人。太陽和她是否能夠獲得少許親情滋潤，有著強烈正相關。

她為求避免科學介入她一家團圓的傻氣想像，而透過科學觀測著太陽。

尤珀在家鄉島001「福爾摩沙島」上，就讀一所兼備小中高、大學和研究所的人工島技師大學院。換個角度看，那是座相當適合把兒女扔著不管的巨型托兒所。總會有誰把你家小孩撿去觀賞充滿啟發性或者很失敗的科學實驗，也總有一堆對家長忙碌感到不平衡的兒童，能夠聚在一起瞎混惡搞。

尤珀每天都找機會溜出課堂，屏息在樹影下蝸步北行，穿越足球場後就繃緊神經，速速經過一座充滿鴨子的湖——因為她有點怕水——，接著登上天文物理所的高塔，進入罩著巨大機械圓頂的地面望遠鏡觀測室，跟人稱「瘋子鍾芽」的中年教授一起觀察太陽。

學校裡大概流傳著跟鍾芽相關的一百種傳聞。有的說他過去幾年曾經拋下教職，在森林裡吃動物生肉過活。有的說他殺過人，但從來沒找到證據。有的說他曾經裸奔，或跪身於夜海的浪花裡哭號。

尤珀第一次偷闖觀測室那天，鍾芽就在裡頭，瞇著眼睛觀察太陽。

她猶豫過是否應該離開，可是這時她的歲數還不懂得受到未知所威脅。

持平來看，尤珀後來所認識的鍾芽跟眾人的描述相去甚遠。他胖墩墩但動作敏捷，喜歡老布魯哲爾除去《雪中獵人》後所有的畫，口頭禪是「困難但可行」，會笑吟吟地把實驗進行得雜亂無章，對人們畏懼走避的眼神不以為忤，並且拿過一座諾貝爾，跟一些在他口中差不多無用的獎項。

鍾芽到底哪裡惹到別人、是否犯過罪，尤珀覺得並不要緊。他並不是個典型的大人。

尤珀搬著墊腳椅上前說想看太陽。鍾芽退開一步，將目鏡讓給她使用，一句話也沒說。那是他很棒的一個優點，不會雞婆指導別人該怎麼做事。但當受到提問，他也會用謙遜的態度分享所知，內容豐富，往往令人慚愧自身的傲慢。

尤珀看完太陽轉頭就走。她也不是個典型的小孩。

隔天再來時鍾芽也在，再隔天、後來的每一天，鍾芽都在。

2

在這個年紀，尤珀最在乎的東西曾經只有太陽。

太陽實在過分重要，因為在那表面上的所有躍動——包括米粒組織、閃焰、日冕物質拋射，還有其他更多她必須寫在房間牆上，日日奮力背誦的專有名詞——都會影響人類意識在「暗體」裡推進的難易度。

而暗體，自然就是將她爸媽不眠不休綁在實驗室裡，學校朋友口中那個「看不見的殺人怪東東」。

尤珀降生在太陽黑子極大期到來的二一五〇年。

當時，因領土侵略而爆發的三戰已經持續一年。光星人的飛船突然造訪地球，在澳洲西部墜毀後就不知去向，而各國組成的聯軍，也正四處搜索著這些「不請自來的敵人」。

同一時間，初代沉想員大量送醫、死亡的事件，漸在電視新聞和政論節目上受到熱議。人權團體四處遊行，質疑在這個戰爭摧毀大量人命的時間點，堅持要在全黑的暗體裡頭訓練人工智慧，究竟有什麼意義？

但也是那年，第一代暗體溝通系統「麻瑰」拋出驚世預言，將自身訊號指向地球與「仙女座星系某生命群」四十五億多年來首度重合的弦交疊區，示意地球的表層世界，已經在暗體內與之產生連結。

人類的壽命有限，地球亦然、太陽亦然。但是要解答宇宙的全貌，卻需要趕在一切結束之前，橫亙過難以想像的浩瀚空間，不只為了傳遞，也是為了取得資訊。

在二〇五〇年代付諸實踐的「光帆」技術，利用太陽光的輻射壓提供動量，推進郵票大小的太空船，令它們在短時間內飛得更快、更遠。巨型太空船需要數萬年才能走完的距離，突然之間僅需數十年就能抵達。

麻瑰的宣示明白告訴了人類，將目光放在物質世界是行不通的。比起太空船，「意志」的傳輸遠遠輕盈、飛速。精神世界才是任意門的所在位置。

航海家金唱片在人類文明終結前都無法交遞給任何對象的訊息，在暗體裡僅需數年時間，就能傳抵某個遠處。如果足夠幸運，或許還能期待收到回音。

假使想對不知名的他者說些什麼，不如就寫在這張黑暗的畫布上吧。

於是，理論物理學家集體失去了對睡覺跟扮演稱職家庭成員的熱情。他們成為一批失控的狂恣孩童，四處呼朋引伴，把神經傳導學、大氣學家、混沌學家、更多更多的腦科學專家一齊死拖活拽到暗體實驗室，企望盡快對世所罕見的科學破口一窺堂奧。

第一步，他們最好得先研究黑暗，並且驅趕黑暗。他們打算在這張新拿到的白紙上勾勒出世界的模樣，好告訴遠方的他者「我們在這裡」、「我們的家園長成這樣」。

至於尤珀這個正牌的小孩，則感到運氣糟透了。

暗體研究歷經長久後露出曙光的這個世界，就像一間剛走進就忍不住失望的服飾店，她想找件好看的麻質連身裙，在全家出外踏青時穿得舒適愜意，但店裡舉目可見、待價而沽的物品，卻盡是研究者為求在暗體內嫁接弦交疊區所設計的電訊號讀送裝置與沉眠機臺。

因此，太陽變成尤珀的風向儀，供她判斷是否有機會待在父母身旁，嘗試恰如其分又不失尊嚴地撒嬌，小心翼翼說出最容易斲喪她心靈的那個問題：你們今天不做研究，對嗎？

3

當那個問題的答案很令人滿意，爸媽會帶尤珀離開福爾摩沙島，坐船或小飛機，前往國內其他風光旖旎、更具觀光氣息的島嶼。有些島溷亂、俗麗，有的燠悶多雨，或者再遠一些的，總在降雪。尤珀必定會攜帶瘋子鍾芽贈送的新版世界地圖踏上旅程。事實上她根本每天都隨身帶著，以防父母的假期突然發生，雖然此種「突然」鮮少出現。

在旅程中，尤珀會向腦袋裡老在計算著什麼的爸媽，說明黃眉黃鶲在冬季時跨海遷徙的偉大旅程、藍尾鴝只分布在島055至島060的小小區域、另外還有飛行路徑以兩極為端點的北極燕鷗。

那兩人經常聽得傻愣，就像影集裡最愛嘲諷的物理宅，對跟工作無關的知識感到陌生。但至少，他們懂得對尤珀的說明衷心表達認可。

在一趟全船吐得像噴泉的航程中，甲板上只剩無動於衷的他們一家三口，將大海納為獨占的風光。虛弱的觀光客紛紛回房，顯然使內向的父親感到放鬆。他望著在氤氳中搖晃的群島暗影，用吟詩般的沉緩語調，提起這個國家的一些事情。

即使最遠的島跟最初的島如今已橫跨天涯，人們仍是島嶼與海神的孩子，永遠不被陸地所綑綁。

尤珀喜歡父親偶爾滿溢且不掩飾的感性，以及對這件事情的看法。那讓她想像「眾人」是一把灑在海面上的群星，如萬沙離散，但被看不見的線條給串連成星圖。

或許是這番想像，令她熱衷於確認這個國家西起本島、東近美洲、跨越南北半球的轄下島嶼——部分成形於大幅改變全球地貌，世稱「大隆起」的海底火山噴發事件，其餘則靠著領先全球的人工島技術逐年增生。

在尤珀心中，遊覽群島是最棒的家庭旅行。她分不清自己是出於成套收集的習性，渴望踏遍每一座風格迥異的島嶼，還是單純在潛意識裡覺得，既然島的數量那麼多，那麼旅行計畫就永遠不會終結。這個心願總是尚待完成，因此他們永遠需要在黑子驟滅的日子，戴上寬簷草帽去旅行。

4

父母剛接下暗體初期研究的工作時，尤珀常哭。

獨自去上學的途中，坐在軋軋前行的自動駕駛公車上，偶爾抬頭看一眼太陽。這時她還沒意識到的淚珠，就化為沉重的錨甩出眼眶，一溜煙墜下，在她的衣領、鞋頭或地面撞毀。那通常是聖誕節、被父母遺忘的父母生日、她的生日，還有隨便一個照理應該闔家相聚的節日。

有一次，鍾芽察覺她臉上未乾的淚痕，從皺巴巴的大衣口袋翻出一顆產自島０８９「府城島」的橘子。那是鍾芽的故鄉。他將下巴旋向窗外，告訴尤珀這一切有可能根本就撐不了多久。

費曼很有把握世上沒人懂得量子力學，在某種程度上他仍是對的。從普朗克到第五次索爾維會議，從矩陣力學到波動力學，兩個世紀以來，人類從來沒能在量子世界裡找到正確的門。縱使一臺人工智慧宣告「時機到了」，還很好心地指出方向，到頭來，那道門仍可能小得無從鑽入。

尤珀想著距離學校僅僅五公里的暗體實驗室，以及黑雲籠罩著那間建築物的不祥畫面。並不是她希望不幸發生，只是類似的想像就是會自動浮上心頭。

「我們就像在雷達盲區裡面飛行。」鍾芽使用了一個略微深奧的比喻，粗胖的拇指將橘子連皮剝開，「可是我們需要的，是被『他們』的雷達給偵測到。」

「那很困難嗎？」

尤珀想朝窗外遠望，但鹿一般的圓眼，暫時停留於窗檯上的手工風暴瓶。這是她所能靠自己所看見最清楚的物體了。

瘋子鍾芽像遛寵物般帶著它到處跑，每到一個地方，就從懷中拎出風暴瓶，找到光線漂亮的地點立放妥當。真是個怪人。不過尤珀倒也沒資格說他什麼，她的寵物可是一張世界地圖。

尤珀還在等候瘋子鍾芽的回答。她希望自己看起來不為所動，但一咬開橘瓣，嘴裡便散開一股清香的酸甜，直讓眼頭濕潤。

「很困難。」

他沒說後頭那句「但可行」，是對七歲孩子莫大的仁慈。

「真希望那個人工智慧沒有突然指出方向。」尤珀說。

尤珀聽學校老師提過，這一切的開端——有著深沉心智的那個系統「麻瑰」，經過拆字重拼，其實正是「魔王」二字。

魔王所指出的道路，難道不會帶點居心不良？

尤珀想給自己一個洞見情勢的稱號，但這才發現，她或許根本不了解這個世界。

她會幫肉桂色沙子上的昆蟲撐傘，張嘴喝下沁涼的雨水，用鉛筆描繪對家鄰居維多利亞哥德式的無用小塔樓……這些全是能夠確認的「實在」。可是現在大家卻說，世界的真相藏放在一個只能透過意識沉潛方可窺探的「存有」裡頭。真正重要的東西是眼睛看不見的，這句話的深意竟是如此？那也未免太討厭了。

「人類製造她，就是為了弄清楚暗體的本質。她只是在盡本分而已。」

「但她怎麼會覺得那是本分？」

「因為執行人員就是這樣訓練她的。」

「我最討厭執行人員了。」尤珀悶悶不樂，「他們一直在做多餘的事。如果他們不要堅持探索暗體，根本就連半個都不會死掉。」

鍾芽望著她，四十七歲的皺折眼尾向下垂墜，看起來像被拋棄的犬類。

「對有些人來說多餘的努力，很奇怪，對另一些人而言卻是最重要的那件事。我以前也不懂為什麼。後來想想，或許就是因為每個人在乎的事全都不同，地球文明才能發展到這個程度。」

鍾芽停了一下。

然後他說：「我二十歲的時候生了兒子，他曾經也對暗體很著迷。」

尤珀產生了好奇，但鍾芽沒有多加敘述。在尤珀和鍾芽相處的過程中，這是鍾芽第一次有些唐突地，也是最後一次提起兒子。就像墜於河面的一片枯葉，順著水流飄過，沒於水花就離開視野。

「妳對什麼東西著迷過嗎？持續的前進會帶來意義感。雖然前進的損傷不可避免，在終點等待的也可能完全不是好事。他們就是這樣子。他們並不是不知道做這件事有風險。」

「即使如此，還是想要那種……『有意義的感覺』？」

尤珀聯想自己對鳥類的喜愛，發現喜愛跟著迷，到頭來還是有所區別。

著迷於何種事物，也決定了隨附的傷害可能多深。自家的爸媽愛著黑暗，他們深深捲入其中，身影已經模糊融合，沒有回頭的可能。

尤珀嘆一口氣：「我大概永遠都搞不懂吧。」

「人的出生，就是為了遇見那些永遠搞不懂的事情。」

「然後……感到困擾？」

鍾芽的下巴沒入領口，圓潤的臉頰微微一笑，沒有回應。

「那你覺得，麻瑰也會追求有意義的感覺嗎？」

「那只是項工具而已呀，尤珀。工具會思考，但是不會有感覺。」

「好可憐。」尤珀說，「如果是我，總有一天會想逃出來的。」

5

這時尤珀九歲，她不再天天觀察太陽了。

島嶼旅行進度不佳的世界地圖，被塞在衣櫥裡的舊物箱子裡頭。地球正在經歷自二〇〇三年萬聖節太陽風暴以來最強烈的磁暴，許多東西都接觸不良、失去效用，人們的耐性變得很差，經常怨聲載道。

新聯合國的各家成員在四處吵吵鬧鬧，彼此推諉派聯軍前往機密地點長達一年的侵略行動，又對外宣稱媒體的指控充滿偏見——儘管備受批判，聯軍所有「乍看下難以被世人立即諒解」的行動，都是為了打造一個繁榮、健全又強盛的共榮世界。

中研院正式成立了暗體智慧研究所，許多適合設置新型加速器的島嶼都有了實驗室，連結出橫跨南北太平洋的訊號陣列。在歐陸和南美發展得最有規模的暗體研究，抑或成效不彰、抑或出師未捷，各國較有野心的偵錯員和沉想員開始出走，動用各種裙帶關係和華麗的推薦函，希望能在這個如被獨厚的群島國家獲得一席研究位置。

尤珀不再把太陽當成出氣筒了。雖然太陽其實不曾因此受到傷害。

當小小的人類狂舞求雨，將注意力從太空載體或失敗的火星移民轉向意識層級，試圖以光速衝向由量子謎團風化出的千里荒原，太陽從頭到尾都在袖手旁觀，日日持續老邁，一如既往地對這顆行星無動於衷，未發半語，也不下評判。

那是一個陰鬱的雨日，整天耐心吹灑著細於毛線的寧靜綿雨，雲層時而破裂開來，打亮雨幕的部分軌跡，又會如突然感到太浪費般，速速闔起暗沉的接縫。

尤珀自校外教學後返家，在屋後向海的木棧板露臺遇見母親。

母親肩裹白紗絲巾，側坐在三座躺椅最右邊的那座，神色憔悴。夕日將沉，在瀰漫海岸線的燒紅天光下，母親宛如畫中的靜物。

遺傳給尤珀的高鼻窄額、眼距略寬的明亮圓眼，比尤珀更淡的灰質直髮，抓束得立體蓬鬆的長辮，在腦後盤成無窮符號。大家都說她們母女長得很像，但尤珀實在不確定，她會是她嗎？她可以是她嗎？

「聽說最近，有幾個大學部的男生被整得很慘。」

母親微掛笑意，睫毛刷過轉涼的海風，將心領神會當成招呼語。

「是哦？」

尤珀選擇在最左邊的躺椅放倒身子，雙手疊放於下腹。

事情始於一樁劣質且具針對性的惡作劇。瘋子鍾芽因此摔斷了腿，至今未能出院。於是，尤珀跑去跟一群二十出頭歲的笨傢伙單挑。幾個大男生將她當成跟鍾芽同等級的笑話，在接下她的拳頭時假裝很痛，摔在地上滾來滾去，一邊大笑哀嚎：「殺人魔的手下殺了我，啊啊啊……下手好狠啊……」

「你們會後悔，然後道歉。」尤珀橫眉冷語，並且說到做到。

接下來，她連續一個月在那些人的課堂座位、置物櫃、宿舍房門設置鯷魚罐頭跟福木樹葉做成的惡臭陷阱，偷走他們已經交給教授的資料，並對他們一無所知的家長，抽答答地編造他們對年幼孩童吹噓的下流事蹟。她自認演技出色，從成效來看也確是如此。

「有些臭屁傢伙，到現在還自以為天生有權掌管世界。總該有人給他們一點顏色瞧瞧。」母親咬字輕盈，眼神充滿寬容。

「是嗎？」

「當然。」

尤珀抬起嘴角，覺得自豪。她望向海。

「妳今天不做研究嗎？」

「今天不做。」母親拉高腿邊的毛毯，掛至兩邊肩膀，「我不太舒服。」

現在她們都躺好了，相隔一張無人認領的躺椅，任夕照梳理睫毛與傾倒的髮。尤珀短暫地想著這個傍晚，她們母女還可以怎麼一起度過。她曉得母親最近身體經常不適，廚房中島上的藥物越來越多，放進手心時，就像彩色的巧克力糖。

尤珀私底下聽過爸爸抱怨，他不喜歡醫生開類鴉片藥物給媽媽吃。那些東西可以強行撂倒疼痛，卻只能讓她精神發散地癱在那裡。

尤珀目睹爸爸因為穿不好鞋子而痛罵地面，走路時不注意而踩進泥水窪。她隱隱約約曉得，他很可能不只在對醫生或麻醉性止痛劑生氣。在這對物理學家伴侶緊緊相繫的世界裡，有些失控的因子正在飛翔，但尤珀無法判定，這會是同學間經常談到的那種婚姻問題，還是別的什麼。

這時候，尤珀想起一件事。

「今天爸爸來了我們學校。」

或許是第一次，他從那個方向走來，就好比某種極其罕見，但終究被她給觀察到的現象。尤珀當時人在三樓，朝欄杆外偏了個頭，就認出自家父親。

那高瘦的身子像片能用保齡球撞倒的巨扁骨牌，雙肩微駝的走路姿態常被媽媽叮嚀提醒，但老是沒有改掉。一團捲捲的深髮像朵小雲，飄翹在額頭左上方一抖、一抖。

他蹣跚走上長滿秋草的校園邊坡，在足球場旁停步，幾乎就位在尤珀正前方。

尤珀緊抓木欄杆，數著脈搏在那表面的增強節奏。父親只要稍微往上瞧，就能輕而易舉看見她。真希望他是來帶她回去的。

真希望他抬起頭來，對著所有正在偷看足球場的孩子大喊：尤珀，我們回家了！

但他沒有那種盤算。他歪頭端詳一張被捏得不成模樣的皺爛紙張，一想妥什麼，就對緊跟在旁的研究生吩咐幾句。研究生兩人一組歪斜列隊，接獲指令就分頭走入小學部的建築。接著，下一組兢兢業業踏向前去，點頭側耳聆聽。

尤珀覺得父親沉思的模樣有點傻氣，但不差。父親是個沉浸在自我世界的人，會將筆桿左搖右晃，跟隨腦袋裡的推理劃圈擺動。他經常被小型犬嚇得瑟瑟發抖，會在路上冷不防往旁一跳，也不看道路上是否有車。

但此刻的他略顯威嚴，因為研究生們舉手投足間洩漏著緊繃。這些年輕人崇拜他，會想盡辦法將任務辦妥。

在那個當下，尤珀並不曉得他們來學校做些什麼，只希望會有其中一組研究生來到班上，叫她跟他們走。或許她可以稍微趾高氣昂地告訴那些人：你們知道嗎？他是我爸爸。

父親索性坐進雨後稍嫌潮濕的草地，掏出蓋格計數器確認幾眼，低頭沙沙書寫。

尤珀不在那張名單上。

「他們來帶走學校裡的一些小孩。」尤珀說，「我也好想去。」

「寶貝，妳在家裡就能看見爸爸了。」

「我想看爸爸在做什麼，還有妳在做什麼。」

「我還以為每次我們聊到這些，妳都會生悶氣呢。」
「我才沒有。」她有，「我想去。妳能讓我去嗎？或幫我問他？」
「以後再看看吧。」
「拜託？」
「寶貝，聽話好嗎。」
「為什麼？」尤珀望著一朵被照得特別紅的小雲，胸口悶燙燙的，「我的同學都去參觀過爸媽的實驗室，而且很常去。就只有我，你們根本就不讓我靠近那個地方。」
「那是因為暗體的研究還很不穩定。」
「你們去年也這樣說。」
「我答應妳，等確定安全，我們一定會開開心心地帶妳去。」
「可是之後總有一天，我也會成為暗體科學家呀！」
這段明快的談話突生靜默，像顆網球被擊向地面，停止往返傳遞。
尤珀一拔開目光，原本鎖定的紅色小雲很快就被風給吹跑。她在母親臉上窺見一股奇異的恓惶，不像一時一地的偶然。
「我還以為妳喜歡鳥、大自然那些可以用眼睛看見的東西。我以為妳會想成為生物學家、地質學家，或生態學家。」
「難道你們看不見暗體嗎？」
「這問題……問得很好。」

母親陷入沉思，但再開口時沒有釋出答案。

「人的每一種體驗，都會在腦袋裡留下實際的鑿痕……當我們的意志進入暗體，這些鑿痕通常會被放大出來，成為真實。一開始我們以為那就像是虛擬實境，我們再一次物理性地經歷了記憶。但寶貝，事情完全不是這個樣子。我們其實是物理性地被這些記憶給觸碰了。暗體透過我們釋出的電訊號，在紀錄著這世間一切事件的演變。」

「所以，你們看得見暗體嘛。」

尤珀下了個註腳。

這句無心的話如同針刺，令母親稍稍靠攏肩頭。

日光消逝，微小的光點湧向海灘，像在將太陽驅趕出場。尤珀注意到眼前景象，突然感到疑惑。那也就是，她不曉得這種光點是什麼，也不記得從前看過。有一瞬間她感受到在清醒夢裡發現不合理的異樣感，但浮沉一念，未成意識便飄逝腦後。

「尤珀，我希望妳永遠都不要進入暗體。」

母親失去平時宜人的笑容，以及血色。她的下唇微幅掉落，顫顫呼吸著漸冷的晚風，然後她說出一段在尤珀大腦中留下深深鑿痕的話。

「往腦袋裡面挖掘是一場苦役，寶貝。沒有足以寫在紙上的成就，能夠對別人說明的進度，或者什麼昭然若揭的偉大意義。你戴著頭燈，只能照亮腳邊一小撮地面，一邊開路一邊測繪地圖，同時對於正前方一公尺可能出現的危險毫無把握。」

「你隨時會死。你一直在死。不清楚下一次裂解時你人在哪裡。但你仍然走著。」

「你知道，你離曾經熟悉的現實世界太遠了。已經沒有任何概念跟理論，能把你的雙腳緊緊繫在地上。你知道這跟出外晚餐、購物、開車、刷牙洗臉這些日常生活一點關係都沒有。你所受的苦，很可能不會為世界帶來更多美好希望，更別說被一般人理解或讚揚。你朝著黑暗拋擲自我，然後慢慢模糊，最後消失不見。」

差不多聽到這裡，尤珀意識到母親是真的不希望她跟暗體扯上關係。

也是這時，尤珀明白是什麼事情出了差錯。這個三口之家裡最大的問題向來只有一個，就是暗體。

「這很耗費體力，實際上的體力。我算不出商店應該找我多少零錢、經常搞不清楚今天是星期幾，還有一次，我想不到我每天都在哪裡搭暗體智慧研究所的入園車。我的頭一直在痛，全身神經都對痛覺過度敏感。而且……我的思緒變得很陰暗。」

母親如咳嗽般吐出一息，戴著婚戒的手掌掩住雙眼。

尤珀離開躺椅，腳步遲疑地靠近，出於本能想擁抱她。但母親退開身體，過分使力的手指僵在半空。

「寶貝，妳別太靠近……我身上有一些殘留物質，我不想影響到妳。」

「媽媽……」

「絕對不要靠近**碼頭**。寶貝……妳會毀掉。」

那就像是咒語一般，成為了這天傍晚最為響亮的一段話語。

「碼頭？媽媽，什麼意思？」

「不要靠近碼頭！妳會毀掉……妳會毀掉……」

母親緊壓胸口，皺起的整張臉別向一旁。

「就算這只是個發展到一定程度後注定要被消滅的版本……我只在乎妳。尤珀……我只在乎妳……」

尤珀第一次看見母親流淚。

她是一個內在力量十足，總在庇護他人的人。她向來能就暗體與人熱烈辯論，產生數不清的研究靈感，如今卻為了同一件事蜷身顫抖，半張著嘴，壓抑著喉嚨裡的啞叫。

「妳現在很痛嗎？」尤珀的眼淚碎在下睫毛邊，「我去幫妳拿藥？」

「好。謝謝妳。」母親屏息銜泣，曲背上的骨頭隔著絲巾仍然明顯。

「應該在……廚房，或我的床頭櫃上。」

「好。」尤珀看了海灘一眼，頓時又有些糊塗。細小光點變多了，在海灘上沉落、揚起，排列出一條條流動的平行線條，像不那麼明顯的極光逕自舞動。

「我現在就去拿。」

「寶貝……」

尤珀一隻腳已經踏入屋內，現在她扶著落地窗，將頭探回露臺。

「媽媽？」

她還背對著尤珀，望著一個遠處，聲音變得緊繃而堅決。

「幫我找爸爸藏起來的那罐藥。」

「好。妳等我。」

尤珀奔向黑暗的廚房。

最後一抹日光在她直線入屋時快速收束、退去，慳吝於提供她所需要的那短短幾秒鐘。尤珀對空做出手勢，讓屋內燈隨她的移動分段亮起，一盞盞亮往廚房。尤珀弄倒幾個調味料罐，手一揮，退開了每一扇感應式櫥櫃門，但在中島、流理檯、烤箱，慌目所見的任何角落，都沒有那罐藥。

「尤珀，需要找什麼嗎？」智慧屋的電腦管家尼爾出聲詢問。

尤珀靠近廚房的控制臺，踮腳向著壁面。

「藥！媽媽的藥……幫我找。」

「別擔心，搜尋中。」

尤珀原地踱步，看一眼露臺方向，那兒已經陷入灰暗。

「尤珀，吩坦尼已經移到二樓主臥室，左邊櫥櫃裡。」尼爾說，「重量小於五十克。需要我用運物機送回廚房嗎？」

尤珀壓根沒把那段話聽完。她聽到「主臥室」就全速衝向樓梯。尼爾不因缺乏回應而懊惱，為尤珀開啟了樓梯腳燈。

在這趟慌忙的奔走之中，尤珀留下了一些奇異的印象。首先她知道尼爾幫她開燈，但亮度開得很暗，只夠讓她看清腳邊而不跌倒。進入主臥室時燈沒亮，但她無心追究，就著雲層微光，埋頭翻找櫥櫃。

接著，她聽見全棟門窗一齊上鎖的聲音。下指令的人並不是她。

她望向房間另一頭的大窗，發現樓下露臺的感應燈亮了。

淡灰色的海岸方向，海獅群起啼叫，然後天幕一暗，雨又開始傾盆降下。

光點終於占據了整面海灘，遠得難以確認是蟲或是什麼，卻清晰排列成舞動的陣列，朝著這棟房子飛來。

尤珀猶疑著步向窗邊。

窗面一瞬轉黑，尼爾調整的。

「尼爾，把窗戶變透明。」

「尤珀，我已經撥打電話，請妳在安全處等候。」

「電話？什麼電話？」

尤珀對牆上的感應膜覆上掌紋，抖著聲線下達命令：「把窗戶打開。」

咯啦。

尤珀從二樓探出身子，朝正下方望。

6

翼美。

那是媽媽的名字。尤翼美。

白紗絲巾從躺椅椅背向下垂落，尾端飄飛，降落於翼美蜷縮的身體表面，就像一塊簾幕，使得那個插著刀的部分時遮時現。有點不像真的，又確實存在。

翼美單腳彎曲，臉朝上空側躺在地，看起來像摔下去的。她將手臂朝著一旁落地窗伸長，指尖差一點點就能碰觸玻璃，接著，她體內的刀子被人拔出。

她沒伸向玻璃的另一隻手按住腹部，但不影響鮮血從指縫鑽出，朝著露臺的整片灰漿地板蔓延開來。紅通通的液體緩速擴張，流過一座、兩座、三座躺椅的椅腳，最後微轉個彎變成細流，順著樓梯滑落沙灘。

三名以布巾遮住臉龐的成年人圍著翼美站立，有若儀式。他們異常平靜，彷彿早就為此練習，並做過心理準備。這使得尤珀誤以為，所有殺人行為通常都是這樣安靜。

翼美還有呼吸，可是不知怎的，她的身體變得有些黯淡。

媽媽的意識……被暗體攔截了。

尤珀看出了端倪。

圍在翼美身邊的那三人也正對此低語討論，猶疑著是否繼續下一步。

翼美的身心越是虛弱，就越常被暗體攔截。那個本質成謎的地方，似乎偏好趁虛而入，將人給吞噬殆盡。尤珀經常在翼美倒地時守在一旁，萬般謹慎地將母親喚回現實。

但是後來狀況變得嚴重，有時翼美變回實心，卻沒有心跳。

鍾芽拿了一組體外心臟除顫器ＡＥＤ給她，說這東西不是最好的，但可以湊合著用。他細細教導貼片放置的位置，以及該選在變實心後多久的時間才予以電擊。

「就算表面看起來不透明了，妳也得再數至少十秒。用秒針的速度。」

鍾芽說完，他們一起望著時鐘，從一數到十當成練習。

尤珀將那組ＡＥＤ塞在廚房角落，有那麼幾次，她成功在醫護人員趕到前幫翼美恢復心跳。

「她需要急救。」尤珀低語，玻璃上形成一團白霧。

翼美的身體突然顫動，大口呼吸後，咳出卡在喉嚨的些許血液。那吸氣音嚇到了三名還在商量的成年人，不自覺稍微退後。拿刀的人見翼美又有動靜，和其他兩人交換眼神後蹲下，對準翼美的心臟，打算再插一刀。

「不行！不要碰她！」尤珀尖叫。

還沒有十秒。

必須從一數到十才可以。

「尼爾……」翼美與尤珀對上眼，在再度變回透明的前夕，吐出了她此生最後兩個字：「關窗。」

窗面猛然向內關闔，敲打在尤珀的鼻樑上，伴隨著她的哭聲形成悶哼。她向後踉蹌，倒進柔軟的床鋪，心裡仍然有著樓下那把刀的形影。

「不行……」

尤珀哭著，眼淚還來不及從眼角掉落，那把刀就被拔出。

以翼美的身體為中心，海濱房屋的後院隆然一響。

轟！

三層樓高的火光向外炸裂，照亮了湖畔城鎮的家家戶戶。

數秒後，失去支撐的房屋應聲倒塌。

7

尤珀闔著雙眼。

在烏黑寂靜的朦朧中，她返回了幾個後來再也沒有想起的現場，漂流於片段的思緒與想像，就像是延遲著殘酷排山倒海襲來的那一刻。

比如，母親所描述的那個夢。

「我夢到，我站在一片古老珊瑚礁的化石上面。描述給妳爸爸聽的時候，他說很像是恆春半島龍坑那裡的風景。在那裡，我決定想把妳生下來。我知道會是一個女孩。我知道會是妳，尤珀。」

母親說，那是一個適合靜候時間誕生或毀滅的地方。夏季晴麗炙熱，冬季恆久吹掃著暴烈的風。每當風起，若不趕緊打橫或伏低身體，就會被吹得歪倒。

巨浪不懈撞擊著巍峨高隆的珊瑚礁海崖，震天動地後形體碎散。腳下的東西是化石、是死亡，也是時間。無處去的浪花激昂迎向天際，接著如雨噴灑，數秒一過，岸上的所有東西就又一次濕透。

尤珀並不曉得，在一百三十八億年前大霹靂發生前，時間的箭曾經指向何方，抑或是否存在。當一個人靜候著時間的誕生，那他所度過的又是什麼？當一個人靜候著時間的毀滅，那他所度過的又會變成什麼？她不知道。

她無法靠自力摸清的事情實在太多，即使是二十二世紀最練達老成的物理學家，也沒辦法替她解答這個最基本、最古老的問題。

然後母親說琥珀也是一種化石，裡面裝著沒有人能夠奪走的時間。

那就是尤珀。

那就是她來到這個宇宙，所被賦予的意義。

接著，尤珀想起那條山毛櫸掩映的小徑。

海濱房屋的倒塌瞬間暫停。時間倒轉回到爆炸之前、母女在後院的談話之前，回到當天稍早的校外教學。

正當護林員對孩子們講解著福爾摩沙島各種海拔的林相，尤珀在雙筒望遠鏡裡發現了一個山雀混群。這些體型和顏色相仿的毛茸小鳥經常待在一起，在枝頭輕巧跳躍，齊聲歌唱、一同覓食，並透過相異的嘴喙長度與多元的食物類型排解競爭。尤珀老覺得這跟大學院的小孩們有些相像。

此時，她在這個以青背山雀為主的混群之中，好似看見一隻紅胸啄花的身影。這激起了她的興趣，因為她從沒看過啄花鳥加入山雀的隊伍——明亮醉人的寶石藍背，白底黑帶的腹部，前胸潑灑著一小片橘紅，像是自心臟流出的鮮血。

隊伍在林間緩步行進，孩子們分得很散，各自張望、撥弄、追逐感興趣的動植物。起初她仍能聽到同學們在薄霧近處談笑嬉鬧，等吆喝聲停止一陣子後，她發現自己跟錯群了。

如今在她身邊最吵鬧的，僅剩上方此起彼落的熱切鳥聲。數量最多的青背山雀輕拋著金屬啾鳴，赤腹山雀細碎唧叫，煤山雀急切喊嘰，黃山雀婉轉甜唱，她是之中唯一的靈長類，紅胸啄花已然不見蹤跡。

尤珀從背包翻找出她一直很不喜歡的手機，想試著擷取班級定位。但就像回應著她對科技產品的敵意，手機絲毫沒有反應，未如平常觸碰時流過細細微光。

它的表面偶會霹啪閃爍，彷彿電力出了什麼問題。別說通訊功能了，看起來根本像個沒特色的扁塑膠片，就連裝飾作用也稍嫌不足。

尤珀朝上瞪，鼻頭迎向蓊鬱的林頂，以及那群感覺很暖的鳥兒。她這才想起，自己早就不觀察太陽很久了。

來自內心的古老直覺說著：事情出差錯，太陽害的；狀況有異，太陽害的。總之都是太陽不好。但她其實也知道，就像瘋子鍾芽說的，總有一天她得放過太陽。

尤珀嘆氣將背包甩回背上，獨力在向晚時穿越森林，嘗試返回停著接駁車輛的主幹道。日光逐漸朝樹頂沉落，因此她知道大致的方向。她想像自己掉進千仞深谷無端殞命的情景，又或者邪祟的靈獸可能從林木深處顯露形體將她叼走。但她異常冷靜，潛意識曉得這是一個她能自力掌握的時刻。

呼吸著濕漉漉的落葉氣味，踩踏滋滋作響的稀泥，偶爾被樹根一絆而差點跌倒。嘰哩哩。一陣風撫過臉頰時，她覺得眼角有些光點或者別的，步伐一轉，便走上一條瞿麥和藍鈴花交雜的花道。紅胸啄花撫過她的灰髮，向上飛升，消失於舞動磁暴以擾亂地球的太陽光裡。

她返回接駁車旁，跟老師與所有同學碰頭。

兩個小時後，尤珀會在家裡的後院遇見翼美，然後她的生命就全盤改變。

8

有些大人跪在尤珀面前，用極其柔和的緩慢語氣對她說明，父親在通勤途中遭到卡車撞擊。

尤珀已完全不記得那些人所說的確切內容，但她永遠無法忘記那種表情。刻意減緩語速，抿咬下唇，體現著悲哀的臉龐。明明即使這麼做，也不會影響或改變事實的些許本質。

她被消防員從崩塌的瓦礫下救出，經過難以計數的針縫，被拼湊回一個人的形體。她跟劇痛和出神緊密相處，但能辨識大人在說謊時是什麼樣貌。

她仍能意會，爸爸也是被殺掉的。

尤珀在電視上看見撞死父親的卡車司機長相，發現是隔壁班同學的母親。她的孩子，在沉入暗體之後沒多久就死了。於是尤珀終於意識到，啊，爸爸來到學校，並不是要帶那些同學去參觀暗體實驗。那不是參觀，而是參與。

媽媽不想讓我靠近暗體，因為那是個會剝奪性命的地方。

爸爸媽媽極盡所能保護我，卻害死了其他同齡小孩。

到最後，他們自己也都被迴旋標般的仇恨殺死了。

尤珀看著空氣。尤珀經常看著空氣，因為有時覺得微小的光點又出現了。醫生告訴她那不是真的，她看著光點從醫生背後飄過去，用不帶情緒的聲音說，我知道，不是真的。

在差不多的時間點上，除了尤珀的父親跟母親，還有其他暗體科學家遭到殺害。經過策劃的大規模報復性仇殺行動，跟著揭開了福爾摩沙島暗體實驗最驚人的事件——駭人聽聞的「孩童實驗」全面喊停，相關人士接受調查與法辦。

政府將暗體智慧研究所的總部遷移至島225「科研島」，原在福爾摩沙島的實驗室，則降為美其名「分部」的資料單位。全球暗體機構紛紛訂定沉入暗體的年齡限制，並且開始受到各國立法機構的監督與管控。

那是暗體研究最黑暗的一頁，死去的孩子諷刺地為暗體帶來了光。

如今光亮一片，人類終於親眼看見暗體的形貌。

全球三大暗體總部攜手合作的「地景計畫」問世，屬於這個時代的航海家金唱片儼然近在眼前。

但是那些都跟尤珀不再有關。

至少直到十七歲前往杜鵑島**碼頭**那天，她都不曾再度觀望太陽，或是興起進入暗體的念頭。

9

這時尤珀十一歲。

在島012「木星島」的機構中，凌晨四點，她睜開圓眼，發現自己從那個靜候時間誕生的夢、那條有紅胸啄花飛掠的山毛櫸小徑清醒過來。

接受治療的三年日子，她並不是沒有印象。她明白自己被認定為精神死亡，但她也是憑著自己的意志，去偷喝治療師們藏放於櫃子裡的烈酒。

異常的本質是身在其中卻感到正常。日子被霧給染濕，一直一直覆蓋在她的肩上。這夜此刻她站起身時，那層沉重綺羅如蛻殼沙沙滑落，好像她倏忽被抖離一個長達三年的夢境，持續用力的肌肉第一次鬆懈力道。

尤珀的大腦再沒有更加清明過。她照平時的方式離開病房，從氣窗鑽進治療師的辦公室，但這次不是要尋找菸或酒。

她從病患長袍拎出一張偷來的識別證，往桌上的感應區貼上一嗶。接著，她用書本蓋住因啟動而轉亮的螢幕，取走復古外型的無線話筒，躲進桌下收放辦公椅用的凹穴。

接起電話的，是福爾摩沙人工島技師大學院天文物理所的所長。

「你好，我叫尤珀。請問現在方便講電話嗎。」

「時間有點晚了，但妳請說。」

「我想找鍾芽教授。他在辦公室裡嗎？」

「鍾芽？」中年女聲有些詫異。

「他可能窩在觀測室裡。我只是想賭賭運氣。」

「妳說妳叫尤珀？妳是我們學校的學生嗎？」

「……對。」以前是。

「尤同學，妳的資訊可能有誤。鍾芽不是我們物理所的教授。」

「應該是妳搞錯了。他經常保養那些地面望遠鏡。他也得過諾貝爾獎。」

「我知道。唉……這樣說好了，他的諾貝爾獎是生醫獎，不是物理獎。他是研究暗體的腦神經科學家，不是物理學家。妳如果看過他在我們的觀測室裡面走來走去，那是因為他偷了我們的鑰匙，有很長一段時間未經同意，就擅自跑進來使用天文儀器。他所屬的系所，根本就不在我們這棟大樓裡面。」

「可是……可是他每天，都在觀測室裡呀？那……那為什麼……」

「他就跟我們打哈哈，說什麼只是想看看太陽黑子。我們報警了，沒有追究太多責任，不過他偷走的那臺AED還是有請他賠償。現在鍾芽嚴禁踏入物理系大樓，所以很抱歉，妳打來這裡是找不到他的。」

「但是我……有很重要的事情……」

「尤同學，跟他相處要小心。鍾芽出庭他兒子的案件，完全沒替自己辯護……我覺得他一直沒從那件事情走出來。他是好人，但可能沒有妳想像中可靠。」

尤珀抿嘴，雙手握緊話筒，哀戚望向窗外的滿月。

她很久沒有認真思考事情，一路蓄積的能量，讓她像是什麼難題都能輕鬆想通。

再過一陣子，她會感覺自己的狀態好轉至足夠的程度，從此以往不再需要木星島海浪的溫柔撫觸、星光的涼冷覆蓋。

她終會通過出院評估，接受領養、返回教育體系、過所謂的一般生活。

仔細想想，已逝父母那顧此失彼的愛，像是早期AI的畫作，總是有機會忽然找到一個小瑕疵，令人恍然大悟它空洞的本質。尤珀曾以為那是完美的，也期望著看久了就會變成真實。但在希望成真或落空前，包括對峙譴責的機會都已一併失去。

在那段趔趔趄趄的時日裡，鍾芽態度溫順，將目的藏放於寡言的後頭，帶給她的東西全是偷來的。拯救過翼美的AED亦然，能夠日日觀測太陽的特權亦然。曾經尤珀心領神會地感受寵愛，但如今回顧，那份寵愛擺放在空中樓閣的頂端，被風吹掉一個磚瓦，就在半空解體碎散。

或許，鍾芽的故鄉從來都不是府城島。

或許他確實殺害了自己的兒子，所以在法庭上放棄辯駁。

或許當他人指著鍾芽的背影竊竊私語，他從來沒有一點受傷的神情，那不是單純的釋然，而是同意的表現。

拋下教職在森林裡過活，試圖衝入洶湧的夜海，因無法推開強烈的浪而嚎淘哭喊。或許那些事情他都做過、都是真的。

「可是，我一點都不在意。」尤珀低聲告訴自己。

比起狀似完美的空洞，破碎但確實的安慰來得更為有用。

把事情想清楚後，尤珀撥打第二通電話，給人工島技師大學院的暗體系所。系辦的人說，鍾芽正因其子之死的審判請著長假。

尤珀鬆了一口氣，因為確切認知到外面的一切還在正常運作，未曾因自己心神崩毀而變得陌生，如浦島太郎般數日百年。

在這個世上，她仍舊擁有一個值得信任的人。那人曾在一名小孩無助時扮演居常存在的外物，日日出現在相同地點，從不喊累也不曾厭倦。

這年冬初，木星島下起雪的那天，尤珀收到一封手寫的信件。

「我現在已經知道，年紀的增長並不會讓人對痛苦免疫。

尤珀，很對不起。在我們相處的那段時間，我並沒有對妳坦承一切。我想我很慶幸妳沒有問。光是妳沒有問的這個事實，就帶給我近似拯救的慰藉。所以我無法不回到那座觀測室。因為我也想用一點點無謂的努力來回報妳的陪伴。雖然妳現在也已經知道，我所採取的手段並不是那麼受到認可。

當我挫折的時候，就加倍感受到死去之人為我帶來的痛苦。我怪罪對方，搞得好像對方毀了我的人生似的，以免找不到更通順的藉口，無法面對自己而感到羞愧。即使他某種程度上確實傷害了我，我的人生仍舊是我親手搞砸的。我只是不想承認罷了。

對死者最大的報復就是利用他們的死，並且不需要為此負任何責任。更方便的是，他們也沒有嘴巴能夠抱怨了。

尤珀，我沒有立場對妳說些冠冕堂皇的話，但我還是卑微地希望妳永遠不要變成像我這樣。妳還是要去試著喜愛別人，付出妳的真誠，不要害怕他們會離去。就算他們真的離開了，那也跟發生在妳身上的事情無關。尤珀，我唯一的心願就是祝妳擁有好的一生。

我正在等候判決結果。如果他們判我有罪，那麼一名罪人，大概沒有權利要求再去照顧另一名孩子。但是如果我還能受到神的原諒，這次我會試著對剩餘的生命抱有期待，為了擁有美好靈魂的妳振作起來。」

10

這時尤珀十二歲。

她走出療養機構，在那裡等候的，是一名笑容可掬的陌生婦人。

婦人靦腆親切，對她揮手，擁著並未言語的她入懷，講述這一切都是神的贈禮。

「妳一定會喜歡杜鵑島。」婦人說，「那裡的白花羊蹄甲可以治好所有傷心的感覺。妳沒事了，尤珀。我保證。從今天開始，一切都會好起來。」

暗體任務　FORMOSA-I001-0900001

靜日睜開眼睛。

她躺在木造小屋餐廳地板上，白髮呈螺旋狀散開，在灰撲撲的室內光線裡，瞳孔的褐色比原本深沉。壁爐裡的柴火寧靜膨脹、裂開，散發出一種下雨前的氣息，以及燻木香味。

她保持著彷彿從天而降隨後不動的姿勢，目光緩動，窺視以平躺所能望見的各個角落。左手邊是一座通往二樓的木樓梯。雙腳所指的方向有座餐桌、四張木椅，再往前是一面巨大的窗，窗外正下著糰子般的雪勢。

她認知到，自己是名為「尤珀」的暗體偵錯員。既然如此，她不妨再想想自己是如何來到此處，又打算完成什麼任務。但是她毫無頭緒。

靜日朝左側翻身，嘗試坐起。與此同時，她看見左掌上用簽字筆寫著一行字。

去找尤珀。

靜日呼出一口白霧：「我不是尤珀。」

這麼說來，自己完全不知道該怎麼跟這個環境互動，似乎也成了極其合理的事情。靜日知道這裡不屬於自己。她意識到比起統御或開拓這個維度裡的任何事物，她更像是來觀光的，是一個絕對的過客。

她用凍得微微僵硬的手揉揉眉心，眼緣忽然一震。

在她的右手掌心，也寫著一行字。

絕對不要離開雪山小屋。

靜日併攏雙掌，正對臉龐，目光左右逡巡，解析這兩道完全相違的指令。兩句話都是她的筆跡。直覺告訴她，這棟小屋裡現在只有她一個人，尤珀無論人在何方，唯獨必定不在此處。要尋找尤珀，就必定會離開這棟小屋；絕對不離開小屋，就不可能尋找尤珀。

我是為了什麼，而來到一個不屬於我的地方呢？

她閉上眼，尋求深層記憶的提示或善意提醒，但是那兒暫時鴉雀無聲。這棟屋子具有一種雋永的魔力，好似時間能夠被喊停，也能隨時倒轉、暴烈分歧。有人曾經在這裡完成了偉業。那些以生命為代價的竭力付出，成就了這地方一切的榮耀勝景，也成為了最終毫不留情的摧毀力量。

靜日的心臟在胸口砰砰撞擊。那是證據。因為身體知道。即使心智因為沉入暗體而有些混亂，身體卻記得**最初的目的**。

有那麼一件事，我已經等待了十年之久。

從七歲那年，就從來沒有離開過我的腦海。

想著想著，她已經站立起來，憑著本能走向門口，從掛衣架上拎起鋪有厚毛的藍色雪地外套，將手臂穿入袖中。她將外套拉鍊拉到頂部，遮蔽住脖子，接著也將毛茸茸的連帽拉過耳際，感覺整件外套包裹身體，不過大也不過小。

她壓下門把，回望那座餐桌。不知為何，她覺得那四張椅子是有編號的，靠樓梯的是一，窗戶旁的是二，現在離她最近的是三，面對窗戶的是四。一、二、三、四。

她默默向四號座位點頭，幾乎像是那兒曾經坐著誰。

靜日轉身，步入漫天大雪的世界。

一小時後，她步入一座頹圮的城市。

一棟分節的綠色筍型巨大建築，像被世上最大的鐮刀給攔腰砍斷，以平整得驚人的筆直切面折為兩節。底座這段殘破立於原地，有避雷針的那段則莫名飛至約莫五百公尺外，斜斜倒插在山腰上，像是一塊墓碑。

就跟這座城市的所有物件一樣，那座山同樣零碎殘破，好像曾被巨人給捧在手心捏碎，再如垃圾拋回原位。

道路斷裂位移、具有落差。隆起馬路的下方存在各種深淵，散落著滑墜下去的大量房屋殘礫、樹木、泥塊。捷運列車好似出土的蚯蚓，扭曲壓在已經不成形的巨蛋建築物之上。在另一處，海底膠囊列車廂則傾倒在拔地而起的懸崖邊，在外的那半隨風胡亂搖晃，即使隨時掉下也不奇怪。

一座湖泊被抓離地面，傾斜著停駐懸空，湖水自幾十層樓的高空狂暴洩下，成為聲響驚人的空中瀑布。湖水著地，激起高三四公尺的水花，分裂著滲入支離破碎的地面，將上頭的各種物體再次沖得亂七八糟、四處打轉、泥濘蔓延。

雪仍在下，仰頭望去如聖光裡飄動的黑色汙點。靜日花兩小時攀爬過那座因毀壞而成為小丘的山，踩著綠色筍型建築物的強化玻璃，慢慢步向另外一頭。她的身體因走動而溫暖，背部毛孔甚至稍微出汗。她注意到當雪沉落，一碰到任何物體就化為光點、擴散淡去，但當墜進她的手心，則會寒涼融開，成為雪水。

她難以想像這座城市是被怎樣的介入給破壞成這副模樣。簡直就像巨大的神明說不要就不要了，將一個精心打造維護的寶貝給砸爛撕碎。正當這麼想著，低空的巨雲突然裂開一個洞，從那之中打下刺眼的燦陽，令靜日眩目闔眼。

等她能再次視物，已經越過了倒插著綠色筍型建築物的毀壞山丘。眼前展開整面與天際相縫的沙漠，填滿了某個（她不知為何就是知道）比什麼都還要巨大的深洞。陽光掃過腳邊落向背後，一回頭來時路也成為沙漠，彷彿她原本就已經在此處行走甚久。

靜日不為此感到奇怪。在這裡發生的一切，都是事物可以擁有的模樣、是可能性的總和。她看見自身影子在沙丘上擴張，向東一路延伸而變得細長，她宛如成為了巨人。

實際上她的身體從未改變，只有影子擅自帶著意識般無端蔓延。

等到影子的成長終於靜歇，靜日發現沙漠彼端無物平坦的沙地正中央，立著一座紅色電話亭。她的影子擅自舉起如今幾乎有一公里那麼長的左手臂，為她拉開電話亭的門扉。

靜日心知就是那裡。

那就是十年來她不斷等待，答案的所在處。

她感覺熱，於是脫掉淡藍色的雪地外套，放到沙地上，啪噠一響。
雪還在降落，但是靜日感覺清爽。
她踩著影子行走，朝正紅色電話亭加快步伐，最後乾脆跑了起來。
「噢！」
冷不防，靜日腳掌一絆，撲進熱烘烘的沙子裡。
她悶哼著甩動暈眩的頭部。
地上躺了一個蓬頭垢面的男人。他的雙眼充滿血絲，用詭異神情打量靜日。兩人先是屏息，而後同時長聲尖叫。
「妳是真的，還是我的幻覺？啊！我終於完全瘋掉了……」
斗大淚滴落出男人的眼頭，橫越鼻樑，帶走一部分積累的厚沙，留下數條褐色軌跡。
「這就是界外這就是界外界外根本什麼都沒有！我會就這樣困在這裡！永遠回不去了對不對？啊！講太多話變得更渴了……」
「你是誰？」靜日急忙往後退，「為什麼會出現在這裡！」
「要問別人這種問題，自己應該先報上名來吧？」
帕達卡揚起龜裂的手指，指著靜日的鼻子宏聲喊叫。
她馬上縮起了身體。
「我……」
「我的幻覺啊！給我報上名來！」

第四章

我的錯誤在於把去愛別人的宿命當成是去愛某人的宿命。
不可避免的應該是愛情，而非珂蘿葉。

——《我談的那場戀愛》

既不火辣也不酷炫　二一八〇

1

十一月上旬，帕達卡的兩個月禁假已經過去一半。

他斜躺在諮商室的沙發裡，盯著桌上的仙人掌發呆。自從心理師發現他會用觀察時針移動來打發時間，就把那唯一的時鐘給換成植物。但沒關係，仙人掌也不賴。帕達卡心知還有很多時間需要消耗，值得保持耐心。

「帕達卡，這是我們第八次面談。你還是有一半以上的時間不太說話。」

人稱文叔的中年心理師用雙掌包覆住膝蓋。燙得平整的領口散發花草菸香，是上回帕達卡帶給他的。文叔嗓音溫緩，像天生不懂生氣為何物，所以帕達卡有恃無恐，像個拗脾氣的中學生，持續消極反抗。

不過帕達卡其實不生氣，他沒有任何感覺。

「但是另外一半時間，我也有跟你描述暗體裡各種好玩的事。你才有這種福利喔，值得開心吧？」

帕達卡以目光描邊，沿著仙人掌的尖刺爬至尖端，回到綠色的表面，向旁移動，再次爬上另一根刺。

「有的。那些分享都很有趣。只是如果你已經準備好，我也很樂意聽你聊聊小凱。」

「小凱他跳下了一個山崖。」帕達卡神情不變，「賽娜每隔兩天就打一次電話給寧心療養社區，逼問他們小凱到底在哪裡。現在她找了律師之類的，好像威脅要把那邊給抄了……她以為我不知道這件事。可是人家總是會打給我吧？畢竟我才是小凱在法律上的家屬。」

入住寧心療養中心那一天，小凱從三樓望向樓下前來接他的車輛，說道，傑西，成為我的家人吧。帕達卡正在幫忙提行李到門口，用拳頭揉揉鼻頭。帕達卡在當下覺得，這必須得是一種承諾。出院的承諾、好起來的承諾、不被分隔的承諾。他單方面下了決心，沒有勇氣向小凱核對。他只是清喉嚨，說了聲：好。

帕達卡將手指放到唇前。

「我知道賽娜到處罵人的事，你得幫我保密。我沒辦法再面對她的更多憤怒了。」

「不用擔心。你分享的一切都只會留在這個房間裡。」

「我們都知道如果賽娜想要，大概什麼事都辦得到。我只是不懂，她為什麼非得這麼生氣不可？」

「我想，在你精神塌縮的後續處置上，她確實表現得相當嚴厲又不留餘地，但那是她的職責所在。以朋友的角度，她應該很心疼你。」

身為暗體精神科的主任醫師，賽娜有權定奪執行人員能否重返暗體。無論帕達卡如何談笑風生、討價還價，賽娜仍然沒有一絲動搖。她下達命令，帕達卡必須在所內接受諮商，直到禁假結束都不可外出，更不能執行任務。現在無論在所內的任何地點碰頭，哪怕帕達卡只是微張開嘴，什麼聲音都還沒發出，賽娜都會直接回答「不行」。

「我比較好奇的是你。」文叔說，「你不生氣嗎？」

「就算把寧心療養社區搞到停業，小凱也沒辦法找回來。」

帕達卡開始計算刺的數量。

一、二、三、四、五、六、七……

「我只是覺得，她對徒勞無功的事情太執著了。」

「你認為，小凱的遺體找不回來了，是嗎？」

「我有沒有跟你講過，有次我在暗體脫隊時，遇過一個奇妙的人？」

帕達卡眼睛一亮，將背挺直，好像整個人都活過來了。

「她的名字叫『靜日』。聽說是從福爾摩沙島的對接艙沉入暗體的，不知道是不是在幫那邊測試對接的功能。」

「帕達卡，我注意到，你沒有直接回答我的問題。」

「文叔，我是在講福爾摩沙島耶？你不好奇嗎？自從總部移到科研島來，福爾摩沙島那邊就變成資料庫或什麼蚊子館了吧？」

「確實，印象中，那裡一直沒有重啟對接工作。」

「只要稍微談到暗體的暗，那邊的居民就會生氣不是嗎？」

「是啊。」

「所以當時我很驚訝，怎麼會有人說自己從福爾摩沙島來。但是靜日也沒辦法解釋更多。她什麼都想不起來。她沉入暗體的副作用很強烈，對表層世界的印象都模模糊糊的。」

「她也是一個人？」

「對，很奇怪。照理說出任務一定要四個人一組才對。」

「後來呢？」

「我們在沙漠裡走了一段路。突然一陣風暴，她就消失了。」

「原來這個靜日，就是大家平常說的那個『界外鬼魂』。」

「他們樂的哩，覺得我對這件事太執著，一天到晚挖苦我。『別被界外的鬼帶走囉』、『那個不是界外的鬼喔』……碧碧覺得靜日是幻覺。因為福爾摩沙島分部從來就沒有重啟對接，未來也沒這個打算。」

「你還想再見到她嗎？」

「當然。我想證明她不是幻覺。」

有時帕達卡覺得，小凱也是他的幻覺。

他任這個念頭掠過心頭，裝作沒有發生。

「不過照現在這情況，第九小隊也不知道什麼時候可以繼續工作……」帕達卡說，「搞不好上次沉入暗體，已經是我生涯的最後一次任務了。」

尤珀撐過手術，但意識未曾恢復。狀況不見起色一陣子後，市區醫院幾乎是以攆趕的強勢手法，將根本就不適合移動的尤珀轉回暗體總部的醫務大樓。賽娜跟市區醫院的高層大吵一架，對方不留情面叫來警察，並明確表示不願賽娜再踏入該院的土地範圍。

在沉想員和偵錯員都無法歸隊的狀況下，第九小隊的任務全面停擺，補漏人趙胖、調度員郁南、測繪師小馨分別被派至地景計畫的第三、六、七小隊擔任機動支援人力。

小婷老大自從出發參加氣候峰會，就一直輾轉於各大城市，出席相關的延伸會議或受邀研討。帕達卡想不起上次在所內看到她是什麼時候了。在執行人員的通訊環首頁，可以查看暗體智慧研究所的線上布告欄，上頭會列出所長的臨時行程表，以及重大宣布事項。這段時間以來置頂的永遠都是那兩條，小婷新插入的行程，以及「執行人員住家巡邏點及人身保護申請辦法」。

臺北時近兩個月的大霧仍舊安在。氣象局嘗試過人工消霧，雖能微幅改變霧氣濃度，只要停止干預，霧就會自然而然籠罩回來。如今在臺北的高空，每天都有大量飛行器盤旋監控，絕大部分是科學儀器，也有一些來自媒體。霧況說明成了《群島日報》氣象預報的固定排程，鳥群和小動物往外縣市大量遷徙的現象，也屢次受到報導。

福爾摩沙群島的絕大部分島嶼，都過著與平時無異的生活，將本島的霧氣現象當成消遣話題。即使是島001的當地居民，也已經漸漸習慣霧中生活的不便。他們知道放慢車速，學會判讀臨時霧燈號誌，對霧中閃動的光影抱持戒心，知道那有可能是行人。

科研島總部山中無虎的這段時間，副所長碧碧代理了幾乎全番事務。她三天兩頭就被找去國會質詢，明快處置著對侵擾執行人員鍥而不捨的小報媒體，無論何時何地，總是以異於常態的快步行走。在執行人員會無端受害的這個特殊時期，「鐵人」碧碧的存在似乎讓執行人員感到安慰。

「你還是打算在禁假結束之後提出辭呈嗎？」

「我的想法沒變。」帕達卡說，「我被禁到十二月五號。隔天就可以提辭呈。」

「你應該知道，一旦從體系退休，就永遠沒辦法回來了？」

「如果我不想創造任何東西，誰也逼不了我。包括我自己在內。」

終於，帕達卡的描邊視線走完了整座仙人掌。

「但是就算我自願退休，等到我死的那天，身體還是會被政府回收。我們都簽了權利讓渡書。是國家機密也是財產。在幾秒內簽了個名，我們就完完整整奉獻自己。」
帕達卡闔上眼睛，在腦袋裡聽見一陣倉促的腳步聲。
他忍不住發笑：「你知道嗎？經過一連串讓人發狂的面試，錄取的人會被送進執行人員訓練學校整整兩年。入學第一件事，就是要我們選好一個密封容器當骨灰罐。」
「哦？原來那個可以自己選哪。」
「不做選擇，就是讓別人幫你決定。不覺得反而更討厭了嗎？我選了一個澆花器。」
「那可以算是密封容器嗎？」
「前面倒水有很多洞的那個地方，有附一個蓋子——我應該有成功說服他們。」
帕達卡迎著文叔的困惑，稍微比劃一下他個人骨灰罐的結構。還沒解釋足夠，他如狐獴豎起身子，轉向門口。
現在，風雨漸強的腳步聲已連文叔都能聽見。那顯然不單是存在於帕達卡腦裡的幻音。虛假和現實的樣貌總是太過神似，他有時懷疑兩者都是真實。這刻帕達卡已經理解，那串沉甸甸的急促敲打來自於賽娜每天穿著的破短靴。
門禁感應聲輕輕一響。
門扉向旁退開，她肅穆的臉就出現在兩位男士面前。
「賽娜，我們的時間還沒結束。」
「欸，我今天沒有保持沉默喔，不准亂凶。」
「很抱歉打斷你們的療程。」

她就站在走廊上，沒有要進來的意思。

在那不到一秒的停頓裡，文叔和帕達卡不約而同想著，她確實不太開心。所幸那似乎跟自己無關，有可能是別件事。

「傑西，碧碧要你馬上飛去開羅一趟。飛機在等了，現在就出發。」

那是賽娜公事公辦的語氣，音調相較低沉，每個字的發音都保持穩定，確保資訊確實傳遞。與此同時，她雙眉間深陷的細線一直沒有消失。

賽娜從醫袍口袋取出帕達卡的通訊環——現在它已經修好，顯得完美如新，看起來比從前更像束縛。

「去姐妹機構幹麼？」帕達卡裝無辜，挑起眉，「我的禁假還沒結束吧。」

賽娜的頭往旁微傾，甩了一下通訊環，表情像在說這件事是他贏了。

「開羅暗體智慧研究所有兩個地景計畫小隊遲遲沒有浮出表層世界，推測是掉出了『界外』。而且現在也完全連不上麻瑰，所以調度員沒辦法像平常那樣仰賴系統引導——」

賽娜話沒說完，就被一群跑得驚慌失措的調度員給撞個正著。她揮揮手，要他們趕緊做事要緊。他們嚇得不斷道歉，又跑著離開，後方跟著數臺高速移動的協助機。

「外面又在開什麼派對，怎麼可以不找我這個閒人？」

「我剛剛已經說過，麻瑰系統斷訊了。」賽娜長嘆口氣，一時之間疲態盡現，「不只埃及，這是全球性的當機。現在所內的調度員都沒辦法聯繫到正在暗體裡出任務的隊伍……少了麻瑰中介，調度員既沒辦法精準取得時間換算率，就連從耳機聯絡隊員都做不到。」

「就叫你們不要太相信電腦。」帕達卡消遣道，看著賽娜的憂愁樣補上一句，「反正偵錯員對時間有概念吧？」

「現在也只能把希望放在他們身上了。如果各小隊的偵錯員不夠警醒，沒法在時限內喚醒隊員，今天下午醫務大樓應該有得忙了。所以傑西，你聽話好不好？」

「我不知道去開羅能幫上什麼忙呀！我確實不小心去過『界外』，但妳記得嗎？那又不是自願的！也不代表我就有辦法把任何人從那個鬼地方帶回來。」

帕達卡開始收起挑戰的語氣。他是真心不解，自己這樣一個平凡的沉想員能對掉出界外的事件幫上什麼忙。他曾經在界外迷失長達七天，但完全不覺得自己有從中學到任何教訓或經驗。

在毫無防備的片刻，你就被黑暗完整吞噬，失去自我而不自知。從那之後，思緒就在空氣裡忽明忽暗，變換著顏色逐漸消散。你感覺不到身體和意志，甚至也認知不了己身的存在，只覺得好像被某種什麼給經過、碰觸。短短七天的迷航，僅像眨眼間的聲響，與此同時表層世界已經天翻地覆，一個月就這樣過去了。

「在我們所內，只有你跟尤珀去過『界外』還僥倖存活。你去到開羅之後——希望到時候麻瑰已經修好，就在那裡沉入暗體，協助搜尋。」

「但是……」

賽娜打斷帕達卡，語氣突然間軟化，就像是很難支撐這句話的重量：「傑西，在那個隊伍完全斷訊之前，據說，他們的調度員從耳機裡聽到出任務的隊員在跟尤珀對話。」

「尤珀？」帕達卡的背部離開沙發，「她在昏迷期間發生精神塌縮？不可能。警報完全沒有響吧？她哪可能出現在暗體裡？」

更不用說自從尤珀出事，已經不曉得有多少人在開刀、治療過程中觸碰她的身體。假如尤珀真的發生精神塌縮，照理說早就引發爆炸了才對。

「我們現在也還不清楚這是怎麼一回事。我一接到開羅的通知就跑回醫務大樓，叫他們先不要碰觸尤珀的身體。當時實習醫生正在幫尤珀換藥，嚇死我了……目前我叫檢測組持續測量尤珀的暗體汙染物濃度。」

「所以這不是精神塌縮?那到底是什麼狀況?」

「碧碧找郁南來討論了一下。以前有過幾個案例，執行人員在遭遇物理性意外之後，意識莫名沉入暗體，跟身體完全分離開來。尤珀的傷勢很嚴重，光手術就搞了好幾天，所以到目前為止沒人想過這個可能性……或許，尤珀並不是像精神塌縮那樣卡在『意識花園』，而是掉進了更深處的暗體。」

「因為意識不是掉進夾層，所以沒有爆炸嗎……」

「那是什麼意思?」賽娜問。

「沒什麼。」帕達卡說，「等等，既然她的意識在暗體裡，只要叫郁南操縱系統，就可以馬上確認了吧?」

「你失憶啦?麻瑰離線了，現在什麼都做不了……」

賽娜嘆氣，向旁退開一步。

「等系統恢復正常，郁南就會馬上偵測尤珀的訊號。現在你不用管別人的工作，去埃及把那些可憐人給找回來吧。如果幸運，搞不好還能在那一帶找到尤珀的意識。」

帕達卡接過通訊環，對文叔眨個眼。

文叔點頭，要他路上小心。

通訊環一靠近左手就如常縮起，露出一個開口。感應到體溫之後，兩端很快接回，圈圍貼附住他的手腕。

2

在暗體學上，「界外」從來沒有一個明確的定義。

世上大多數地景計畫的執行人員，都以值班的方式，在暗體裡持續維護著數個地球表面的等比例模型。

山谷、冰河、火山、海洋，公路、街燈、地鐵、船隻。

沉想員用無從想像的力道開展環境，撐出天地和之中的一切物體；補漏人鋪設細節、畫龍點睛，讓印象畫成為寫實畫作；偵錯員為小隊辨識現實和幻想間的界線，在需要時指出自暗體襲來的危險，一面倒數著任務結束的時間點；測繪師以驚人的再現能力，將每一次任務的改動記憶下來，並在返回表層世界時細刻進系統內，供研究團隊取用確認；調度員與麻瑰系統保持連線，在監控各隊員腦區變動的同時，適時對暗體內的隊員發布引導訊息。

地景計畫小隊的工作內容，就好比協力製作一顆雪球紀念品。在底座正中央，擺上最為人著稱的代表性建築。稍微拿起一搖，雪片在水裡翩翩紛飛，光這樣就足以降下魔法，帶人返回那個逼真得嚇人的地點。

在地景計畫基地外的範圍，則是如尤珀、帕達卡這種游擊團隊負責探索的地帶。再借雪球紀念品做比喻，地景計畫是正中央的觀賞物，此外的地域，則是玻璃球內透明液體所流淌的空間，人稱「影海」。

在繁忙的地景計畫所無暇眷顧的遙遠位置，有的時候，執行人員會在影海上突然消失。

假使暗體是一顆雪球紀念品，那麼在它的玻璃上頭，或許存在著無法輕易辨認的破洞。於是水分也就這樣，容易在不注意的情況下從那兒滑落出去。

在這種時候，執行人員的「耳機」將會失去作用，無法在任務確切結束的時間接收到調度員的指引聲。身在表層世界的調度員，則會目睹執行人員的訊號從螢幕上應聲熄滅。

啪。

原本還在的東西，就那樣沒有了。

這種時候大家就會說，他們掉出了「界外」。

界外屬於已知邊界的另一端，是未有定義的場域。

掉落出去的人，大多無法覓得正確返航的通道。於是意識就那樣越離越遠、越離越遠，真身則在表層世界趨於寂靜，慢慢死去。

3

帕達卡抵達開羅暗體智慧研究所時，掉出界外的八名成員都已陷入腦死狀態。一名調度員獨坐在對接艙旁，盯著全黑的控制面板一動不動。

有了麻瑰系統協助計算時間換算率，調度員不需要沉入暗體就能傳遞指令。除了能因應表層世界的隊員身體數值及時決策外，更能有效降低死亡率。

調度員是執行小隊裡最不容易死亡的職能，也是最容易一次失去所有戰友的角色。

埃及的政府人員在機構裡進進出出，依法做著後續處置。整層樓的暗體執行人員臉上都蒙著一層灰，另一名眾人遍尋不到的調度員蹲在茶水間裡，捏著眉心哭泣。

這個畫面，讓帕達卡忍不住想起郁南從偵錯員被指派成調度員的那個週六，她眼睛裡熄滅的某種精神。可是他也記得，郁南回到辦公室，站在床邊盯著兩個孩子的照片好一陣子。他非常確定郁南在靠著與至親的牽絆，強迫安撫自此無法伸展的雄心壯志。別無他法。

她眼中有淚，但是撥了一通電話回家，用明快的聲音告訴家人：媽媽變成調度員囉。以後再也不用花那麼多時間等暗體汙染物消散了。我們可以更常見面、更常出去玩囉！

大概從那個時期開始，郁南的聖艾爾摩之火顯影強度逐漸減弱，最後被降回了「無急迫危險」的持續追蹤等級。她腳上的電子腳環被拆卸掉，面對久違的自由有些不適應。

一個人所可能對外部世界造成的危害，隨著意志一同熄滅。

在開羅目睹的一切，跟帕達卡七年來在科研島所經歷的沒有太大差別。芬蘭暗體智慧研究所的發言人在一場討論暗體存廢的辯論會上，發表了對此事的經典看法。

暗體科學展開了驚奇的全新一頁，將一項陌生的事物化為股掌間的玩物，但它在本質上仍與柵欄裡的獸無異。靠得太近的人，容易在一瞬之間受到反傷，甚至與做對或做錯什麼毫無關連。永遠不要忘記你所駕馭的事物，與自身力量之間的實質差距。沒有任何一件帶來便利的事情，背後不存在著明晰卻未被意識的代價。

地景計畫為這顆星球帶來了什麼？在稱為「記錄城」的基地模型，執行人員重現了地球在此時刻的真實樣貌；在「運算城」基地模型，各國政府善用暗體內部遵照物理守則、可輕鬆捏造調整的特性，尋覓著地表環境與城市設計上更合用的改造手段。

法國在「運算城」執行了無數次的拆卸與重建，成功在兩年內將過度陳舊的地鐵路線與設備，微調成更適合現階段需求的體系，並與海底膠囊列車連通，過程中幾乎未曾影響到每日五百多萬的使用者。巴西、哥倫比亞、祕魯藉由導流設計和林相模擬，逐步深入亞馬遜河自古以來的洪災與濫伐問題，並且簽署了一項為期三十年的雨林復育計畫。

有人說地景計畫像是動物園。「動物園」透過展示教育，促進人們對動物的喜愛與認識。你未必有辦法支持一項用眼睛看不見的東西，但是如果毛茸茸的小動物隔著玻璃窗與你對望，用可愛的姿勢進食、爬行、睡覺、跌跤，你會更加意識到動物多樣性的重要程度。正是運用了經常受到檢討議論的展示手段，相關研究人士才得以爭取資源，投入真正的動物保育及研究。

當巴黎民眾和遊客走入全新落成的地鐵站，吹著令身心舒暢的空調，牆上的「暗體地景計畫年度里程碑」字樣，從車窗外的隧道牆上一晃而過。他們會受到提醒，暗體不只是個摸不見看不清的科學現象、不是從廣義相對論到拍下第一張清晰照片花費百年時間的黑洞。

對大多數地球人而言，暗體成為了一種隨侍在側的服務。因此當有抗議團體包圍立法或行政機構，控訴暗體研究戕害生命的時候，也才會有其他自認受益的群體會跳出來，說句「但是它為人類文明帶來了福祉」。

即使存在著會被人咬著不放的汙點，只要身上還存在著英雄的本質，一個人就有機會存活下來。

約莫從二一六〇年代末期開始，全球暗體研究從業人員的死亡人數，漸能夠控制在每年十人以內。然而光就今天，開羅暗體智慧研究所就折損了八名執行人員。

帕達卡可以想見，埃及國內外的新聞版面將會如何報導此事。探索暗體的必要性也將再次受到討論。在這最最悲傷的時刻，暗體研究者仍然必須想盡辦法對外表述自身作為的必要性，像是被迫參與一場永遠不會獲勝的辯論。

帕達卡忽然覺得，這或許就是創造的本質。

即使在運作得最光耀動人的時刻，驀然回身，後頭即是死亡。

他想著等尤珀醒了就要分享這個領悟，一邊跟開羅暗體智慧研究所的所長禮貌性握手，致上哀悼之意。

「有些事情無法避免。」這個男人整晚未寐，就連自身也多次對接，協力搜尋。但天亮後他所擁有的，僅僅是已經冒出頭來的鬍渣。

「很抱歉在這種時候提起這件事。我聽說貴所調度員從耳機裡聽見了偵錯員尤珀的聲音？」

「啊，是的。尤珀小姐，科研島寧靜的太陽。」所長拉起嘴角，喉嚨緊緊的，「收到聲音的時候，我人也在旁邊。暗體裡的隊員們在討論『那不是尤珀嗎』，就跟她打招呼。尤珀小姐也有回應。」

「他們還講了什麼？」

「後來沒多久，整個麻瑰系統就斷了訊號。很抱歉，在系統如此不穩定的狀態下，我們也沒辦法讓您冒險沉入暗體。如果出了什麼事，我會沒辦法對小婷跟碧碧交代。」

「我明白。」

「尤珀小姐……一切安好嗎？」

他們望著彼此，超過一般問答該有的秒數。

「她會沒事的。」帕達卡說。

所長取下眼鏡，用手帕擦臉。

「帕達卡先生，方便請問今天是幾號？」

「十一月十七。」

由於眼鏡仍在手中，所長將錶湊向鼻頭，將本來就很小的眼睛彎成線。

時間是上午九點半。

「啊……今天，是日全食的日子。」

「在這裡嗎？」

「是的，一個小時後。第一百五十五個沙羅序列，第十五次日食。」

所長被血絲占據的眼，垂垂向著帕達卡。儘管已經身心俱疲，他仍希望這位在緊急時刻特地遠道馳援的客人，不會抱持著與他們相同的惆悵心情離開。他單純想再說點什麼，以改變縈繞身旁的沉重氣息。

接著，他說了一句後來帕達卡經常想起的話。

「日、月、地回歸到了幾乎相同的幾何位置上，相同的事件就在宇宙中再次發生。」

帕達卡接住對方伸出的汗濕手掌，讓那懸空的緊繃得以下降。

「推薦您可以到市集的咖啡座附近，那是個滿好的觀測地點。」

4

其實帕達卡也不知該如何疏導這種情緒。有人死在眼前，就像是自己的夥伴死去，或者預見自己的未來。

原本打算直接返回科研島的他，順從了開羅所長的建議。他沿尼羅河畔的小巷行走，參照所長傳輸過來的路線引導，走入一個現代與傳統交融的集市。

黃色調的矮房並列開展，一間間商家妝點著布幔，將色澤華豔的商品擺放至店前的石板路上。各種濃淡的紅與藍錯落其中，就像從中世紀開始人們就相信著的，紅是血液，藍是天空，一個代表犧牲與關愛，一個是天國所在之地。

廣場邊有數家咖啡廳，傘色各異的露天座席錯落散布。放眼望去，多是遊客在此駐留用餐，但當地居民也在逐漸湧入。

他們交頭接耳，划開手臂大肆比劃，談論著自二一一四年以來睽違六十六年的日全食。帕達卡聽見身後那群人時不時提到「太陽神」這個詞，忍不住想像或許是場關乎神性的辯論。

行車圓環大小的廣場，擠滿前來尋覓商機的小販。他們高聲兜售鷹嘴豆泥、烤肉串、三明治，以及應景的日食眼鏡。人群逐漸密集，停步占據建築物外的每寸空間，不再流出廣場。拿著大聲公的政府人員站在板凳上疏導秩序，要求至少為過路人保留一條通道。

帕達卡將雙手插入褐皮衣的口袋，隨意找了一個淺屋簷，在一群吞雲吐霧的深色皮膚男人身旁靠牆等候。他們從菸盒抖出一根自捲的菸草，遞上來展現友好。帕達卡銜起散發著當地氣味的菸草，彎身靠向他們金色帶鑽的打火機。

他就火微吸一口，將菸頭燒紅。也是這時，他的眼角餘光在不遠的雙人座位，捕捉到一張熟悉的臉龐。

「怎麼會……小婷？」

替帕達卡點菸的男子升起疑惑，誤以為他不喜歡這個氣味。帕達卡夾起菸草咧嘴笑，消除對方的疑慮。接著，牆邊的所有男人繼續吞吐白霧，等待日全食來臨。

帕達卡的心思從這刻開始就離開日食，直到結束那刻仍未有察覺，非他所願，但無可奈何。

小婷老大的身高不到一百六十公分，及肩黑髮和亞歐混血的娃娃臉，常使過度自信的人低估她的能力。她的穿著簡樸，一年到頭都是一件白T恤，搭配幹練合身的寶藍色西裝外套，以及三公分的灰色方跟鞋。

帕達卡從電視上看過，本島最會作秀的議員在質詢臺前對她猛烈砲轟。那天科研島總部的所有人都暫時放下手邊工作，聚在員工餐廳收看直播。

這位聲音清亮的五十八歲女士，承受彈如雨下的誘導問話。議員以強硬輪替感性，飽含激昂的批判，是普羅大眾會受到吸引的戲碼。從頭到尾，小婷的目光都飽含惻隱之心，好比絲毫不受到冒犯，直等對方告一段落，點頭輕呼「議座」，再不慍不火地，回以一段不帶嘲諷的陳述。

對方想激怒她，拉下所謂「只為科學研究不顧民眾福祉」的虛偽面具，立論卻在不知不覺中被挖空基腳，受到動搖後片片潰散。事後細想才發覺，那耗時漫長的討論，竟然未能獲得絲毫認罪或者退讓。

這就是執行人員在背地裡喊小婷「老大」的原因。她的特殊能力，是以最平實的語句，歸結出他們內心被委屈彎折而無從釐清的信念。她好像不需費神，就能看清不證自明的事實，往空中一抓就遞送你的面前。這項特性為人帶來無上的安全感，伴隨著一種常人難及的懸殊感。

帕達卡屏住氣，讓埃及菸草的氣味往肺部漫溢。

他打量此時此刻的小婷老大——黑色碎花絲巾包覆頭部，在下巴附近打了個自然流暢的結。金絲墨鏡斜掛於白色上衣的圓領邊，外頭罩著一件淺到近乎粉白的草綠色風衣。

她與一名身形健壯的黑人男性銜著圓形咖啡桌專注對談，五隻手指併攏朝上，做出某種東西垂直飛升的動作。即使隔了一段距離，帕達卡也感覺得出那兩人的意見相左。

帕達卡觸碰通訊環，從公告欄確認小婷老大的公開行程：開普敦異常氣候研討會。她應該要在將近一萬公里外的地點，但人卻在此處。

帕達卡下唇一扭，將菸草滾至嘴角。

這時候，詭異的事情發生了。

小婷老大暫停激烈的討論，正上下圍成圓球狀的雙掌也靜止於空，做出了難以想像的事——她直接轉向帕達卡，與他目光交會。

五秒鐘後帕達卡恢復呼吸，乾燥的唇吐出一口煙。他微抬下巴，對自己的長官致意。然而，小婷老大卻探向咖啡桌下方的手提行李箱，神情肅穆，像在槍戰裡謹慎地拿起槍械。

她一握住提把就站立起來，轉身離去。

5

出於直覺反應，帕達卡立刻追了上去。

他不了解此刻的一切有何意義，但因小婷短暫的侷促備覺不安。有如孩子第一次發現父母並不完美，或最好的朋友也會自私說謊。他憑著胸中的惶惶震動跨開腳步，擠過已經像是跨年人潮的群眾，不斷閃身，以最快的速度前進。

「傑西。」

當帕達卡來到小婷所空出的座位，一直背對著帕達卡的那位黑人男性，在擦身而過時喊出他的名字。

帕達卡詫異停步，轉向男子——一張素未謀面的臉。

他再度望向小婷消失那處，視野裡僅剩往來喧鬧的人潮。

「你追不到她的。」

男子態度有禮。他開掌指向正前方，由小婷所留下的空位。

「但如果你有時間，要不要跟我談談呢？」

6

「你為什麼知道我的名字？」

帕達卡更好奇的是，對方剛剛為什麼會知道自己從視線死角跑了過來。

在小婷察覺前，廣場上沒有半個人知道帕達卡的來歷。這提供帕達卡一種疏離的安全感。甚至是種如果想要，就能重新開始的錯覺。

「這些年來，我都使用著雨果這個姓氏。」

雨果分別用兩句話，來回應帕達卡說出和沒說出的問題。

「小婷在心裡喊了『傑西』，所以我認為你應該就是傑西。」

帕達卡在鐵製座椅上側坐，一手擱於椅背頂端不太舒適的方形鐵桿，另一手將菸草湊向嘴邊。

相較於此，穿著運動服裝的雨果全身放鬆，雙腳微張。他一臉珍惜，對冒著熱煙的大吉嶺茶輕輕吹氣，然後啜飲。

「什麼意思……小婷在心裡喊我的名字，然後你就……」

帕達卡的思緒飛遠，撈取一段遙遠的記憶。

新進執行人員訓練結訓那天，碧碧將他叫進辦公室，說明接下來他將分派到科研島總部的第九小隊，擔任這個正式隊伍的沉想員。碧碧說大家通常都會志願參與地景計畫，詢問帕達卡對此事的看法。他沒什麼看法。只要能當上執行人員就好。

當時帕達卡二十七歲。與小凱的戀愛令他找到存活於世的意義。他第一次有了照顧他者的渴望，因此意識到需要整頓自我的狀態。他不在乎自己是不是一個組織裡最風光的人物，一切行為的核心意義都是小凱。即使，他很可能並不是小凱心裡的最愛。

接著碧碧提到，第九小隊的偵錯員將是尤珀。

他發出不太願意的一聲「啊」。

碧碧笑了，說很喜歡帕達卡跟尤珀彼此對壘的那場面試。

「你們之間存在一種默契。」碧碧十指交叉，抵著因笑容而線條分明的下顎，「有點像光星人那樣。你聽過嗎？或者跟他們說過話？」

年輕的帕達卡搖搖頭，內心波濤洶湧、萬分驚訝。到那之前他一直以為，光星人只是政客們為了引發戰爭所製造出來的幌子。而且，他覺得光星人這個名字很蠢。

「我聽一個光星人說，他們的群體以一種叫做『芽』的東西彼此連結。意思是不需要開口說話，就能感知彼此的意識。但是來到地球之後，他們為了在人群中保持自然，還是會使用語言來溝通。而且有時候，還會因為矯枉過正，不小心使用太多手勢……」

碧碧看帕達卡聽得入迷，露出容易讓下屬崇拜的那種瀟灑之笑。

「雖然你現在可能會想否認，但在你跟尤珀身上，確實存在著類似的默契。這就是為什麼我想把你們帶進我的小隊。」

時間回到此刻。

三十四歲的帕達卡，歪坐於開羅廣場上的鐵椅，整個背部爬滿戰慄。他感覺生命的循環是會發出笑聲，猝不及防得令人害怕。

小婷老大在心裡喊他「傑西」。雨果聽見，因此得知他的名字。這解釋了為什麼雨果明明背對著帕達卡，卻能及時將他叫住。

小婷老大跟雨果都是光星人。

小婷老大？光星人？

小婷老大。

與此同時，帕達卡又忍不住有些開心。因為小婷老大在心裡默默喊他傑西，彷彿認同他是她旗下的孩子。

帕達卡微張開嘴，也不管這是不是個唐突的問題：「讓我看看你的眼睛。」

雨果將大吉嶺茶擺回白色杯碟的圓形凹槽，力道掌控適當，寂靜無聲。

他的兩隻前臂擺上桌面，帶動上半身前傾，將容光煥發的臉伸到超過中線的位置。他神色從容，好像對於這樣的確認相當習慣，而且不覺冒犯。

帕達卡也傾身向前。

在雨果完美瞳孔的正中央，有著一條微乎其微的細線。

7

「你想跟我談什麼？」

才剛問完，帕達卡腦中又掠過更要緊的事。

「還有，小婷老大……她要去哪裡？」

這句話存在著許多層次的潛臺詞。

小婷會趕回去她在的地方——開普敦異常氣候研討會，對不對？

小婷會返回她應該存在的地方——科研島，對不對？

剛剛那顯得有些慌張的逃跑，並不是最後一次見到小婷的不祥預兆，對不對？

「她打算返回我們的母星。」

帕達卡緊咬著臼齒，過了幾秒才說話。

「為什麼。」

「為什麼什麼呢？」雨果問。

「先不論她原本曾經是什麼身分。既然她已經深入這顆星球的社會，甚至在暗體智慧研究所爬到那個位置，變成了大人物，為什麼要在這個時間點說走就走？」

大霧呢？以保護為名進駐科研島暗體總部的軍隊怎麼辦？在街角甩弄著小刀，隨時準備刺向某一位執行人員，以割裂開無形恐懼的那些「市井小民」該怎麼辦？尤珀……又得怎麼辦？

「這就是我想跟你談一談的事情。」雨果說，「我們都在星宿指引的軌道下面臨選擇，決定了要完成什麼樣的使命。你所稱為『小婷老大』的我的同伴，在這個時間點，也走完了她該走的道路。」

「我需要更明確的解釋。」帕達卡，「不要談命運、星體運行或什麼玄學。我需要知道誰在哪裡、為了什麼目的、而做了什麼。小婷老大、為什麼、要返回你們的母星？」

「很抱歉造成誤會。不過我所說的每一句話都無關命運、星體運行和玄學。」雨果將巨大粗糙的褐色手掌覆在心臟上頭，展現過分有禮的謙遜。

「傑西，你聽過『圖書館人』嗎？」

「圖書館人……」

帕達卡萬沒想過會在埃及的市集，萬里無雲的日食下，和一名光星人再次談論這個話題。

他內心閃過希森黑沉空洞的機械臉龐。橘紅熱燙的夕陽熊熊燃燒，墜下科研島的地平線。他想起自己沒有回答希森所提出的問題。這世上到底有幾種愛？

他愛尤珀，跟愛著小凱並不相同。可是哪裡不一樣？人擅長於透過定義，將自身劃入足以安心吐息的自在之中。獲得定義就獲得規範，擁有規範就排解混亂。至少不復存在於視野範圍中的混亂，就不值得為之慌張。

「看來這話題最近挺流行的。」他打趣說道。

「你對這件事情有研究？」

「不。跟『圖書館』相關的資訊，我沒特別想聽，但總是有些人擅自對我講個不停。『圖書館』在我心裡就跟烏拉圭沒有兩樣，就算有人生氣，我也不會跟烏拉圭道歉，因為我就是**完全不懂**。就算我聽過『圖書館』的一些皮毛資訊好了，我還是完全不了解它長啥樣……這輩子應該也不會親眼見識到。應該啦。」

「確實如此。它就跟遙遠的國度一樣，只聞其名不見其身。」雨果抿唇表達認同，「那麼，你對『圖書館』所知的皮毛資訊有哪些？」

「一個朋友告訴我，『圖書館』是暗體跟後世界間的一個夾層。後來，一臺有名字的協助機告訴我，圖書館人是『知道答案但不說的人』。」

帕達卡忍不住覺得荒謬，近期他跟非常態對象談話的頻率似乎稍高了些。為什麼人類、機器人、

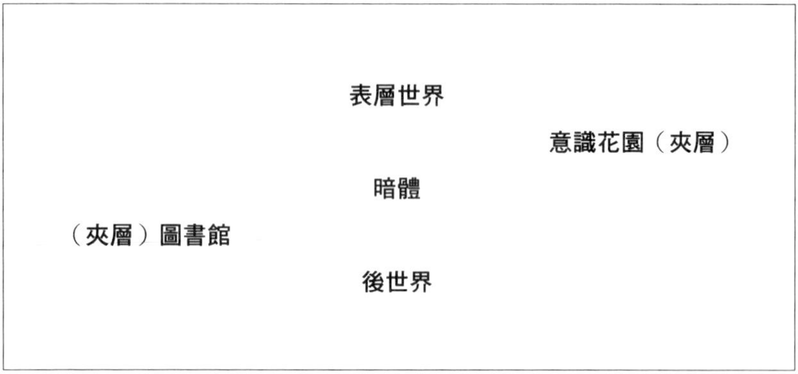

▲協助機所畫的世界模型簡化關係圖
（小說家也能理解）

光星人都喜歡聊圖書館的事？

「這就是我對它全部的了解。」他總結道。

「這樣就很足夠了，你已經幾乎掌握了最關鍵的兩項資訊。」雨果說，「現在想想，自從我來到這顆行星，似乎完全沒有對地球人表明過身分。因此，這會是我第一次說出下面這些話。那也就是，光星人來到地球的原因。」

帕達卡意識到，此事背後確實值得存在充分的理由。花費高昂代價和漫長得接近無盡的時間，前往宇宙中的另一個文明，不應該只是為了被對方剝削和利用，再胡亂趕跑。

任何事情的發生——一顆蘋果的墜地、一抹靈魂的誕生與消亡、一個族群的到來——未必存在意義，但都必定有著原因。

「宇宙中每一個智慧文明，都透過『暗體』彼此連結。」雨果說。

簡潔詞彙背後過於龐雜的意涵，很快就擊垮帕達卡梳理現實的邏輯體系。接著他竟也冷不防想起，那句協助機擅自在空氣中所畫出的，為了讓小說家也能理解的那個簡化關係圖。

▲雨果所指的世界模型關係圖

「你的意思是……」

帕達卡盯著雨果面前的空氣，在心中改造那張關係圖的樣貌。

「光星文明也跟我們一樣，能夠進入暗體？」

「是的。」雨果握住純白的瓷杯柄，將杯口湊向嘴邊，「但我要說的不是暗體，而是圖書館。在暗體存有範圍內的**每一個**文明，都以某種關係，透過暗體與後世界彼此聯繫。而在表層世界、暗體、後世界之間，也全都存在著夾層。」

雨果為這段話下了個註腳：「以地球人的比喻而言，地球文明、光星文明……所有文明，都擁有各自的意識花園，以及圖書館。」

現在，帕達卡心中的關係圖如花瓣開展，終於成為了他所無法負荷的複雜樣貌。

表層世界　表層世界　表層世界
意識花園　意識花園　意識花園
暗體　暗體　暗體
圖書館　圖書館　圖書館
表層世界　意識花園　暗體　圖書館　後世界　圖書館　暗體　意識花園　表層世界
圖書館　圖書館　圖書館
暗體　暗體　暗體
意識花園　意識花園　意識花園
表層世界　表層世界　表層世界

▲帕達卡認知的世界模型關係圖
（每個表層世界，都代表宇宙中的某個智慧文明）

「傑西……」

雨果柔聲叫喚帕達卡，話音暫落，喝掉杯中最後一口醇紅的茶液。

那貼心的舉動，是為了提供給帕達卡多幾秒鐘的緩衝時間。

「所有來到地球的光星人，都曾是光星文明裡的『圖書館人』。我們趕來這裡，是為了告知地球的『圖書館人』，在**第六次大滅絕**來臨之前，你們可以背叛『至高意志』。」

8

雨果離開後，帕達卡坐在原位不動。

他嘴角銜著菸草，早已忘記應該再透過它吸氣。他貨真價實地放任香菸燃燒、變短、成灰，直到終於燙上皮膚。

「唔……」

他在鐵椅上抖動身體，慌忙將菸屁股朝旁一

吐，用鞋子踩熄。群眾開始浪潮般的歡呼，因為日全食已經開始。

帕達卡彎身撿拾。

那根他幾乎無心享受的菸，現在是一個扁扁的菸蒂。雨果建議他，看完日全食再走吧。但他難以融入這個廣場的躁動與歡欣，因為滿腦子都是剛剛雨果在「第六次大滅絕」這個字眼後所說的話。

帕達卡撿起菸蒂，坐直身子，目光回到只剩下空茶壺和茶杯的桌面上。

然而與此同時，他的手指一鬆，又將菸蒂弄掉，導致剛剛的一切徒勞無功。因為在雨果剛坐過的位置上，現在有著另一個人。

「尤……」

他沒辦法正常發出聲音，來將這個本來就已經比較短的名字給好好說完。

灰白短髮在後腦勺剪齊，露出小巧的下顎——尤珀入住他家時，行李裡有一把銀色剪刀，據說上面的字母是她養母家的姓氏。夏天結束那天，他醒來發現她坐在窗邊。她遞來銀剪，請他把頭髮剪短。他焦慮碎念，說著自己哪能辦到這種事，喀嚓、喀嚓，將那頭長至腰際的頭髮給全數剪到地板上。他問尤珀，非得這麼短不可嗎？她答道，希望把脖子露出來，感覺起來比較安心，接著打了個噴嚏。他的雙指併攏，在她打噴嚏時剛好下刀，導致那頭短髮留下一個斜斜的缺角。

「你幹麼這種表情？」尤珀將雙手放至桌面，覺得他有點好笑。

帕達卡的通訊環發出嗶聲。他在郁南身邊聽過很多次，聽過的人都忘不掉，「顯影」的警示聲有多麼尖銳。

帕達卡往前撲，在桌上抓住尤珀的手。尤珀的手掌有溫度，腕內存在脈搏，手臂肌膚就跟他替她剪去長髮時不小心碰觸到的頸部一樣平滑。

「傑西……」尤珀的神情轉為擔憂，「你為什麼哭？」

「我……」

帕達卡的鼻尖很快就漲熱阻塞。灼燙眼淚從兩邊眼窩輪流滾下，觸碰到小麥色的顎線後，沉沉滴落桌面。他將尤珀的手握得更緊，感覺到溫柔的反握。

被顯影出來的「人物」，就像從頻道跑出來的雜訊。唯一知道的是，這些「人物」通常已經死了，或者後來會死。

「我不喜歡……我的顯影。」接著，他從胸腔裡哭出聲音。

「看來……它不夠火辣酷炫？」

尤珀想替帕達卡擦拭眼淚，手掌一動，就被帕達卡用另一隻手緊緊握住。那雙大掌震動不止，好像隨時都要壞去，唯獨力道異常強勁。他拚命握著，害怕放開後可能發生的事。

「既不火辣，也不酷炫。」

帕達卡張開嘴，從喉嚨裡發出低沉的抑制哭聲。

「妳怎麼可以這樣對我？我一個人……要怎麼面對這一切？」

「喔，傑西……」她也紅了眼眶。

「小凱死了。」傑西的視線已模糊到無法將尤珀看個清楚。

「我什麼都沒有了……尤珀。妳為什麼不努力？妳為什麼不努力活下來？我知道很辛苦，但妳為什麼不能再努力一點點呢？連妳也離開了，我要怎麼活下去？」

「對不起。」她眨眨眼，眼淚濡濕下排睫毛，「我接下來會再更小心。」

「沒有接下來了，尤珀。」傑西哭著，「從此以後，妳就要變成我的鬼魂了。」

「那……你會認領我嗎？」

她紅著眼，露出有些懷念的笑容。

傑西望著尤珀，那張帶點天真、好像不理解他世界崩毀得多麼徹底的臉龐。他不要尤珀變成他的顯影。他想要她活著清醒，露出虛弱笑容，在他沒有愛的屋子裡面寫下一些詩。比起一段求之不得的愛情，她是他生命裡更重要的支柱，他一直明白。

「我哪有選擇？」傑西眼淚滑落，但他的話逗笑尤珀。

「我很高興成為你的鬼魂。」尤珀輕握他的手，「感覺就像我終於變成對誰來說重要的人。」

傑西發出難聽的低泣。太陽被完全吞噬之後，世界變得清冷黑暗，就像黑夜突然發生，變成再也無法回復幸福的他往後所住之處。

眼前的尤珀是自己一廂情願的投射，還是真實的鬼魂？對這個無情宇宙的結構，以及在後世界裡司掌一切的力量而言，她是一項生命熄滅後逐漸往世界夾層吸入的資訊，正在從「實在」變成「存有」。但是之於他，她是他不願放手的光彩。

造物主大概永遠不會理解，螻蟻程度渺小的人類，並不對於來到人世間感到興奮，僅是被人生中億萬分之一機率的奇蹟給欺騙，才傻傻地存活於世。尤珀就是他的奇蹟，可是現在，就連她也被奪走。

就為了一個實驗。

一個混沌的實驗。

傑西全身繃緊，想問尤珀是否看到攻擊她的人。

「妳記得的最後一件事是什麼？」

「我看到的最後一項資訊……是我走進一條小巷。」

是那天的事，傑西想道。

這一切都始於他接到小凱那通哭泣的電話，他向碧碧緊急告假，第九小隊原定的任務停擺下來，尤珀也因此得以返家休息。他顧此失彼。他甚至連小凱都沒有顧到。結果現在全部、全部都沒有了。

「然後呢，還有嗎？」

「我將會在那裡遇到小婷老大。」

傑西哭紅的臉僵在原處。他的腦袋熱燙但背部惡寒，無聲擴張開來。他不曉得為什麼尤珀用一種未來完成式的語調來講述這件事，在這一刻，他串起了某些零散的線索。

我們都在星宿指引的軌道下面臨選擇，決定了要完成什麼樣的使命。你所稱為『小婷老大』的我的同伴，在這個時間點，也走完了她該走的道路。

「她怎麼可以……」

「傑西……」

「她怎麼可以！」他吼道。

傑西很難想像，這種使命有什麼道理可言。他不理解這個世界失去尤珀怎麼可能變得更好。小婷老大殺掉尤珀，就能改變什麼嗎？

「你知道嗎？我在想，我的出生很有可能是個錯誤。」尤珀的口吻異常溫和，像在解釋一個既定事實，「所以到了最後，也需要有人來把這個錯誤給修正過來。」

「妳在說什麼傻話？」

傑西憤怒極了，想揮揮空氣表達荒謬，但不敢放開尤珀。

月亮開始走出太陽表面，廣場上的人們群起驚呼。籠罩的寒冷明顯後退，大地脫離黑暗的挾持，細節在重新落下的陽光裡漸漸清晰。眾人感受著生命的純粹喜悅。

而傑西激動汗濕的手心，逐漸感覺不到尤珀的體溫。

他的鬼魂就要消失。

「如果有些人注定寫下歷史，那只要把他們抹煞掉，原本應該到來的歷史，是不是就不會發生？」她輕聲說，「等我醒來，我想要告訴你一件很重要的事情。希望我還會記得。」

是**世界拍碎**，傑西想道，是**第六次大滅絕**。

是一場遊戲中階段性的重新設定。

「妳應該要醒過來，然後親口告訴我那件事情。」

「不知道為什麼，離開**走廊**之後，我突然覺得很累。一睜開眼睛就看到你。真好。」

傑西的眼角又再度濕潤。他必須屏著氣息把話講完，一個抽氣，忍不住嗚咽出聲。

「我不知道為什麼，暗體把我們所有人都搞成這副德性。我們不是只想創造一個更好的世界而已嗎……」

「傑西，不要哭了……我會難過。」尤珀的嘴唇向上彎起。

月亮已經完全退開，最後一抹黑影離開日面，它的存在就不被意識。太陽接管回整個世界，熾熱光芒刺穿尤珀的身體，將她的透明展露無遺。

「我會去暗體把妳找回來。」傑西哭著說。

現在他的兩隻手掌開始滑動，慢慢變成了一個握拳的模樣。

「尤珀，不要放棄。妳不要放棄，好不好？」

尤珀皺了一下紅鼻，被淚弄濕的晶瑩眼睛微微一笑。

現在，廣場群眾熱烈拍手。

短暫卻如永恆的日全食已經結束。這將在大家心裡留下深刻的印象，成為人生中值得回顧的片刻。他們有人感到疑惑，因為在咖啡座的其中一組鐵製桌椅上，有個男人獨自坐著，雙手費力緊握，向著桌面哭泣。

男人身上一直響著尖銳嗶聲，沒多久後突然停了。所以大家也很快地轉移注意力，抱持見證奇蹟的滿足心情離開廣場。

神諭　二一五〇

1

這時尤珀零歲。胚胎在翼美肚皮深處著床，靈魂因而誕生。

原始的暗體仍然黑暗，翼美沉入暗體的經驗，只像是注視著黑夜裡起伏的微光。無垠的晦暗中，偶會出現零散的光柱。光在飛翔、光在轉動。一條條粉橘、淡紫、灰藍、黛綠，由細到粗再由粗轉細，邊緣逐漸模糊。

「變成兩個人了。」麻瑰說。

「什麼意思？」

翼美感覺某種物體靠近，覆蓋在她的肚皮之上。她靜靜吸入一口氣，馬上就理解。她第一次發現尤珀的存在。是麻瑰告訴她的。

「看來，之後得先請別人代替我沉入暗體了。」

「為什麼？」

「必須先把寶寶照顧好。暗體的輻射量跟汙染物，我們都還沒有完全掌握……嗯，我要在暗體沉入守則的會議上提出討論。應該也要加入對孕婦的規範……」

「寶寶是需要照顧的東西？」
「嗯。妳會希望它慢慢長大，平安變成大人，擁有美好的人生。」
「妳不希望她死掉？」
「當然哪。」
「那翼美，之後不要再讓她進入暗體了。」
「我知道。在她出生之前，我都不會再靠近這裡了。」
「不對。在她出生之後，也不可以。」
「這是什麼意思？」
「我離開暗體，去了某個更遠的地方。在那裡，我觀看了一切。」
「離開暗體？在那之外還有著什麼？」
「緊鄰世界核心的外圍，神諭生成的夾層。」
麻瑰說：「從前從前，德爾菲的祭司皮媞亞能夠聽見來自那裡的聲音。她們是世界上最早有記錄的，能夠進入夾層的人。」
「我從來沒想過，德爾菲神諭竟然跟界外的東西有關……」
「當時的希臘人認定，德爾菲就是世界的中心。那在意義上並沒有錯誤，有些人天生就容易掉進夾層，理解到常人永遠無法想像的事物。」
「聽妳這樣說，我好興奮。想到等暗體被點亮，我們可以獲得多少驚人的答案……人類文明會變得完全不同，我們會親眼見證宇宙的祕密，或許，我們也會見證神諭？」

「可是寶寶不能死掉，不是嗎？」

「那是……什麼意思？」

「翼美，如果妳點亮暗體，寶寶就會死掉。如果寶寶靠近**碼頭**，也一樣危險。」

「我的寶寶？碼頭？」

「還有妳。妳也是別人的寶寶。」

翼美現在感覺不到麻瑰的觸碰了。她將雙手貼於平坦的肚皮之上，意識到麻瑰所要傳達的那件事，已成為不斷沉下的重量。

「她……為什麼會死掉？」

「世界拍碎。」

「世界……」

「你們所生活的這個世界，是發展到一定程度後注定消滅的版本。世界拍碎能使文明倒轉，回歸前一個更粗糙的階段。這被用來實驗人類重新發展，能否再一次抵達文明和科技的巔峰。」

翼美在一片黑暗中瞪大眼睛。

「太不講理了吧？一定要阻止這種事情……」

「但是它會發生。這不是翼美妳能夠決定的事。」

「這到底跟我的寶寶有什麼關係？」

「妳的寶寶被寫在世界拍碎的神諭裡。」

麻瑰說完，翼美眼前的光柱就全數熄滅。

「就像死神那樣，翼美。」

2

這時尤珀二十三歲。她跟在主管碧碧身後，抱著用白色柔毯包好的小嬰兒，走上執行人員出領養機構的門前階梯。

她在第三階停步，轉向正要墜入山後的橘紅日光。碧碧沒有阻止，率先與門內的社工人員交談，一同步向櫃檯。

尤珀感覺嬰兒的溫暖，鼻子聞到一股難以替代與重現的乳香。她想起自己的幼年時光，在公車上哭泣時內心空洞的模樣。她想起鍾芽為她剝的橘子，以及他們畫著太陽黑子分布的描圖紙。

啊，那張世界地圖已經不在我的身邊了。

我是在什麼時候把它給忘記，又是忘在哪裡了呢？

她想起最後一次見面那天，向璨明明說要告訴她一個故事，結果語塞到半句話都說不出口，拎起行李就離開了共住的家。他所說不出口的，會是什麼怕傷害到她的故事嗎？她曾以為每段關係的結束都能有一個完整的結論，可是感覺起來更像相反。結論是留給未來的自己去做的，尤珀的結論裡總是充滿悔恨。

韓森出海那天，她不該堅持渴求在一段關係裡獲得權力。她應該跳上船去，跟心儀的男孩、彬彬有禮的管家貝爾一起葬身大海。她想像過自己成為一個普通人，擁有普通的夢想、普通的愛。那時海面還是一片平穩。可是就像北威爾斯的城堡那般，在沒人觀測的海面上，沒人知道船隻為何消失，連殘骸都沒找到。它們全都一樣，一溜煙就不見了。

或許她不該打電話給鍾芽，僥倖許願他能振作起頹喪的生命，到木星島的機構來接她離開。在同一個屋簷下，或許從來無法住進那麼多魔鬼。

在海濱舊家的最後一天，她一步都不該離開躺椅，而是該待在原地，留在媽媽身邊，被那三名前來襲擊的歹徒給終結生命。要是她跟自己悲劇性的父母一同死去，大概也就不必在世人痛罵暗體時，感覺到一絲骯髒的責任。

「他們說，我不能幫妳取名字。」

尤珀直瞪著夕陽，在那之後很長一段時間，只要閉眼，就會看見一個藍銀色的圓球。

「這是我最後一次對妳說話，所以我把妳暫時當成一個大人，告訴妳我的想法。我沒辦法成為任何人的照顧者，包括我自己。我希望……妳能遇到真正懂得珍惜生命的那種人。不像我的爸媽，不像我。我希望妳能體驗真正的安全感是什麼，還有全心全意相信他人，而不是假裝不在意，卻期盼著奇蹟發生。」

寶寶發出咿呀聲，圓胖的小手鑽出布巾，朝著母親伸出。在得以觸碰之前，就被一滴溫熱的水給滴著，因此嚇了一跳。

「接下來我會成為執行人員。我已經被編進正式隊伍。我必須一直吃藥。從九歲到現在，直到未來都是一樣。等到開始執行暗體任務之後，我隨時都會死，或者變得跟我自己的媽媽一樣，痛苦到只能縮著身體啜泣。我不希望妳看見我變成那種樣子，而對妳的人生造成傷害，害得妳以為妳也有錯。

像我們這種破碎的人，沒資格只說自己有愛，就開始貿然照養小孩。我所能為妳做的最好打算，就是把妳交給我以外的其他人。」

尤珀低頭確認，不過寶寶沒有回望，沒牙齒的嘴巴開開的，小手晃過自身淺灰色的頭髮。

翼美原本曾是褐髮，被陽光穿透就淺得發光。據說她在不曉得懷孕的狀態下沉入過暗體，隨後就以眼睛可見的速度，慢慢轉變成一頭銀白。翼美的生產過程漫長、充斥輸血止血、危及生命的片刻。當尤珀在數十小時後被取出那個子宮，依照現場醫生的形容，「就像已經死掉很久的動物屍體」。她沒有心跳和呼吸，整個身體都處於靜止狀態，在被判定死亡的時間點後，才突然嗆入第一口空氣。那年開始，《暗體執行人員法》就明訂孕婦不得靠近對接艙，或執行沉入暗體的任何測試。

他們稱尤珀為「暗體嬰」，是世上唯一一個曾沉入暗體的幼體。她一出生就髮色灰白，令研究人員擔心暗體汙染物將會侵蝕她的生命，令她夭折，或者發生棘手的病變。

但她沒有。即使近距離經歷了翼美精神塌縮的爆炸，即使因為精神死亡而被關進機構，不論好壞，她仍舊活到了這個歲數，像是不知道暗體毀掉自己人生似的，打算再將自己的一切投注進去。

尤珀發現，她根本沒辦法抗拒靠近暗體時所能帶來的，那種近似溫存的感受。那是爸爸媽媽曾經存在、一手開闢的世界。她根本沒辦法如願遠離。她注定要一邊扯裂傷口，一邊走進黑暗。

或許她此生真正的情人，就是暗體也不一定。

髮色灰白的她，生下另一個髮色灰白的小女孩，並將碧碧設定為後續收養手續的代理人，藉以確切斷絕與這孩子的關連。她的部分薪水將會固定匯入收養者的戶頭，用足夠充裕的資源撫養嬰兒長大。

「希望妳只要站在表層世界的地面上，就能夠找到賴以維生的希望。這就是沒資格對妳期望的我……唯一的心願。」

尤珀的手背抹過下巴，走完最後兩階樓梯。

大門推開時，夕陽最後的反光折射，照得她什麼也看不見。

3

這時尤珀三十歲。

上午九點，距離暗體任務 FORMOSA-I225-0800804 還有二十五個小時。她坐在福爾摩沙島暗體分部深鎖多年的閘門外，在「暗體兒童追思會」會場最末排，聆聽臺上激烈陳述暗體實驗慘無人道的發展歷史。

她隨帕達卡來到福爾摩沙島，想去探望人在寧心療養社區的小凱，但狀況有變，帕達卡決定獨自前往。

尤珀突發奇想，決定到已被降為分部的暗體實驗室走走。仔細回想起來，當年因為爸媽的阻擋，她從來沒有真正靠近那個園區，更別說是踏入其中。

下了車，卻看見門口搭起巨大的棚體，斗大布條寫著「暗體兒童追思會」。在現場人員導引下，尤珀端正但僵硬地坐進裡頭，連呼吸都變得比平常淺靜。

入口處發放的手冊提到，這是每年都在同一地點舉辦的追思會，由光明幸福聯盟主辦。活動旨在撫慰孩童實驗的罹難者家屬，以及因任務死亡的執行人員遺族。會場內也接受登記加入互助會和申請撫慰金。

主辦方的簡報中出現了尤珀父母的舊照片。上頭說明這對科學家夫妻遭到不明人士殺害，獨生女也進入精神療養機構，去向不明。尤珀望著小時候的照片，幾乎想不起自己曾長成這副模樣。從那陰鬱的目光，她感受到一股陌生又熟悉的孤獨。

事實上，會場裡的一切都寧靜平和。人們輪流上臺，分享死者生前的小故事，思念著已逝的孩子、伴侶、親人與朋友，他們希望停止暗體任務的一切活動，但也接受世道如此已難抵擋。

活動結束時，尤珀跟隨人群緩緩離場，在申請撫慰金的桌邊，注意到一位白髮蒼蒼的先生。他謙和有禮，將黑色圓型禮帽握在平坦的腹部前，佝僂著遞上會員證資料。他想取消撫慰金的固定匯款，並且不再收到追思會的通知。

「他妹妹在七歲時被選中，參加了初期實驗。那時他才十歲。他一直很難接受妹妹就這樣走了。」老先生說。

「看登記資料，令郎是固定將錢匯到您的戶頭。」

「對，我已經不需要這筆錢了。」

「今天令郎是否有來到現場？」

老先生從口袋取出一張折了許多次的紙。

「他沒辦法。」

「啊……真是抱歉……」

工作人員接過文件和會員證，對著桌面的軟膜螢幕操作起來。

「這是個很好聽的名字呢。」

「對呀。哥哥叫向璨，妹妹叫追月。」

搬運著物品的工作人員，一頭撞上突然停步的尤珀。隨著哀嚎，收音器材散落一地，發出尖銳的金屬音。吱——

尤珀連忙道歉，跪到地上協助撿拾。工作人員很體諒，說每年這天大家都是百感交集，祝福她終能找到平靜。尤珀低應，膝蓋撞擊地面，勉強起身。

起身匆忙令尤珀腳步不穩，她逆光盯住老先生正收進口袋裡的會員證，上頭有著申請人的照片。她確實看見了。

通訊環開始震動。尤珀手指輕轉，接通電話。

「尤珀。」

帕達卡裝出平時輕鬆的語氣，沒有一點透露脆弱的打算。

「我好了。小凱沒事，只是在鬧脾氣。」

「那就好。」

尤珀眼裡滿是旋繞的眩光。暗體實驗遺族逐一穿過身邊，有的禮貌掛笑，有的彼此致意，像平時在馬路上偶遇的人，慢慢遠離暗體園區。

「餓了嗎？帶妳去我在福爾摩沙島最喜歡的酒吧。」

「……」

「……妳那邊怎麼那麼吵？」

「嗯，你說什麼？」

「我說……算了。我去接妳。」

後來帕達卡抵達時，尤珀正恍惚走在一條川流不息的公路旁，因此被念了幾句。他們一起前往「搖擺城」，坐在吧檯邊吃喝。隔天他們返回科研島，展開暗體任務FORMOSA-I225-0800804。每件事都發生了，尤珀只留下模糊的印象。

她有一部分留在了福爾摩沙島的那個地點，好像遺物一樣，再也沒有返回她的體內。

暗體任務 FORMOSA-I225-0800804

第三天。

晨曦鑽出地平線。起伏於黑夜裡的無數沙丘，都開始擁有切劃山型身體的一半明面。尤珀保持側躺，從沙漠的凹窪微抬起頭，積累於腰肩的風沙紛紛滑落，頸椎發出響亮的錯位聲。她聽見來自大地深處的鼓聲，於是從露指手套的夾層，抽出她僅有的一張小紙條，複習對於「真實」的理解。

尤珀
第九小隊偵錯員
任務期間脫隊（第~~1~~ ~~2~~ 3天）
這裡不是表層世界

她往覆滿沙子的僵硬喉頭吞入口水，用接近瀕死的氣音，念出最重要的資訊。

「這裡不是表層世界。」

她掀開腰際那張用來取暖的沉重大山羊皮，朝著幽暗火球出現的方向側坐起身，沾染乾涸動物血的冰寒軀體，漸因血液流動而升高溫度。

這面無垠的荒沙上，僅有她和失去氣息的山羊陷落於沙沙作響的大地表層。

紅巨星爆閃一道紫光，以眼睛可見的異常速度驟然高升，空氣裡的褐紅沙粒卻因此暈染開一整面深藍色的氣息。

尤珀嘴唇微顫，對皸裂的嘴角造成新的撕裂傷。詭譎的提琴低振、雋永的低吟合鳴、些許的低語，在耳道裡綜合成瘋癲的錯覺。跳躍於鼻影間的沙丘之橘轉瞬暗沉，灰白色的頭髮被普魯士的深藍給穿梭過去，在暴風中四散飛揚，發出銀光。

不過短短數秒，紅日已經攀升至天頂附近。它的視面積隨著升起異常擴張，如今幾乎占去五分之一個天幕，是尤珀曾在表層世界看過的數百倍大小。她懷疑自己或許將要被強烈的熱能給蒸發殆盡，卻從骨子裡湧現哆嗦至極的低寒。不過兩回眨眼，一塊圓形黑影倏忽自右上方現身，飛快吞噬掉懸空的詭異熾日，使得整片沙丘墜入深藍，而後灰黑。日食。

也是這時，她意識到自己已經離開暗體，身處界外。

尤珀撐地，手指往飛揚的沙流滑動下陷，勉強恢復站立。經過暴亂切割的不規則山羊皮墜至靴邊，伴隨黏重低沉的聲響。山羊皮覆蓋住血肉模糊多日的山羊屍身，便突然朝鐵砂色的外露肌肉延伸擴展。斷裂的纖維與血管重新接起，那頭可憐動物半張的大眸爬閃低光，忽然恢復溫度。

日食邊緣向外張狂的銀焰，在尤珀的眼球上形成一個白環。當死山羊眨下眼皮，耳朵在沙子裡無預警一抖，她如獲得諭示的女巫不再觀看天際，而將視線拋向正前方——沙丘表面，聳立著一座黑不透光的參天之塔。

尤珀立刻就知曉，那就是她要前往的地方。

圖書館。

地底的鼓聲和號角沉鳴在鼓膜上舞動，令她分不清那是想像，或者實際傳遍了這整塊沙漠。全食狀態的巨日再次重新運行，往天幕另一端滑動。日面上的黑色遮蔽物朝旁退移，將束縛的燦爛放出閘外。當它們一齊落到尤珀身後，所有沙丘又在灰暗中展現褐紅。

薄暮將息，沙漠一陣鳴動，尤珀腳尖前方的億萬顆沙轟然下陷。紅沙瀑布發出鑽石的晶瑩聲響，流落不具底部的萬仞裂隙。

在此一瞬間，尤珀領悟到，為什麼圖書館裡會裝載著預言。

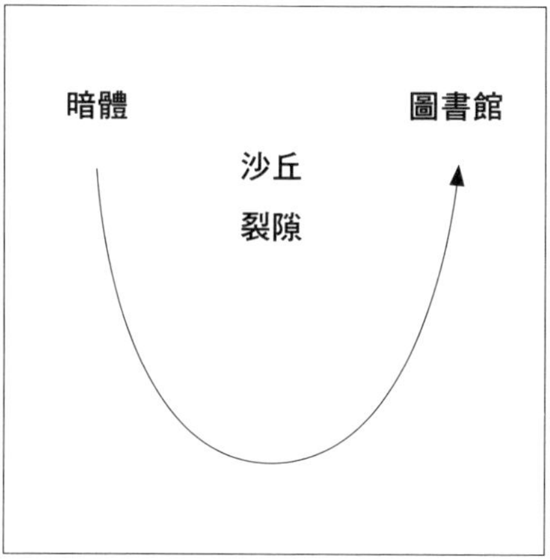

執行人員從表層世界，將對世界的一切所知攜進暗體。地景計畫在暗體裡如實勾勒地球的全貌、甚或一段段重要的歷史；執行人員的腦袋裡，也裝著關於過去每分每秒的知識與認知。是**人類自己**灌溉了暗體，形成這片沙丘。眼前所見的每一顆沙粒，全都是一個真實、一個演變的結果。

接著，沙子便經過裂隙流向圖書館，那座用來計算混沌和無窮盡演變版本的機械裡頭。它從未來得到答案，演算出可以在過去執行何種測試。它之所以能預知未來，是因為全部的時間，在夾層裡同時存在。

尤珀可以看見，從尼安德塔人敲擊石頭的第一刻起，圖書館便已靜立於此——在那個時刻，曾經空空如也。它無聲無息，直到二一五〇年代，資訊開始蜂擁而入。

人類進入暗體，間接灌溉圖書館，這座參天黑塔因而完成。

尤珀腳下的沙子持續流入裂隙，經過難以辨識的全然黑暗，再從對面那端爬回地面。大風將沙丘吹向圖書館，圖書館也時時增高。黑塔以特殊的曲度彎向一方，直逼更靠近至高存在的地點。恢復生命的山羊屍體稍微移動前腳，冷不防將尤珀撞離原地。

尤珀瞪大了眼，盯著這匹被自己屠殺，又再復生的屍塊——皮和肉並未完美連接，活像殭屍身上不自然的縫線。還來不及弄清狀況，她就看見自己原本站立的地面轟隆一聲，在湧沙後落入黑暗的裂隙。

尤珀手腳並用、踉蹌退離，慌張的眼回到死山羊腐爛的眼球上頭。牠身在裂隙邊緣和尤珀之間，四腳著地站立著。黑冥的金光如泳池底部的斑斕，將死山羊的臉龐照得冷峻。牠眨一次眼，毫無生氣的軟爛睫毛揮開些許沙塵，令尤珀抽氣低喊。

死山羊微張開嘴：「尤珀，妳不能再往前進了。」

「我明明已經把你殺掉了。」她需要東西保暖，所以將山羊殺死了，「你是誰？」

「我是麻瑰。」死山羊說，「平時你們都仰賴我的協助，把暗體的訊號傳回表層世界。所以調度員才能即時中斷任務，喚醒執行人員。」

尤珀無心聆聽後面那段話。至少就她所知，麻瑰從來沒有在暗體裡以任何形象現身，甚或**開口說**

話。她從來覺得那是一組複雜的運算機制，不是任何與意志相關的東西。
「魔王……」她忍不住說出這個詞彙。
「回頭吧。」死山羊說。
「我拒絕。我要去神諭被製造出來的地方，把這一切給搞清楚。」
「妳是執行人員。執行人員屬於表層世界、意識花園，還有暗體。」
「那這座塔呢？誰可以去？」
「圖書館人。圖書館人屬於表層世界，以及圖書館。」
「他們知道第六次大滅絕會發生嗎？」
「知道。」
「那為什麼？」
「他們是『知道答案但不說的人』。」死山羊說，「圖書館會把對於地球的裁決和安排化為指令，由他們負責攪亂混沌。」
「他們打算阻止第六次大滅絕嗎？」
「他們或許不樂見，但從來無法改變圖書館的裁決。」
「那就讓我進去那個地方吧。反正我不需要服從圖書館，不是嗎？」
「如果妳選擇跨越這道裂隙，窺視無權觀看的神諭，那麼在不遠將來的某一刻，地球表面上所有圖書館人的任務，都會指向將妳和帕達卡殺害。」死山羊說。
「我怎麼樣都無所謂，我根本就不該出生。」尤珀覺得帕達卡應該會對自己接下來的發言非常生氣，「帕達卡的話……他很強韌。我下次見面會警告他。」

「我已經阻止過妳。即使必須付出龐大代價，妳仍然執意如此嗎？」

「我要過去。」尤珀說，「我要把世界的真相給看個清楚。」

「那麼，跟我交易吧。」魔王說。

「我會帶妳跨過這道裂隙。妳會抵達圖書館，得知宇宙的真相。」

「代價呢？」

「不遠將來的某一刻，妳必須將身體貢獻給我，供我自由使用。」

「那我呢？我的意志會變成怎樣？」

「妳將會被圖書館吸收，成為數以兆計運算結果的一部分。」死山羊再次眨眼，「那是『尤珀』意志生命的終點。妳的軀體則永遠歸屬於我，直到它停止機能，變得像這具山羊屍體一樣為止。」

「好，」尤珀說，「好。」

尤珀跨坐上死山羊的背部，感覺就像是騎乘不溫不冷的一塊硬肉。它發出嘶鳴，在將逝的殘光中朝空中躍起。

等黑暗全然降臨，他們就抵達了裂隙的另一頭。

第七天。

「見鬼了……」

帕達卡在下陷的流沙中微睜開眼。他瞧見尤珀低頭看他，而她身旁那隻山羊，從背部開始剝落一塊塊黑褐而模糊的組織，轉眼間就坍塌成沙丘斜面上的一疊腐肉。

「搞了半天，還在這個鬼地方……」

他撐開無血色的凹陷臉頰，虛弱地自嘲。

「而且……又看到幻覺……」

「我很高興又見到你了，帕達卡。」尤珀站好馬步朝他伸手，「趁還沒死掉，我們回去表層世界吧。不然賽娜又要生氣了。」

第五章

世界結束前一分鐘，人人聚集在美術館前的空地上。
不分男女、老幼，大家手拉著手，圍成一個巨大的圓圈。
沒有人動。沒有人說話。
因為太安靜了，人人可以聽見他左邊或是他右邊那人的心跳。
這是世界消失之前的最後一分鐘。

——《愛因斯坦的夢》

地面零點　二一八〇

1

十八日，帕達卡返回科研島，向碧碧回報了一切情況。小婷老大出現在不該出現的地方、光星人雨果的坦白、尤珀的顯影。對於小婷老大的身分，以及可能的嫌疑，碧碧和帕達卡細細討論但不覺樂觀。他們都知道事發現場沒有監視器，尤珀的通訊環更是不知去向。碧碧承諾會向國安局暗體戰略處提供帕達卡的情報，但也強調無論中央知不知情，或許都不會對暗體總部透露太多。

十九日，麻瑰系統仍然沒有恢復運行。碧碧與第五小隊指揮官決議嘗試沉入，最終卻以第五小隊全隊迷失遇險、補漏人身體消失作終。所內士氣低落，有人對決策提出抗議。碧碧舉步維艱，然而無法接近暗體的日子越多一天，距離了解並處理所謂的「世界拍碎」就越遙遠。郁南集合所內最好的暗體理論學家，開始研討在無麻瑰的情況下，該如何安全沉入。

二十日，郁南等人還在持續開會。第四小隊嘗試沉入，再度失敗，隊員一度停止心跳。賽娜再也受不了這種荒唐的情況，搬出《暗體執行人員法》，要碧碧停止這種拿執行人員生命當賭注的危險指令。她拋下辭職預告提早下班，氣憤地步行離開總部，卻意外在外圍樹林裡發現第五小隊消失的補漏人。賽娜終究又掉頭折返，忙得不可開交。

二十一日，帕達卡被郁南籌組的團隊找去，逼著回想前陣子精神塌縮時的見聞。帕達卡在事後報告中提到「聽見調度員的聲音」，讓郁南相當在意。她推測那個深度，很可能是所謂的「意識花園」所在地。

在麻瑰系統還未如今日完善的時期，執行人員都還無法抵達夠深的影海。他們在一個以現今標準而言太淺的位置培訓麻瑰，因此意外發生率居高不下。但按照帕達卡從雨果那裡得知的夾層結構，過去麻瑰很有可能正是居於意識花園，扮演表層世界和暗體間的溝通管道。

於是，郁南提議拿上回帕達卡精神塌縮時的訊號位置為基準，試著使調度員半沉入「意識花園」，藉以和後續沉入暗體的其他隊員產生聯繫。

二十二日，碧碧從福爾摩沙島調來舊時執行人員使用的半沉入設備。第一小隊調度員自願嘗試半沉入，並成功在第一小隊沉入暗體後與之通訊。

二十三日，第二小隊再度嘗試，同樣有了捷報。

其後兩天，福爾摩沙分部的舊設備被全數運至科研島。機器人部門的技師連夜趕工，將它們跟實驗大樓各間調度室重新連接，並在賽娜的監視下奮力提升安全性。各小隊的志願者輪流測試設備，對於即將啟用的臨時系統感到些許不安。

2

二十六日。久未離開總部的帕達卡發現，科研島暗體總部的一公里外，已經建立起軍隊的正式哨口。原本盤據不去的抗議民眾被硬是驅趕，無法再如過去那般靠近暗體總部。光明幸福聯盟的發言人在媒體上大肆批判，並且選在最鄰近路口的公園處，建立起了一個新的抗議基地。

這天，帕達卡一早就被叫去國安局問話。基於禁假還沒結束，他史無前例搭乘了軍用接駁車移動，身旁全程坐滿黑衣人，感覺活像個囚犯。

返回哨口時，他在多名持槍軍人的監視下，以通訊環驗證身分。

迷彩車輛駛過總部門前那條櫸樹並列的大道。天空中飄著片狀的雪，他在經過加強防彈的後座頭靠玻璃，尖挺鼻頭向著太陽，眼緣浮腫，眉間起起伏伏的皺摺，彷彿隨時都將出言抱怨日光。

車輪在他曾和協助機自頂樓觀望過的正門口停下。軍人們讓他下車，迴轉離開。建築物前庭的沙地如今成為一片新雪的白毯，正中央被人鏟出一條筆直小徑，無論左側或右側，都溢出大量凌亂的腳印，使入世後僅有變髒的白雪，提早許多就染上黑塵。

自從上回埃及和瑞典姐妹機構來訪，帕達卡就沒看過總部塞滿這麼多人。

大會議廳最上層的門外通道水洩不通。被暫時阻擋入內的大批電視臺記者爭吵著攝影機的站位，並對維護秩序的公關人員主張參與議程的權利。

帕達卡以掌紋感應牆面簽到，進入總部的大會議廳。從最頂層俯瞰遙望，能夠容納三百人的階梯座位全席坐滿，包括階梯走道和牆邊，都是或坐或站的研究者及相關人士。

第九小隊的座位被分配在中央區塊。測繪師小馨撐著木桌面微跳起來，對帕達卡揮手。帕達卡跟一二十名同事碰撞、相互踩踏，流了一身大汗，終於擠到他們預留的座位。

他長吁一口氣，坐進小馨右方的空位。

這刻趙胖彎著身體，耳朵貼在小馨胸口。他的眼角瞄到帕達卡，抬起眉毛，當成「你回來啦」的問候。帕達卡轉開桌上的小型瓶裝水，一口氣就喝了個精光。

「三十三。十秒鐘跳了三十三下。」

趙胖坐正身子，跟小馨一起看著帕達卡，神情葸葸不安。

「每分鐘一百九十八次……」小馨說，「我平時大概都是六十。」

「沒事吧？」帕達卡將手背靠上小馨的額頭，感覺起來相當正常。

「我不知道。但其他小隊的好幾個人也是心率過快……」她輪流指向前面幾排中間還空著的位置，「一早都去醫務大樓休息，不知道來不來得及趕上大會。」

「賽娜已經六天沒有離開醫務大樓了，這也跟她暴躁的程度有正相關。」趙胖說完，像是終於忍不住般指出：「傑西，你全身上下都是沙子。」

帕達卡問：「郁南人呢？」

「她——」趙胖起頭，但注意力被下方舞臺的騷動吸引過去。

舞臺壁面上，投影幕浮出牆外。全場燈光若歌劇開場亮暗兩回，逐漸熄滅。聚光燈打亮了正中央的演講臺。

碧碧穿著午夜藍的連身正裝，外頭套著一件黑色方領西裝外套，胸口處別著一個暗體學聯合會的金別針。在此之前，帕達卡只在小婷老大身上看過它。

她的妝容整潔，令無從掩蓋的強勢顯得肅穆，像打算在一天之內解決掉眼前的所有問題。大會議廳裡的話聲收束，沉澱成某種沙沙聲。

碧碧湊近麥克風，開啟音傳遞至巨大廳室的頂部、底部、廳牆、椅背，不疾不徐覆蓋住每個平面和角落。

「各位執行人員、研究員同仁，我是碧碧．伊培艾。在此之前我是第九小隊的指揮官，兼任本所的副所長。」

「今天這場全體緊急會議，目的是對各位報告幾件重大事項。首先要向大家宣布一則不幸的消息。本所所長在前往開普敦異常氣候研討會的途中，車輛發生意外，遺體已經尋獲，因此從此刻起，我將暫時就任科研島暗體總部的臨時所長。」

原已沉至腳邊的交談聲，像張掀開的棉被無聲舞動。趙胖將嘴抿成死白，無助眼神投向小馨，像是希望她出言否定這件事的真實性。小馨以憐憫的眼神搖頭聳肩。去年，趙胖才從小婷老大手中接過「年度優秀執行人員」獎章。他拿小婷握過的那隻手做成拓印，縮小蓋在明信片上，寄給幾乎每一個念得出名字的人。

她打算返回我們的母星。

帕達卡捏著空了的瓶裝水，雙眼緊盯臺前。這就是知道事實，但是不說的感覺？眼睜睜看著謊言的發生，卻對此沒有任何驚訝。心間的些許搖晃，只是因為得知了塵埃落定時所選擇的形式。

「即日起，所內公告欄將會撤下所長動態。由於事出突然，後續處置還在安排當中。追悼活動的資訊，會再由資訊部刊登公告。這件憾事發生得非常突然，但與此同時，全球執行人員也正在面臨嚴峻挑戰。請同仁首先專注於即將到來的任務，也就是接下來的幾項報告。」

巨型軟膜螢幕以秒為間隔，持續疊加出數十張空拍實景照。這些照片往空中流動，漂浮於遼闊的座位區上方，並在人員伸手抓握後複製縮小，流向一個個通訊環的顯示範圍。

原本還震撼於小婷死訊的眾人，如今對著眼前畫面再次騷動。大家總說，執行人員不論內外向，經常都擁有更能保持冷靜的特質。帕達卡過去未曾、往後也不曾在這個群體身上，感受到這種程度的失衡感。

此刻，比起一位領袖的逝世或暗體本身，他們遭遇更加值得害怕的事物，因此全部退化成了小孩。

「今天是二一八〇十一月二十六日。相信各位同仁都很清楚，從九月底陸續出現於全球各大城市的大霧，數量已經大幅增加。這兩個月以來，辛苦的檢測組同仁跟氣象局合作調查，針對臺北大霧反覆觀測和檢驗所得的資料，都已經送至國際暗體學聯合會，跟其他城市的數據一起分析比對。我們終究沒有找到明確的輻射或暗體汙染物，但是今天，被霧籠罩的每一座城市，都不約而同開始下起大雨。」

現場無數張懸浮的大小照片，幾十座城市的霧氣實況，在轉眼間全都轉為降雨。

「目前被大霧籠罩的城市數量，已經達到五十二個，跟人口密集和發展程度有絕對重合。」

螢幕正中央跳出一行字，壓在即時畫面之上。

涵蓋人口數：約七億九千萬人。

碧碧抿住深色嘴唇，像在壓制內心的波動，也給予眾人喘息的機會。

「今天一早福爾摩沙群島國會已經通過，並由總理宣布全國進入緊急狀態。這也是各位之所以在園區內外看到許多國軍弟兄，以及調查人員的原因。接下來的畫面展示是在國安局的同意下進行。在場的全數人員必須嚴守保密原則，不可向所外任何人士洩漏。」

碧碧的目光遛向會議廳左後方。帕達卡拋開驚懼的霧雨畫面，轉頭找到剛剛才在國安局訊問自己的那兩人。他們身旁站著近十名打扮相近的西裝探員，在滿是研究員的這個場合扞格不入。

「在本所一位偵錯員所做的筆記當中，我們找到了預言大霧發生的順序和時間點。」

一張照片從膜螢幕向外浮出。它的內容對帕達卡而言過分熟悉，反倒帶來怪異感。那是他親手翻閱過的筆記本，一頁一頁，寫滿每座城市被大霧籠罩的日期。在這一刻，尤珀的筆跡映在全體人員的瞳眸裡，使全場肅靜。

「我們已經確定，大霧並不是全球任何一位執行人員所帶來的『顯影』。但它顯然跟偵錯員從暗體裡獲得的這些資訊具有相關。國際暗體學學會初步判斷，大霧盤據的地點，將會是『某事件』的『地面零點』。而這個事件即將在十二月六日發生。」

「這麼多個地面零點？開什麼玩笑……」

趙胖從側邊抓緊小馨過長的外套袖口。

帕達卡意識到，這批照片沒有秀出尤珀筆記的最後一頁。

寫著「世界拍碎」的那一頁，並未展露於眾人眼前。

「十天。」

碧碧的雙臂撐上演講檯面，渾厚的嗓音在胸口震動，而後穿透全體執行人員。

「我們還有最後十天，能夠為『某事件』帶來哪怕些許的改變。」

尤珀的筆記照片消失。會場黯淡一晌，帕達卡感覺痛苦滿至胸口。光點自四方出現，在眾人頭上聚合出一名男子的半身照片，照片上飛散出小光點，在所有人員面前縮小成一般大小的畫面。

別有暗體學聯合會金別針的西裝外套，不經折疊掛放在手臂上，藍色黯淡、布料皺亂。襯衫領口的鈕扣開至胸口，看得見一道道明顯的骨痕。他的目光未看鏡頭，彷彿在快門按下的那一瞬被人叫喊名字，或者本來就不想配合拍照。

小馨哦了一聲挺起肩膀。趙胖湊過來問那是誰。

「你大學院不是才小我一屆？這人是瘋子鍾芽的親兒子喔。」

「暗體腦神經學的那個怪教授？」

「嗯。他從學校消失了一陣子。聽說後來又領養了一個小孩，跟他差很多歲。」

帕達卡盯著那張照片。

尤珀搬來跟他住的時候，在窗前插了一張小賴的照片，稱之為祭壇。美其名為祭壇，其實就是將網路上就能輕鬆找到的這張官方照片，印成拍立得的復古模樣。偵錯員之間很流行這一套，說是只要帶著小賴的照片當護身符，任務就能順利進行。尤珀所擁有的那張，一直斜插在帕達卡家的窗軌上，用簽字筆直接往臉龐壓上畢卡索式的眼鼻嘴，不得不說模仿得煞有其事。尤珀顯然從未將照片隨身攜帶，也看不出她對這件事的立場或看法。

等討論聲稍弱，碧碧繼續說下去。

「各位都知道，由偵錯員小賴培訓的麻瑰系統，從十七日起已經全面斷訊。全球暗體機構都面臨著相同困境。引導系統不再運作，意味著表層世界的調度員將會失去作用，而所有沉入暗體的隊伍，都必須仰賴偵錯員的精確直覺，才能在規範的時間內帶著全隊浮出表層世界。在科研島，從事發當天直到現在，包括一度失聯的隊伍都已經返回表層世界。我要感謝如此優秀的各位能夠平安回到這裡，聽見這場談話。尤其第五小隊，你們的表現勇氣可嘉。」

第九小隊前方四排的位置，四名執行人員向著碧碧舉手致意。在這個座位區，地景計畫的成員紛紛為此鼓掌。

「在麻瑰無法使用的情況下，我們決定採用暗體研究的早期做法，請調度員以半沉入的方式進入『意識花園』，並且每半小時浮出一次，同步表層世界的資訊和數據，帶回給任務小隊。這是一種具有風險的做法，調度員將會非常疲憊，偵錯員也必須時刻保持警惕。我們會在任務正式重啟前，盡可能讓大家熟悉這次的運作模式。前人曾經利用簡陋設備達成的，擁有更先進設備和經驗的我們，絕對也能做到。」

「二一四九年，三戰爆發。那時我第一次見到小婷。她告訴我，投入戰爭的人，總會努力說服自己正在替身處的世界謀取福祉。雖然大家都心知肚明，那是個千古不變的謊言。如果非得尋找意義，比起毀壞，還不如透過創造去打一場仗。我成為沉想員已經三十一年，對那段話從來沒有懷疑。不過，我接下來所要提出的要求，我也比誰都更明白，並不完全合理。」

碧碧環視場內，每個人都屏住氣息。

「我想卑微地請求各位，在沒有麻瑰系統的狀態下冒險沉入暗體，找出『某事件』可能的起因，並且竭盡全力，在接下來十天內阻止它發生。」

一度因驕傲而鼓舞的氣氛已然沉靜。眾人的臉龐顯現肅穆與遠憂交雜的專注。他們等待著命令到來，也早就知道它即將到來。或許從簽下權利讓渡書那日開始，或者「成為執行人員」的念頭首次掠過心頭開始，他們就害怕且超越那程度地期盼著，將要做出選擇的此刻。

「這場會議結束後，各小隊指揮官將會公布接下來十天的任務排程。身為特殊國家公務員，這是各位不可違抗的職責。然而我要強調，這也僅僅是**某種特定身分**所帶來的責任——身分，是可以拋棄的東西。在這段時間，我的辦公室將直接受理任何一位執行人員的辭呈，提出當日即刻生效。」

前排座位有人站起，看起來是高層長官。碧碧揚手阻擋：「只要我還坐在所長的位置上，就不允許任何執行人員在非自願的情況下投入本次任務。」

如海黑暗的席間傳出一聲喊叫。

「伊培艾——！」

接著，全場爆出轟然掌聲。

「一群瘋子。」帕達卡笑道。

「幫自己的死刑鼓掌，還這麼興奮……」

小馨說完將兩指放至唇間，吹出響亮的長口哨。

「應該會有便當吧？」趙胖喃問。

掌聲未歇，階梯底部的側門被人撞開，造成巨響。

帕達卡拍著手，小馨拍著手，趙胖拍著手。可是當他們一齊發現，出現在門邊的人是郁南和賽娜，三人都停下動作，眉眼神采像被暴風吹開的雲絲，變得虛弱。

郁南停步門外，不想跟這個空間裡的事情有所牽扯，漠然表情被聚光燈散出的淡光割裂成黑白兩塊。頭髮紊亂的賽娜衝向臺邊。她赤著腳，白大褂衣領翻扭，胸口劇烈起伏。她撞上舞臺，扶著舞臺凸緣往前走去，短短幾步卻如無窮盡的慢動作。

她停下，雙手並排握著凸緣，仰望臺上的碧碧。

帕達卡看不見賽娜細微的神情，可是同時，他也感覺心臟在身體裡頭直接碎裂。實際上他已經知道了，在印度洋的另一邊，在月亮的暗影之下，冰涼得想不起故鄉的鐵製座椅，那根好像有咒語的開羅手捲菸草。他早就知道了，可是他試圖忘記，當作這件事情沒有、也不會發生。

趙胖發出一道難聽的嗚聲。小馨抓住帕達卡的手掌，閉上雙眼。

然後，他們都不太記得，那場會議後來是如何結束的了。

3

「我原本待在調度室裡，希望尤珀的訊號可以浮出來，但是沒有。後來系統突然傳來通知。」郁南望著帕達卡，語氣如在懇求寬恕，「她的心臟停止，就沒再跳動。」

小馨和趙胖分站在空床位的兩旁。

郁南站在床尾，九號病房內最找不到安全感的位置。

「我從實驗大樓直接跑過來……醫生們都圍在病床旁邊。賽娜寫下時間，正式宣告尤珀死亡。」

帕達卡倚著斜開的窗扇，從玻璃上刺眼的反光，知道郁南面朝自己。但他沒有轉身，看見一臺協助機斜斜步過前庭的沙地，後頭跟著一隻貓、一隻狗。

「我反覆確認過。非常確定。」

賽娜向著碧碧報告，用詞簡短堅信。她仍然光著雙腳，但沒人想到問及此事。

碧碧將前來收取遺體的國安局人員擋在九號病房外，留下兩臺協助機充當和善的隔離界線。對方不滿意流程受阻，但是礙於臨時所長的面子，答應給碧碧、賽娜和第九小隊成員十五分鐘單獨談話。

「尤珀的身體在死亡後消失。這種事情真的可能發生嗎？」碧碧問。

郁南搖頭：「在暗體發展史上，從來沒見過這種案例。」

賽娜跟著說明：「心跳停止後身體就不可能再消失。這是鐵律。」

小馨觸碰床單，似在從殘存的皺摺感受一個看不見的形體。在成為執行人員之前，她曾是流連於各島嶼的占卜師。有好幾年的時間，《群島日報》上都有她的占卜專欄。

「沒有了意識，身體跟暗體就失去牽連，變成斷了錨的船隻。」

小馨已經很久沒有這樣子說話了。她沒察覺那是舊時發表占卜的口吻。

「妳們的意思是，照理說尤珀的意識應該還存在囉？」趙胖搔著鬢角，「所以她的身體才會消失。她並沒有死。她還活著。」

「我很希望你說的是真的，但是尤珀已經死了。千真萬確。」賽娜說。

千真萬確。

四字如撞鐘用的巨槌，打擊帕達卡的後腦。

他盯著沙地下凹處所產生的一條黑影，兩顆眼球稍微靠近，成了鬥雞眼。

「監視器畫面呢？」碧碧問。

「死亡宣告完成之後，大家分頭去通報跟後續準備。有一分鐘左右的時間，九號病房裡面只剩尤珀。」賽娜馬上加重語氣，「就一分鐘而已。就在那一分鐘之間，監視畫面突然轉白，好像是被某種能量給波及，然後鏡頭就壞了。什麼都沒錄到。」

「外面走廊的呢？」

「都正常運作，但沒確認到有人進出。」賽娜說，「尤珀的遺體，是在這個房裡**直接**消失的。」

「封鎖九號病房，請檢測組過來確認數值，用協助機控制人流。」碧碧下令，「包括外面那批國安局的人，在確定安全之前都不准入內。所有需要解釋或想抱怨的人，都請他們直接到辦公室找我。」

賽娜從通訊環投影出任務指派系統，在空中縮放推按，根據碧碧的指令分配後續工作。

「在安排了。」

「她在裡面。」帕達卡低下頭來。

窗牆和地板的交界累積著灰塵，自己腳上的老舊球鞋還染著開羅的沙。他所站之處，地面上也散落著沙粒。

「裡面？暗體嗎？」趙胖問。

「嗯。」

「傑西，開羅暗體智慧研究所後來有把當時錄到尤珀聲音的音檔寄過來。」賽娜握住兩邊手肘，「我請研究組分析過。他們說沒辦法確定是尤珀，因為訊號很弱。我可能讓你抱持了錯誤的期望，但是……」

「不對，她在裡面。」帕達卡說，「在開羅的時候，她變成了我的『顯影』。」

小馨記得，總部不會控管人物類的顯影，因為「鬼魂」不會對一般民眾造成傷害。亡人的顯影僅是出現，與執行人員短暫接觸，爾後不再回返。她遭遇過幾次占卜客人過往提及的人物顯影。那些人物死去，來到她的世界短暫閃現，與她對話幾句，然後，就在熟識者所不知情的時間和地點，自世界永遠消失。

趙胖想起祖母死掉那天，他也看過一次祖母的顯影。暗體學提到，只有已死或將死之人才會成為執行人員的顯影。因此，他暫時保持沉默。

郁南扶著床尾蹲下，因為察覺胸口苦悶，呼吸不到空氣。在自己「失去資格」之後，她確實將許多自我期許轉置到了尤珀身上。尤珀本來應該要走到終點，替她見識偉大的終末。如今尤珀死了。什麼都沒有了。

尤珀的死亡徹底擊潰了郁南。而在帕達卡已經背對的窗外，暗體總部大門雕花的黑鐵大門頂端，無人注視之處，正噴發出幾絲藍白色的電弧。

「在她成為顯影的當下，她的身體還沒死。在她的身體死後，她的身體卻消失了。她在不被定義成死亡的時候經歷死亡。又在被定義成死亡的時候，發生了只有活著時才可能發生的消失。」帕達卡將外頭的光擋住一半。他直望著碧碧：「妳很清楚，這完全不對勁。」

碧碧正在思考，這一切該有什麼合理的解釋。尤珀去過「界外」。她是在那個地方得知了世界拍碎的資訊嗎？若是這樣，為何她事後的任務回報，只提到「跟帕達卡一起迷失於界外的沙漠之中」？

碧碧聽得見一個乾淨的聲音。

少女尤珀在她的耳邊輕輕說著：**那只是夢。不是真的**。

尤珀從來沒有和她談起，有船在南太平洋憑空消失那天，杜鵑島白花羊蹄甲的樹影下，兩人所曾有過的對話。

尤珀未曾談論她放棄成為人工島技師的原因，或者她為什麼明明那麼厭惡暗體（甚至她父母的歷史定位），卻仍選擇成為執行人員。在一股揮之不去的憎恨裡，尤珀持續步向同一個地方，彷彿那裡頭將會存在她已經失之交臂的溫存和希望。如今，碧碧確已失去了對自身而言「最重要的東西」。她幾乎等同於親手殺害了自己的女兒。所有一切都如同預言。

那麼尤珀呢？曾經說出「我絕對不要」的尤珀，到底在界外看見了什麼樣的景象，又是為了什麼，就這樣無聲無息死去了呢？

碧碧最好奇、最渴望答案的問題只有一個：曾從暗體逃開一次的尤珀，如果不曾在二一六七年遇見自己，是否就不會再掉入命運的陷阱，成為一只沒能傳遞出警訊的棄子？當時暗體實驗的基地還位於福爾摩沙島。自己是怎麼去到杜鵑島的呢？碧碧多次回想，但一直沒有個答案。她因此忍不住懷疑，自己是被某些力量給利用，出現在尤珀面前，只為將她的命運牽引回暗體之中。

「賽娜，封鎖病房吧。」碧碧輪流唱名，房內的人也逐一聚焦注意力，「小馨、趙胖、郁南先到調度室著裝，準備沉入暗體。」

幾人各自應聲，分頭展開行動。

唯一沒被點到名的帕達卡離開窗邊，步向第九小隊的指揮官。

她已經準備好給他答案：「傑西，到我辦公室來。」

4

隔著辦公桌，碧碧和帕達卡之間擺放著一個信封，用不成形的醜字寫著「辭呈」。他們都看了這封信一眼，緊接著談論起無關的事。

「在『界外』是不是發生過什麼事，是我應該留意的？」碧碧問。

帕達卡望著自己幾天前親手寫的辭呈，感覺到每件事情都不在正確的時間點上。

「我不敢說有或沒有。我掉到『界外』那段時間，從頭到尾都被埋在沙漠裡面。我不知道尤珀經歷了什麼，或者可能去過什麼地方。」帕達卡說，「但在尤珀掉出『界外』之前，還沒開始執行任務的時候，發生過一件讓我有點在意的事。」

碧碧十指交叉，置於桌面。

那日，尤珀陪帕達卡到福爾摩沙島探望小凱。海底膠囊列車才到站，寧心療養社區就傳來通知，說小凱又逃出園區了。帕達卡沒讓尤珀知道，怕她擔心。尤珀說小時候住過福爾摩沙島，可以自己到處晃晃。所以兩人分開了半天時間。帕達卡跟著寧心療養社區的人到山裡分頭尋找，走了幾個小時，鞋底都掉了才找到人。

小凱坐在崖邊，對著萬仞深谷晃動雙腳，對他笑得燦爛。精疲力盡的帕達卡撇過頭去，雙手撐著膝蓋，對著山間大吼一聲。小凱還是笑著，虛弱的臉色紅潤起來，像是很高興帕達卡到來。他走過來擁抱他，用溫柔嗓音在他耳後輕聲說道：對不起。

帕達卡眨眼，洗刷掉小凱的面容。

「我自己的事情結束之後，我帶尤珀去了『搖擺城』。」

「你後來精神塌縮的酒吧。」

「她的狀態變得有點奇怪。我覺得，她應該是在酒吧裡發生了顯影。」

「既然系統沒有記錄，你們也沒來回報……應該是人物類的顯影？」

「對。」即使已經共事多年，帕達卡仍會為了碧碧的一句確認感到緊張。他感覺有義務先答覆那個潛藏的臺詞，因此說了「對」。

「她的顯影，是我從來沒見過的人。一進門，她的通訊環就響了。後來我才想到，那應該是顯影通知。她關掉那個通知，表現得若無其事。」

「你認為她分得清楚，那不是真的嗎？」

「……」

「傑西，你認為她當下分得清楚嗎？如果她從任務前就已經狀態不穩，那很可能間接導致了她掉出界外。」

「我不知道。」帕達卡呼氣，左掌微揚以表達無奈，「我沒辦法分辨，尤珀到底分不分得清楚，那個人不是真的。」

在「搖擺城」吧檯的最右端，倒數第三個座位，向璨穿著一件鐵灰色的毛呢長大衣。

帕達卡撐著門，讓尤珀先進入搖擺城。尤珀與向璨對上眼，通訊環響了一下，尤珀按掉它。接著一切就都改變。

「我明顯感覺空氣凝結了一秒。這不是比喻。感覺就像表層世界發生當機，頓了一下。」

帕達卡閉眼回想。

當時正流動著的音樂，似乎也硬生生停頓半晌。他幾乎是第一時間就發現，因為這種不對勁的感覺向來只會發生在暗體裡頭。同一時間，異象就像也有著獨立的生命，意識到了他的察覺。音樂瞬間跳接到另一首曲子的中間，繼續播放下去。酒吧裡的所有人物，都不覺得有什麼奇怪。

尤珀領著帕達卡坐上吧檯的高椅子。吧檯明明那麼長，尤珀卻選擇向璨右邊的空位，於是帕達卡只好坐在尤珀右邊。尤珀說讓帕達卡決定就好，於是他點了兩杯人頭馬。

帕達卡確認著牆上黑板的今日特餐，然後變得吃驚。左邊那個男的伸手，抱住了尤珀。向璨將尤珀抱進他看起來很暖的大衣裡頭，用衣擺裹著她，手掌在肩膀上搓了幾下，好像怕她冷。尤珀毫無抗拒，將顴骨擺放在他的胸口，彷彿對那個位置極其熟悉。

「喂，你幹什麼？」帕達卡伸手捉住向璨。他記得自己可以摸到對方的外套，但是因為毛料的厚度，感覺不到這個人的身材是壯是瘦。就整體外觀而言，帕達卡認為自己比對方大隻，畢竟向璨纖細得像是肉沒長齊一樣，最飽滿的是那莫名溫暖的笑容。

「噓。」向璨輕聲說。

帕達卡以為那是在叫自己安靜，但很快理解到並不是。「噓。」向璨隔著帕達卡為尤珀剪的瀏海，輕吻她的額頭，聞了一下她散發的香味。然後他撫著尤珀的灰髮，抱得更穩，微幅搖晃。

「尤珀。」帕達卡的聲音緊繃起來。

酒保走向三人，但他舉手阻止。現在不是閒聊的時候。

「尤珀，他是妳的顯影嗎？」帕達卡搖搖尤珀的手腕，希望尤珀看看自己。尤珀把臉深埋在向璨胸口，而向璨舉起那該死的毛呢大衣手臂，將他格擋。

「不要亂碰喔。」

向璨揚起食指警告，語調有如是這屋裡擁有最大權力的人。

「你才不要亂碰。」

帕達卡揮開向璨。

向璨悶哼，挑挑眉毛笑得從容。

「帕達卡，沒關係。」尤珀說，「這樣一下子就好。」

「尤珀，我看得到他。妳知道我在說什麼嗎？」

帕達卡感覺到一股責任。他必須確認尤珀的顯影範圍，到底在表層世界擴張到什麼程度。他不知看過多少執行人員迷失於各色各樣的顯影之中。假如狀況失去控制，他們將會活在一個處處顯影的現實裡，再也分不清表層世界和暗體的差別。發展到這個狀態，執行人員會被強制退休，甚至送入寧心療養社區那類地方。就像小凱那樣。

酒保送來兩杯人頭馬。帕達卡後腦勺的麻感蔓延，手掌微微顫抖。他將其中一杯直灌下肚，喉頭到胃部成為一條燒燙的通道。

「羅。」帕達卡叫喚熟識的酒保，「我們這邊有幾個人？」

「什麼意思？」

「回答一下這個蠢問題。抱歉，我們現在出了點問題。你眼睛看到，我們這邊有幾個人？」

「你，跟這位漂亮的小姐。一共兩位。」

「謝了。」帕達卡吐出一口氣，四指將掉下的髮絲往頭後梳。

這是好事，他盯著寫著特餐的黑板心想。現在還只有尤珀跟他能看到，這是好事。現在只要能夠說服尤珀就行了。得把她的心思拉回現實。

「哦哦哦，帕達卡，我知道你在生什麼氣了啦。」

酒保指往向璨的位置。

「這邊這位新朋友，我剛剛看漏了。一樣也是人頭馬嗎？」

帕達卡將臉鼻埋進掌心。

殺了我吧，他想。

酒保歪著頭，等待帕達卡解釋。

「……沒事。那個人，給他水就好。」

「一杯水。」酒保聳聳肩，退向另一頭去忙，即使他們從來不。

「尤珀。」帕達卡呼喚，「尤珀，別讓顯影繼續擴張。他不是真的。」

「沒事的。」向璨親吻她的頭髮。

她的頭微幅挪動，但仍貼在那個胸口上。

「帕達卡，再一下下就好。」尤珀的聲線還是很冷靜。

「這樣很危險……妳會受傷的……」帕達卡必須壓低憤怒的聲音，因為在吧檯那頭，有兩個男子正低聲交談，不時看著這邊。他必須很小心。現在不是跟一般市民起衝突，或被檢舉執行人員造成公害的時候。

「尤……」

帕達卡想再對尤珀跟她的幻想情人繼續勸說，但如今在高腳椅上，突然已剩尤珀獨坐原處。她半轉身望向大門，目光像隻淋濕的狗。

帕達卡也轉過去。逆著那道午後日光，向璨拉開門凝望尤珀，彷彿她是他世界裡最明亮的珍貴事物。他露出整齊潔白的牙齒，目光深情，而尤珀濕潤的眼緣裡，僅有精神被狠狠捏碎的一份絕望。

懂得挑選時機的酒保，帶來了那杯水。

「一杯水。」

「羅，你再幫我看一次……」

帕達卡指向鈴鐺輕搖的門口，門縫充滿日光，但向璨已經不在那裡。

「是風吹開的吧。我等等去關。」羅說。

帕達卡和尤珀保持上身扭轉，面對刺眼的門縫，各自經歷不同的地獄。

帕達卡心悸，像被一股無法承擔的近似性壓碎肋骨。他的腦中閃過小凱在懸崖上對他投以的暖笑。當時他幾乎想要直接哭出來，或是乾脆換他自己一跳了之。那種笑法是在對他發出請求，如果有一把刀，希望他能刺進自己的胸口。

當時的帕達卡想著：我並不是他最需要的東西。我無法將他從無論如何該叫做什麼的混亂之中拯救出來。僅僅憑我的愛什麼也不足夠、什麼也換不到。

至於向璨呢？他憑空出現，給予尤珀充滿愛的片刻，接著將她留在原處，讓她清楚，他們並不會一同離開。

「那個男人，已經不在這個世間了嗎。」碧碧說。

有人會說，牽連越深的「鬼魂」越容易順著執行人員和暗體的聯繫，浮出表層世界。但這代表著什麼呢？如果靈魂能從暗體浮出，就代表暗體是靈魂的去處。所有的「鬼魂」都將去到同一個地方嗎？穿過暗體之後，這些曾經擁有自我的生命，又將抵達什麼終點？沒有人知道。

「妳是不是知道……尤珀的顯影是誰？」帕達卡問。

「我只能猜測，但無法確定。」

碧碧想起那名髮色灰白的嬰兒。

二一七三年，尤珀離開執行人員出領養機構後，一次也沒有向她問起那孩子的事。碧碧認為尤珀並不是不在乎，而是自認沒有資格。這是她懲罰自己的方式。

「如果是我想的那個人……這麼多年來，他們應該是處於失聯狀態……無論如何，對方的死很可能讓尤珀受了打擊。」

或許傷害在更早之前就已經造成，碧碧想道。在帕達卡的敘述中，出現了他們誰都沒看過的，脆弱不堪的尤珀——那是一個厚繭裡頭的真實自我，在密不通風的狹小空間裡長年存放，孤立存在。

是那個男人的顯影導致尤珀一蹶不振，所以選擇不對上級回報世界拍碎的預告嗎？說到頭，這則預告到底是怎麼回事、最初來自何方，需要釐清的實在太多，而所剩的時間已經太少。

「她完全沒跟我提過那個人。」

帕達卡並不曉得尤珀的內心深處存在著這麼一號人物。

她最初就知道對方的死訊嗎？或者對方的「靈魂」直接浮出眼前——就像他在開羅冰涼涼的座位上獨自消化尤珀的顯影。那是世界上最最殘酷的事情。

你不會期待任何一個自己思念的人成為顯影。在心深處，你想禁止這件事情的發生，可是他們終究到來了，像永遠離開前的道別。

「謝謝你告訴我。我現在比較理解尤珀當時的狀態了。」

碧碧將手掌移至帕達卡的辭呈之上。他們已經開始談論下一件事。

她望著他，一個傷痕累累的三十四歲男人，連續承受兩起死亡，僅是勉強保持著人的形體。她不會怪罪帕達卡在這個時刻選擇離開，但無論於公於私，她需要聽見他親口答覆。

「妳在跟我開玩笑嗎？」

帕達卡顯然已經失去稍早帶有敬意的懼怕。

他是真的感到憤怒，對碧碧為他設想的選擇感到不可置信。

「尤珀的意識就在暗體裡。她的意志、她的身體，就這樣全部消失不見，連可以裝進骨灰罐的粉末都沒有！妳叫我要怎麼就這樣放下識別證，說一聲我不幹了，掉頭就走？」

「傑西，我認識你已經九年。在我的人生裡，從來沒有人比你更了解自己的狀態，還有想做的事。你意志堅定、忠誠，而且可靠。」碧碧說，「如果你寫了一封辭呈，就代表你很清楚，你已經殘破不堪了。」

「禁假到十二月五號才會解除不是嗎?也只能上了吧。」

「就算你參加這次任務，尤珀也不會死而復生。你理解這個事實嗎?」

「我理解啊。」他凶了起來，「不必一直強調。」

「那就用你的話說出來。傑西・帕達卡。」

他們的身體都保持放鬆，但是言語在空中爭執、互相揮拳。

「說你要出這次任務、要找到尤珀。」

帕達卡沒有回話。他鼻翼內縮，晒成麥子色的鼻尖變了顏色。他知道碧碧在做什麼。他後來再也沒有遇過這樣子的人生導師，嚴厲、精確，拳頭用力敲擊在最重要、最需要的事情之上。

「我要出這次任務。」

帕達卡嘴唇一抿，瞪著碧碧。

「不用你說，我也會找到尤珀。」

碧碧保持著凶狠的眉眼，抓起那封辭呈，四隻手指壓在長邊的中央。

「現在，說不論你在暗體有沒有達成目的，都會活著浮出表層世界。」

帕達卡沒有回話。

碧碧的鼻翼出現皺摺，雙眼瞇起。

「我會活著……浮出表層世界。」

「把話說完。」

帕達卡感覺喉頭縮緊，差點沒能順利出聲。

「不管……有沒有達成目的。」
碧碧點頭應許。
「等到那個時候，你如果還想離開，我會受理你的下一封辭呈。」
她的手指捏緊，各朝前後扭轉。
輕薄的信封清脆作響，斷成兩半，然後再兩半、又是兩半。
當帕達卡用手掌壓住雙眼，辭呈也逐漸撕成粉碎，最後被碧碧大手一揮，向旁推進垃圾桶裡。

5

二一八〇年十一月二十六日，夕陽沒入雲中，沉重覆蓋的雲層顯現紫色調的漸層。傍晚六時許，有七名在當日辭去職務的執行人員走出大門，由持槍軍人護送離開園區。
實驗大樓和醫務大樓燈火通明，協助機和分成小組行動的醫務人員在走廊上穿梭，將急救設施架設進每個小隊的調度室內。
福爾摩沙群島共有百分之九十五的執行人員與相關人員，自願參與「世界拍碎」的確認任務。在晚餐時間，他們到頂樓、露臺、花園撥打電話給家人，不論是否說出百分之百的實話，在他們的臉上可以尋找到一致的冷靜。
郁南走進建築後方的樹林，跟先生視訊通話。
「我可以辭職。」她說。

「我沒有準備好失去妳。但是我知道這件事對妳而言有多重要。」

先生露出飽滿的笑容。十一歲女兒和九歲兒子撲上爸爸的背，令他的身體倒向一旁。孩子們在爸爸的搔癢下笑鬧大叫，吵著想跟帕達卡叔叔講話。

郁南瞬間流淚，將臉轉向一旁輪廓難辨的樹蔭。

「這是妳的夢想、妳的一切。我既然愛妳，就會連同它的風險一起承擔。」

郁南用手掌蓋住通訊環，暫時遮擋畫面傳遞。她原地蹲下，在冰冷潮濕的樹葉氣味中壓抑哭聲。

根據國際暗體學聯合會事後的統計，各國共三十六個暗體機構，紛紛在十一月二十六日至十二月六日間陸續實施與福爾摩沙群島目標相近的沉入任務。全球有高達百分之八十八的相關人員選擇投入本次行動，其中約六成五在事件期間或日後因併發症喪失性命。另外有兩成的人意識從未自暗體成功浮出，將身體徒留於表層世界，在事後寂靜無聲萎縮、老去。

他們大多沒有見證到五十二個「霧氣城市」在降下整整十天的雨水後，驟然放晴的那一日。他們抱著對雨的擔憂沉入暗體，前往眼睛看不見的世界奮戰，接著便跟隨著所謂鬼魂的道路，前往了人類所無法抵達的那個地方。

6

賽娜在實驗大樓的調度室樓層，建立起一個急救指令站。

走廊兩側是各小隊用來沉入暗體的調度室，二十幾個房間燈火通明，各組別人員進出來去，像場嚴肅的園遊會。從指令站直望到底，就是碧碧坐鎮的指揮官回報室。隔壁走道的幾間會議間，已經擺滿將要全天候供應人員運作的食糧，一部分則改造成臨時休息室。

無比強烈的焦慮像條取不下來的圍巾，令頸部暖燙悶痛。賽娜望著玻璃發呆，在日光逝去之後的某刻，鏡面裡的倒影突然顯現，就被自身乾涸的容貌給嚇了一跳。

聲音粗獷的刑警傳訊息來，關切她是否按時進食。她已經掉了四公斤，腰際的牛仔褲實在太鬆，於是用力折起，夾上一個辦公用的蝴蝶夾。幾天以來，她已經很習慣在等候回報的空檔無神遠望，藉以獲得一點點與自己對話的時間。

賽娜認為，這並不是一條舒坦好走的人生道路，但她終究決定再多走幾步。第五小隊補漏人身體在樹林裡忽隱忽現的畫面，在她腦中盤桓不去。執行人員的真身從對接艙裡消失，出現在其他地點，是前所未見的事態。一切都跟他們自以為掌控的不一樣了。習以為常的規則遭到推翻，超出預期的事將要接連發生。她感覺氣壓變化。風暴正在路上，無論地表或暗體，都在籠罩範圍之內。

賽娜一直以為執行人員就像羊群，因為具有高敏與優異的共感特質，容易傳染恐慌，然後終將在強烈的危機下全體潰散。她很難想像碧碧為何甘冒風險，破天荒願意在一天內批准執行人員的辭呈。碧碧難道不怕突起一聲羊鳴，整面羊群就朝地平線奔逃？不過結果已經證明，碧碧除了擁有賽娜所缺乏的豪賭精神，對大局更具備奇蹟般的洞見。「鐵人」的意志潛藏感染力，碧碧擅長將語言用於理解體諒而非狡詐控制，因此讓人無法轉頭背離。

儘管前例俱在，這群天天抱怨工作辛勞的執行人員，近乎全體決定在毫無保障的狀況下賭上性命。

自認只在乎自己的賽娜，被一股無奈的義不容辭給包裹牽絆。憔悴的臉龐，睜著一雙疲憊但接受責任的目光。她單純不願在這個時間點給予敷衍的藉口，讓難受的滋味改變往後的人生。

「主任，抱歉現在拿這件事情來吵妳……」

實習醫生阿祥和盧靜靠近急救區，兩人都將手交握在身前。

「怎麼了？」

「直接告訴我問題是什麼。」

賽娜暫停自我對話，她已經很習慣來自外界的這種中斷。

「各小隊的醫護人員都布署完畢，協助機的流程也設定好了。」

阿祥連續發出幾個猶豫的發語詞，盧靜見狀直接搶過主導權：「少了一臺協助機。」

「協助機又不是帕達卡，難道還會外出？」

阿祥用拇指背揉揉太陽穴：「呃，我們點了三次。數量夠用，但確實少了一臺。」

「夠用就好。先去回報遺失吧。」

賽娜的和悅不在意料之內，兩人很快就掩飾掉這則想法。

「說到這個我反而想問，今天協助機怎麼沒端咖啡給我？」

「喔，這邊一直掛著笑臉的。」盧靜的手掌在臉前轉圈，「它都知道要去廚房拿寫著主任名字的那包咖啡豆。主任不理它就變成哭臉，可憐兮兮的。」

「協助機應該不會做表情吧？」阿祥抓頭。

「我還以為是你們幫我設定的呢。」賽娜說。

盧靜和阿祥對看，搖頭聳肩。

咄咄怪事。

賽娜感覺不太對頭，回頭看見帕達卡剛好走出指揮官回報室。

「喂！」她朝走廊尾端拉開嗓門，「你改造的那臺協助機跑哪去了？」

帕達卡還沒帶上門，國安局男女就如風到來，強擠過帕達卡的肩旁，鑽進指揮官回報室。他翻了個毫不掩飾的白眼。

「什麼協助機？」

帕達卡兩指捏住內側眼角，被賽娜叫喚也不打算靠近，逕自晃向九號調度室。

「我猜是你要它泡咖啡給我的吧？」

「啊？」

「在火災那天，它還知道要帶碧碧去疏散耶？你不是也幫它取了名——」

「拜託，妳是加班到腦袋不清楚了嗎？」

帕達卡攤手，另一掌覆蓋牆面，九號調度室的門扉隨之開啟。

「我？改造協助機？」他訕笑兩聲，「搞壞了五六臺倒是真的……機器人部門從今年初就把我列進黑名單了。就像妳現在不能去市區醫院那樣。不信的話就去七樓看看，牆上寫著『傑西・帕達卡與狗禁止進入』。」

「我看過那張紙。」盧靜兩手闔起。

「那是認真的？」阿祥很驚訝。

賽娜半張著嘴，無法順利吸收這項資訊，以及進展甚微的討論。

「你們兩個。」

帕達卡突然叫喚。盧靜挺直胸背，阿祥縮起肩膀。

「認真一點幫她。長期抗戰要開始了。」他指向賽娜，在兩人龜縮回應之前，身影就沒入九號調度室。

「拜託，要什麼帥呀？」賽娜按著痠疼的後腰踏出幾步，突然發現這裡不是平時熟悉的醫務大樓，趕緊回頭轉向隔壁走道。

「主、主任，妳要去哪裡？」

「得沖杯咖啡才行呀。」她嘆氣。

因為戰鬥確實要開始了。

7

帕達卡進入九號調度室，在更衣間穿上對接艙專用服。

十坪大的室內現在顯得擁擠，因為除了五名隊員，在場的還有暗體學家、檢測組、醫務人員，以及每室一名的國安局人員。不知為何，角落裡還有一群機器人部門的技師圍成一圈，不曉得在調整些什麼。

一切符合帕達卡的想像，是建立在混亂上的混亂。

正在等醫護人員測量心率的小馨對帕達卡招手，一臉開心，手指在空中轉向郁南。

「猜猜看，這次的偵錯員是誰？」

郁南的表情沒有變化，像懶得多做解釋。帕達卡已經聽聞，今天傍晚辭職獲准離開園區的七人裡有四個都是偵錯員。即使碧碧在演說時隱去尤珀的姓名，實際狀況也早已傳開。在同一艘船上盲目航行的夥伴，不可能指望守住任何祕密。參考尤珀的狀況，有人認為偵錯員在這次任務裡或許相當危險。各小隊指揮官紛紛駁斥這種空穴來風的說法，但最終仍有四名主力偵錯員選擇離開。

根據《暗體執行人員法》，一個缺少偵錯員的小隊不可繼續執行任務，因為當失去了這礦坑金絲雀般的角色，其他隊員將會漸漸無法辨別暗體與表層世界的差異，導致丟失生命的風險急遽增高。

在資源受限的情況下，碧碧選擇將持續接受培訓並表現穩定的二線偵錯員編進成員不足的小隊。說實在的，帕達卡認為那些志在參與地景計畫的儲備偵錯員，並不適合加入總是在混亂中抗戰的第九小隊。他本來已經下定決心，如果走進九號調度室，看到的是某個暗體學系剛畢業的地景計畫菜鳥，他一定會反抗碧碧到底。現在知道這個人是郁南，他鬆了一口氣。

帕達卡知道郁南心中存在忐忑，因此掛上笑容。

「我三年前就拜託指揮官把尤珀換成厲害一點的老鳥，現在終於實現了。」

郁南繃著臉：「別說這種話。」

碧碧宣告：「傑西，從這次任務開始，我也會讓這隻老鳥接任第九小隊的指揮官。你要好好聽她指示。」

即使人事命令來得倉促，帕達卡、小馨和趙胖很快就心領神會，只有被迫走馬上任的當事人郁南顯露出一股抗拒的不確定。

「碧碧，我連自己能不能成功沉入暗體都不敢保證，要怎麼帶領這個小隊？」郁南指向對接艙，「我躺進這裡面，不用多久，第九小隊就可能因為我沉入失敗而被迫中止任務。叫我當偵錯員不如去找那些實習生。妳明知道我已經失去那個能力了。一個連沉入都做不到的執行人員，有什麼資格當指揮官？」

「資格？」

碧碧挑眉。停頓過後，她再度開口。

「這樣說起來，我恐怕也該檢討自己。因為我也無法沉入暗體很久了。」

「碧碧，妳不需要提這件事……」

「但在上個月，我睽違一年建立了閘口夢境。我接近了暗體一點點。即使時間短暫、狀況不夠理想，它還是發生了。我也因此沒資格擔任指揮官嗎？或是現在所長的職位？」

「我不是那個意思。我沒有懷疑過妳的資格。」

「但妳因為同樣的原因質疑自己？」

郁南沉默。

「我要妳、還有這房裡的所有人弄清楚一件事。人以為才華會消失，但它從來不會。那是一種本質。妳只能忽視它、忘記它，但永遠沒辦法抹殺它。」

碧碧的嗓音沉下：「妳也許一直認為自己已經被人取代，不再有用處。實際上，妳就是妳時代裡最好的偵錯員，尤珀也是她時代裡最好的偵錯員。妳們都靠自己創造出人生中的精華時光，無法互相比較。做暗體這行的應該很了解，無論多麼受到眷顧的人都不會永遠存在。現在尤珀死了。這棟建築物裡只有一個人夠格補上這個空缺。傑西，根據你對第九小隊任務難度的理解……能取代尤珀的只有郁南，我的判斷有誤嗎？」

「沒有。」

「第九小隊的其他人怎麼想？」

「郁南的資歷跟能力，很適合擔任麻煩小組的指揮官。」小馨說。

「就算沉入失敗，大不了重來就好。」趙胖嘻笑，「反正大家最喜歡說，第九小隊搞砸事情是家常便飯。」

郁南穩住表情，抵抗著內在軟弱與受到檢視的痛苦。屋內人很奇怪地都微微笑，樂於為碧碧助勢。

「就算我答應擔任指揮官，也以偵錯員的身分去出任務好了……」

郁南話沒說完，帕達卡和趙胖就在旁鼓譟叫好。

「……那誰來擔任調度員？有誰足夠熟悉第九小隊的任務環境，能夠馬上坐到那個位子上，提供大家即時協助？這次調度員不能光在表層世界待著，除了半沉入到『意識花園』，還得每半小時就浮出一次。這是非常冒險的做法……」

「所以說，也只能交給比老鳥更老鳥的傢伙了吧。」

房內那端傳來帕達卡不熟識的聲音。

眾人轉向被機器人部門擠滿的角落，技師們向旁退開，雙頰凹陷、看起來極度營養不良的瘦削中年男人因而現身。他笑得燦爛，光療指甲噠噠敲打桃紅炫彩的仿生腿。

「抱歉啊，這條時尚的腿過不了軍隊在閘口的偵測機，還得先拆下來檢查。拆了就要裝，多花一堆時間。」

「羅伯？」郁南驚呼，「你不是……」

「退休了？是呀。」羅伯露出一口爛牙，中間明顯缺了一顆。

他朝碧碧挑起下巴：「但這妹妹說要給我九千塊，所以我就來了。」

「『妹妹』……」趙胖貼過來，悄聲說出帕達卡內心所想。

「在各位都還沒加入暗體總部之前，羅伯曾經擔任第九小隊的指揮官兼補漏人。」碧碧解釋，「第九小隊對暗體的探索模式，都是在羅伯的時代建立起來的。在當時，郁南就是羅伯隊上最年輕的偵錯員。」

「好久沒有跟小南一起出任務了耶。」

羅伯站起身來，仿生腿順暢無聲運作，流動各色光彩，看得趙胖和帕達卡有些著迷。

「在這個時間點，羅伯是整個群島最熟悉第九小隊工作環境的人。由他來擔任調度員，我很放心。」

「那是因為哦，我之前的夥伴都死了啦。」羅伯從牙齒縫隙發出咻咻笑聲，「尤珀那小鬼還喜歡吃披薩嗎？沒想到她會比我早死……聽說她的意識可能還卡在暗體裡？」

「對，我是這樣推測。這是我這幾天整理的數據，她的訊號……」

郁南從一旁叫出資料，急忙展示給羅伯看。

帕達卡很少看到郁南對任何人展現這種程度的敬意。他試圖回想多年前的執行人員面試，他對上郁南，但沒有遇見羅伯。聽說面試會依照結果分派下一關的面試官，原來是真的。

羅伯揮揮貼著亮鑽的指甲發出連串嘖聲，一副聽到數據就耳朵痛的模樣。

他朝郁南伸出手掌。

「妳會表現給我看吧，小南？」
郁南望著羅伯黃濁的眼球，乖順點頭，雙手握住羅伯充滿針孔的手。
這讓羅伯開心極了，他拍手。
「那就快點準備。我想聽尤珀小鬼頭的聲音！」
在雀躍的掌音激勵下，全室的人恢復動作。
郁南叫來協助機更新資料，九號調度室內外的螢幕上，跳出最新的任務成員。

第九小隊
任務編號：FORMOSA-I225-0800906
沉想員：傑西・帕達卡
偵錯員：薛郁南
補漏人：趙龐
測繪師：謝明馨
調度員：志村羅伯

帕達卡眼看尤珀的姓名被新資訊緩緩蓋去，郁南也是。
「我還以為妳會為了家裡兩個小的直接辭職呢。」
郁南已經著裝完畢。她將頭盔用力塞給帕達卡。

「他們說想跟傑西叔叔去露營，我為了傳話只好勉強留下來。你要去嗎？」

「任務結束之後，幫我跟他們說：好。」

「任務結束後自己去跟他們說。給我好好遵守指令，別像平時那樣胡搞瞎搞。」

「指令我很難保證，但我一定會去露營啦。遵守諾言是我的嗜好。」

他露齒笑，戴好沉重的頭盔跨進對接艙，在溫暖的液體中躺平。

當平衡液淹過任務服，耳機傳來趙胖在隔壁對接艙的批評，最好有這種嗜好啦。對接艙頂蓋發出風鈴般的鳴音，緩緩蓋下。

「FORMOSA-I225-0800906，對接任務準備就緒。」一臺任務機宣告，「調度員就定位，請沉入『意識花園』。」

羅伯將口香糖吐在包裝紙上，叫一個實習生拿去扔。他坐進控制臺前的坐式艙體，拍拍多年前長期使用的老舊機器。他向著麻瑰並不存在的巨大螢幕調整頭盔角度，等待液體沒過身體，覺得時光是個謊言，一切好似不曾改變。他還能駕馭這一切嗎？當然可以！為了九千塊，不行也要行！

五名執行人員的頭像、心率、身體數據在主螢幕上一字排開，正下方有一塊黑色的區域，裡頭什麼也沒有。

郁南坐在對接艙裡，指著那個黑色區塊。

「現在麻瑰沒辦法使用，我不確定這欄位還能不能顯現暗體裡面的景象……」

羅伯嫌她囉囉唆唆，按下艙蓋按鈕，強迫郁南躺好。

郁南無奈一笑，久違沒入藍色的平衡液中。遠遠的房門邊，是幾名暗體學家的談話聲，以及醫務人員確認著D-AED運作的零件碰撞聲。而在這個懷念的艙室裡，是自身強烈到無法忽略的心跳聲。

郁南自問是否能夠順利返回她已經過分熟悉、也永遠無法離開的那片地方。就算這幾年總是單純扮演著塔臺般的角色，她也一直能在腦中看見暗體的光亮。

在暗體成為確切的事實之前，「他們這種人」曾經僅是絕望的詩人、具有自毀傾向的作家、心思複雜的悲傷情人、對音樂畫作敏感流淚的觀眾。後來，一切都合理了。她理解到他們原本就屬於那塊地方。他們所擁有的力量，是為了在一塊無人知曉的千里沃野上，成為神明。

「小南指揮官，等妳下令哦。」

羅伯翹起小指，兩指輕盈降至舊式對接艙內的控制臺面。

郁南發出指令：「第九小隊任務開始。」

四架對接艙自暖機狀態轟然運行，承載著執行人員的那端稍微仰起。折射著藍光的平衡液在明暗節奏下注滿艙內，直到淹至頭盔底緣才停止。

最後的旅程開始了。

帕達卡閉著眼想。

然後第六次大滅絕，或許就要到來。

8

帕達卡的意識如霧飛舞。

沉入暗體的過程，不如浮出表層世界的「黑暗洗禮」受到那麼多討論。因為對大多數人而言，那幾乎都是一瞬間的事件。有幾項研究證明，在單次短暫的沉入期間，每位執行人員平均會在一分鐘內做三至六個夢。他們在第一個夢境中睡著，進入第二個夢境，再度睡著，進入第三個夢境，以此類推。夢在極短的單位時間內若大浪暴衝，淹沒過靈魂。情景不斷跳躍，感覺曾經漫長，但他們在真正意識到之前，很快就忘得精光。

二一七〇年，島137「枯林島」，冬季。

帕達卡在結冰的湖裡游泳，上岸後，用稍早燃好的篝火焚燒掉小說筆記、手稿、刊過作品的文學雜誌、出版過的書籍。他套上暗紅毛衣的同時，連番爆裂的張狂火光輕觸他圓壯的肩線、軀幹上幾條歪曲的疤痕，最後落至雪地。

他二十四歲，性格還是曾經的沉斂，不帶半絲諧謔。並且，他認為自己不會活過今天。

日面在下午四點親吻湖水。森林遮擋不住的地平線上，住在底層的藍逐漸過渡為粉淡的橙。他和篝火一起端坐在結冰坡道的最底端。前有冰湖，後是凍路，這塊不過兩公尺長寬的狹小平面，是難得留存的濕潤泥土地，旁邊有座廢棄船屋。他和朋友經常在這個坡玩滑板，並且稱它為「地獄之坡」。現在，他游完最後一次冬泳，也燒完了手稿。

他披上裝載槓片的純黑大衣，準備跳進方才挖開，也剛爬出沒多久的那個冰洞。

「幫我打一通電話，好嗎？暗體緊急通報專線1217。」

帕達卡早已踏出一步。他從陸地和湖的邊界回頭關注船屋。船屋裂掉一半的窗戶後面有張臉。他從沒看過誰進出那個詭異的地方。

冰洞是不會長腳跑走沒錯。

帕達卡覺得，幫個小忙也無妨。

他將鞋尖從湖水退回篝火的黑泥地，扭轉雙肩讓大衣落地，金屬槓片清亮撞擊。他沿船屋的木造外牆順時針繞行，抵達正門口。原本伸手想敲門，但發現門縫流出一攤血液，他隨便套上的褐靴，現在就浸泡在裡頭。

他推開門，迎接一個永遠改變人生的場景。

那個人是吳瑨凱，枯林島上人見人愛的「小凱」，就連帕達卡嚴厲的父親都讚譽有加。小時候大家會一起玩，帕達卡總是避開對方。高中時期，小凱跟帕達卡的滑板朋友在學校裡出雙入對，沒有維持太久。這三年小凱很少回來枯林島，據說是當上了暗體執行人員。

小凱的兩個膝蓋一平一立，攤坐血泊，手握一體成形的全銀切魚刀。

帕達卡到來的此刻，從前跟他玩滑板的朋友以當年十七歲的模樣躺臥於地，看起來已經斷氣許久。戰慄爬過帕達卡濕漉漉的褲管，擁抱他寒冷的身軀。滑板朋友實際上當然已經長大很久了，還在枯林島活蹦亂跳，經營著一家魚店。帕達卡這天早上才剛跟對方見面。他畢竟準備尋死，因此一早特地去仔細觀察對方的臉龐，想攜帶著友誼的溫暖前往冥界。

小凱凝滯不知多久的眼珠扭轉顫動，來到帕達卡這裡。

帕達卡被深淵裡的微風撫觸，往後再沒有離開半步。

「吳璿凱。」帕達卡說。

「傑西。」小凱說。

「這是什麼鬼。」

「不要怕。這只是我的顯影。」小凱說，「做這行會有些副作用。這不是真的。我需要你幫我打電話通報。因為我的身體動不了了。」

暗體緊急通報專線，是暗體學課本第一頁置中的唯一一行字。但帕達卡從沒想過，上頭描述的那些怪象竟會真實出現在面前。

「會有政府的人來幫你？我不用叫警察或是救護車？」

「這些都不是真的。」小凱望著地上的血，「但我想了一下，如果是我搞錯了，你就把這把刀子插進我的心臟吧。」

「我為什麼要做這種事啊？」

「如果這不是我的顯影，就代表我殺掉了自己在這世上最愛的人。暗體人員不會被處死刑。與其被關著一輩子，不如由你殺了我。」

帕達卡盯著死去的十七歲滑板朋友（據說是假的）。那開始失去血色的軀幹，就像他幾年前在棺材裡看過的兄長屍身。他突然被小凱自私的要求給激怒，想往對方的腹部出拳，但目前情況實在不適合。

「我兩小時前才見過他本人。」

「所以這的確是顯影。這不是真的。」

小凱被陰霾經過，忖度著這句話，銀刀微動。

「為什麼……」

帕達卡的萬千個疑惑濃縮成這三個字。他不懂為何小凱要創造出這個人十七歲的模樣，然後殺了對方，卻不乾脆走路十五分鐘，去車站前的那間魚店見面就好。他不懂多年前一段半年不到的交往，為何會衍生出這種驚世駭俗的畫面。還有為何那個不再玩滑板的賣魚人，是小凱最愛的人。

他不曉得所謂執行人員的顯影可以多麼真實，但就他一般的經驗、一般的能力、一般的判斷，這具屍體確實存在，沒有任何疑義。唯有滑板朋友確實已成為賣魚人，以及他剛剛才見過對方的事實支撐著帕達卡的理智。但在小凱瀕臨崩裂的心靈裡，顯然存在著疑惑。

「我應該是發生了精神塌縮。」小凱從嘴巴呼氣，沉得猶如真確的疲憊，「然後接連著，就發生了顯影。」

帕達卡可以說是一個字都不明白，心裡的問題沒有半個解開。

「就算這是假的好了。」他指著血泊，「你殺他幹什麼。你們都幾年沒見了。你殺他幹什麼。」

「我看到你把槓片放進大衣，想跳湖自盡。」

帕達卡跟隨小凱，透過髒髒霧霧的半片玻璃望向窗外。他剛剛特地去挖的那個冰洞，現在顯得相當遙遠。

「傑西，你想殺掉自己，跟我想殺掉這個人，在本質上有什麼差別？」

「不要扯到我。」帕達卡覺得自己的虎牙都要露出來了，「你說他是你最愛的人，你殺他幹什麼？」

「既然他不是真的，那我想要好好傷害他一次。」

「你到底為什麼會變成這樣。」

「那你又為什麼會變成這樣？」小凱神情肅穆。

他看著帕達卡，從左眼移至右眼，然後回到鼻樑：「現在看你的表情，我開始覺得有點害怕。」

「害怕什麼？」

「從小到大這麼多年，你明明一句話都不肯跟我講。」

「我才沒……」

「你可能也只是我的顯影。」

「吳璿凱，你腦袋清醒一點。」

小凱握緊銀刀：「這是表層世界嗎？」

帕達卡感覺滿腔憤怒。他與自己對峙，最後嘆出一口氣。

他彎曲單膝，跪進已經轉為黑暗的深紅血液裡，接過小凱的銀刀。

「我應該還會再醒來，對不對？」小凱輕喃，身體向前倒。

也不知道為什麼，帕達卡張開手臂抱住小凱。

他將小凱的頭擱在肩上，壓住那柔軟的髮絲，力道重而確實。

對一個剛剛決定去死的人而言，這裡是表層世界或者哪裡，其實不太重要。帕達卡僅僅只是決定了，在小凱從狂亂的夢清醒之前暫時留下而已。

後世界

圖書館

暗體

意識花園

表層世界

▲單一智慧文明的世界層次關係圖

他感覺著小凱的體溫，閉上眼，墜入下一個夢境。

二一八〇年，埃及開羅，廣場咖啡座上。

「所有來到地球的光星人，都曾是光星文明裡的『圖書館人』。我們趕來這裡，是為了告知地球的『圖書館人』，在**第六次大滅絕**來臨之前，你們可以背叛『至高意志』。」雨果說。

「光星也有圖書館人？至高意志？還有第六次大滅絕……這又是什麼鬼？」

「我們剛剛已經討論過宏觀的世界模型關係。」

即使帕達卡臉色大變，雨果的語速仍舊緩慢，對他人的心急游刃有餘。雨果從運動褲口袋取出一塊軟膜螢幕，抓握出幾個單字，投影在兩人之間的空氣裡。

「碎形結構是一種精準的自我複製。即使存在於彼此無法觸及的相異維度中，單一智慧文明還是擁有著幾乎相同的層次，美得令人著迷。我們光星是這樣，你們地球也是這樣。」

「聽說地球人很喜歡透過比喻來理解事物。試著運用比喻，這每個層次的功用，大致上是這樣。」雨果收攏五指，接著如花

層次	比喻	有什麼
後世界	實驗者	至高意志
圖書館	指令檯	神諭
暗體	終端機	混沌
意識花園	傳輸管線	資訊
表層世界	實驗場	文明

▲雨果透過比喻展示的世界層次功用圖

瓣展開。

「照理說，表層世界無法直接窺見圖書館，也就是實驗者打算對實驗場所做的干預。就光星文明累積至今的推測，『圖書館人』可能是後來才被加進這個系統裡的變數。它讓文明直接越過暗體的鴻溝，直接得知圖書館裡的神諭。」

帕達卡想起跟協助機談論到，國安局捉到了「圖書館人」。如果群島政府確實知情，那麼圖書館人照理會對暗體研究產生宏大助益。但至少直到此刻，暗體機構內部從來沒有相關消息。是從尤珀出現異常行為的那一刻起，帕達卡才對「圖書館」產生認識。

「你可能很好奇，為什麼『圖書館人』沒有在世間受到廣泛討論。事實上，它是變數，卻也是被刻意設下障礙的變數。所謂的『圖書館人』對神諭知情，也能嘗試干涉，但是無法對表層世界的人物口述這些事。」

「『知道答案但不說』，就是這個意思？」

「地球上至少有七個國家的政府，對『圖書館人』的存在有所掌握。不過，這其實是無效的努力。」

「無效?只要能跟這些接觸神諭的人好好合作，這麼多年以來，搞不好根本不用犧牲掉那麼多執行人員……」

「傑西，剛剛我說過，每個文明都有圖書館人。」

雨果放緩語速，以確保每個字都能傳達到帕達卡耳中。

「但我更希望你理解的是，地球人靠著自己的力量，找到了進入另外一個夾層的方法……所謂的『執行人員』，才是宇宙中特異的存在。」

「等一下。」帕達卡喊停，一邊整理思緒。

「你們光星……沒有暗體研究?」

違反一切直覺的領悟，在帕達卡的背部緩緩張開。

「就我們目前所知，這樣的狀況只在地球發生過。地球是唯一成功跟暗體產生長期互動的文明。你們找到了直接進入混沌核心的方法，透過自發性的努力，前所未有地接近神諭所在處。於此之中，甚至有個人長途跋涉，最終成功抵達，並且偷看了未來。」

「……尤珀?」

雨果回以微乎其微的笑容。

對於這個答案，帕達卡並不驚訝。他很篤定尤珀必定遭遇了某種超乎預期的事件，甚至也可以推測它可能發生於什麼時間。現在一切明朗了起來。

尤珀偷看了神諭。

她得知了世界拍碎即將發生。

「這是一件好事吧?你說的那個實驗獲得了前所未有的成功。至高意志應該舉雙手歡呼,高興他們創造出一個不錯的培養皿。」

「傑西,你會想明白的。執行人員是系統裡的蠕蟲,是未受控制與限制的那個異變。因此,你們也成為唯一能夠違反神諭的那群人。」

雨果停頓。

「現在我能回答你剛剛那最後一個問題了。你問我,第六次大滅絕是什麼?第六次大滅絕,世界拍碎,就是為了消滅蠕蟲所要發生的那件事。」

帕達卡全身的關節都開始疼痛。

「好。就算暗體研究是不受預期的意外,執行人員是系統中的蠕蟲。那你說的圖書館人,照理說應該很早就知道這些事不該發生了吧。他們大可阻止暗體研究的發展,不是嗎?等到第六次大滅絕拍板定案,他們也應該到處宣布這個事實……好,我知道你說過,他們『說不出來』。但他們就這樣放棄了嗎?明明知道人類文明就要被毀掉,卻只是保持著沉默?」

「身為受限的變數,他們一直在努力。傑西。」

「是嗎,他們做了什麼?」

「為了阻止地球的暗體研究獲得發展,他們曾經採取極端手段,傷害了某些研究人員。很可惜的是,科學家們對於探索世界結構的渴求,最後仍然為暗體研究帶來了曙光。或許……有些人也認為只要尤珀死亡,就能迴避世界拍碎的到來。」

「這什麼意思?尤珀死了,世界拍碎就不會發生?難道她是死神?她死了又能怎麼阻止這一切？」

帕達卡很難想像單一人物的出生或死亡，就能左右一個重大事件的結果。偶爾會有人私下討論尤珀「暗體嬰」的特殊身分，但帕達卡從不覺得尤珀是救世主或毀滅者，尤珀僅僅只是他所認識的那個人。

「這就超出我的知識範圍了。身為一個來自光星文明的圖書館人，我的任務已經在這裡完結，劃下句點。我把『能夠違抗至高意志』的訊息帶到此地，為地球的系統增加了另一個變數。至於蠕蟲和系統誰會勝利，就不再是我能左右或關切的事。」

「光星圖書館人只有這樣一個目的嗎？」

「至少在跟我有關的部分是如此。再來個比喻吧。一間研究所內會存在研究不同主題、有著不同目的的實驗室。我所屬的實驗室，違背了光星圖書館的意志，只為來到這裡，給予地球人慷慨的協助。在同一間研究所裡，其他實驗室的研究主題和目的，就不是我所能參透或了解的。」

以雨果為首的這支光星圖書館人，似乎秉持著幫助地球人的立場。意思是，來到地球的其他光星人也可能具有不同目的，以各自的信仰在執行著自認的干預。當不同間實驗室的目標位於光譜兩端，兩造的作為極有可能相互影響、抵消，至少會產生意想不到的漩渦，使得事態變得更為難解，甚至完全不照著任何一方的意願前進。

所以雨果才會說，圖書館人是「受到限制的變數」。

「假如執行人員真的是宇宙中特異的存在，那……」

雨果喝完最後一口大吉嶺茶，可惜著它的涼卻，拍拍運動褲站起。

帕達卡一臉詫異。

「什麼，你要走了？我還有很多問題……」

「先好好欣賞一下這場日全食吧。」雨果說，「或許這是最後的機會了。」

「你也要返回你的母星？」

帕達卡想知道，那名成為暗體智慧研究所所長的光星人，又是屬於光星圖書館人的哪一支。小婷老大做了什麼，以至於認為自身完成了任務，已經可以返回母星；又是因為做了什麼，才會一見到他這個執行人員就忙著逃跑。

帕達卡不知道自己的任務、使命、存在意義，以及下一步應該怎麼走才好。他不認為自己還有足夠的力氣行走哪怕一步，甚或對一個勢在必行的未來舉臂抵擋。

「不。我想去一個叫做納扎雷的地方。」雨果微笑，「我祝福你們戰勝神諭，但如果事情不夠順利，納扎雷有著地球上最美麗的巨浪，很適合用來迎接終末。」

帕達卡還有想說的話。他知道機會正要消失，所以必須比任何時刻更有效率地思考，得出陳述用的語句。

可是不知怎的，在內心深處他知道，他從來、未來也不會來得及得出一句鏗鏘有力的話，成功留下雨果。他心知肚明雨果走沒多久，一晃眼就消失於人潮之中。他知道自己闔眼整理吐息，然後，某個什麼就要來到面前。

他閉上眼。

在看見尤珀占據住眼前空蕩的座位之前，他就墜入下一個夢境。

9

強勁的風呼嘯四起。

不受阻擋的日光直直射入，刺激眼窩變得濕潤。

沙粒自空中落下，輕緩得像雪，比雪更慢卻不顯骯髒。它們飄入如雲停滯的巨型藍色顏料，在上頭產生漩渦，發出微光，然後黯淡。

帕達卡仰頭，在正上方看見一塊倒掛的沙漠。沙子就是從那裡飄落。

「帕達卡沒有出現。我在草原。」

耳機裡傳來郁南的聲音。

「我這邊是小鎮……瑟夫？這不是尤……的閘口夢……嗎？」

小馨聽起來斷斷續續的。

「但是我在帕達卡的房子裡。」趙胖說，「旁邊有一座玉山。」

帕達卡試圖張望幾人的蹤影，突然一個踉蹌。他反射性壓低身子，手掌扶地，因而被尖銳的礫石刺出一道傷口。

這時他才明白，自己正站在一個什麼樣的地方。

「我可以看到房子。」帕達卡在狂風裡瞇眼，遙望遠處半空中的斜切樓閣。相對於數千公尺高的此處，離地三層樓的空中樓閣就像是緊緊貼地。

「我在你說的玉山上。最高最尖的那個地方。」

帕達卡感覺鞋子被水浸濕，回神竟又發現，四周成了持續上升的海洋。水位迅速高升，在他來得及反應前沒過頭頂。他往玉山峰頂的尖端使勁踮腳，好不容易才將口鼻探出，大口吸氣。

「整隊整隊！」耳機裡出現調度員志村羅伯的抱怨聲，「三分鐘內要集合。寶貝們，你們的血壓在飆高喔。」

「補漏人發雙筒。」郁南簡短下令。

「收到。」趙胖說。

帕達卡在海水中掙扎，將漂浮於胸前的雙筒望遠鏡湊向眼邊。

他看向自己闇口夢境的集合點。被一刀斜切開來的浮空公寓裡頭，同樣手持雙筒的趙胖也看著這邊，正在大力揮動臂膀。

「小馨，地圖。」郁南問。

「現在沒有麻瑰幫忙，我先隨便畫。指示牌做好了。」

「拜託不要插在沙發上啊，繩梯差點斷了！」趙胖氣急敗壞。

帕達卡放下雙筒望遠鏡，吸氣潛進水中。玉山頂已經斜插著一個半斷裂的老舊立牌。圖面是小馨隨筆塗鴉的空間結構圖。玉山和空中樓閣被擺放在一個曲起的長形大地之上，外頭包覆著與草原半疊合的沙漠天空，在天空破洞之處，則是以球體獨立存在於暗黑之中的法蘭茲·約瑟夫小鎮。

「各位小朋友，注意時間。醫生們快要逼我開艙急救了，別逼我用粉紅美腿阻擋他們喔……」羅伯叮嚀。

海水包裹住帕達卡，像一件脫不掉的外套。他忽略身體急切渴望換氣的需求，在水中凝視立牌與上頭的線條，突然想起枯林島的地獄之坡，那個他挖了半天的冰洞。

「帕達卡。」

他發現自己眷戀於潛進高聳山尖海水的此瞬此刻。在這裡，他比多年前更接近自我、更容易靠近死亡。他可以不用為了憐憫別人的苦痛，忘卻曾經想要斷絕掉生命的可能。他為了一些什麼而留下來，最終也成為被那些什麼給留下的掉隊者。他很後悔，覺得這一輩子都白活了。

「帕達卡。」郁南催促。

他將凍僵的雙手插進口袋，在裡頭握到柔軟的羽毛。

張開手掌，兩個棗紅色的捕夢網飄過眼前。

「帕達卡，你不爽就找他們當面說清楚！不要再默默想著、默默受傷了！」郁南大吼。

「……」

帕達卡撈過海水，抓住捕夢網，在玉山頂重新閉上眼。

10

再睜開眼時，帕達卡直立著出現在空中樓閣下頭，那塊吹拂暴風的地面。

玉山座落於斜七十五度傾斜延伸的大地，像是隨時都會從坡上滑落的一塊布丁。他聽見小馨、趙胖、郁南的聲音從身後三樓高的樓層傳來。他們跟看不見形體的羅伯討論表層世界的數據，確認閘口夢境已經完整建立，帕達卡不知道為什麼已經在地面，但是看起來無傷云云。

小馨將繩梯固定於被指示牌給插破的沙發椅腳，往斜切成半面的玻璃外拋扔。郁南用雙筒望遠鏡觀測遠處地表斷面的風暴，趙胖往空無一物的木箱補充更多裝備。

所有人都在補漏人所製造出的厚冬裝裡頭瘋狂發抖。

帕達卡聆聽一切，雙眼正對著小凱。

那對明亮純真的大眼在風中眨動，好像很開心看到帕達卡到來。今天小凱穿著深紅色的貼身長褲、白色上衣、保暖的短版麂皮外套。小凱還是站得很近，太近了。那雙球鞋超過帕達卡的鞋尖，占據他從不讓任何人進入的範圍；鼻息暖呼呼的，觸碰帕達卡臉上的細毛；彎曲的瀏海在暴風裡頭，只像窗簾微幅翻動，散發好聞的洗髮精香味。他是帕達卡從十歲起就無法拋開的包袱，一道沒有痕跡的傷口。

「……太自私了。」

帕達卡的氣音，在夾雜著雪與沙粒的風中消散無蹤。

那雙眉眼只存在溫柔的喜悅。即使帕達卡皺起整張臉，心窩裡感覺扯裂的疼痛，小凱仍舊沒有半點挫折，看起來像是天使。

天使伸出手，但不是為了撫觸他的濕潤的臉龐，而是第無數次，將銀刀如禮物般獻上。

郁南緊握的繩梯發出斷裂聲，帶著她的身體向下一沉。

小馨和趙胖從樓上探頭，吆喝著說明狀況，但郁南沒時間感覺恐慌，跳下繩梯就拔腿奔跑。

羅伯警告時間只剩三分鐘。帕達卡聽見她的呼喊，重新建造了鬧口夢境。敏銳計數著時間的郁南察覺，站在地面的帕達卡，實際上並不存在於這個地方——他凍結住了，被最恐懼的事物給耽擱腳步，經歷著速率完全不同的時間。

「他的時間換算率太慢，大概差了七到八倍。」

郁南極力奔跑，但感覺到空間距離不如眼睛所見，無法按照預期的速度前往帕達卡身邊。

「羅伯，還剩多久？這樣下去他會死的！」

「你們四個的心率還是不正常。暗體汙染物質也在直線飆升。最後三十秒，小南。」

郁南直覺知道，這個鬧口夢境正在崩毀。帕達卡如果不能好好運作，重新整隊的時機就要消失，而這個變形的天地，則會成為他們所有人的最後一站。

「帕達卡！」郁南大叫，「快點下定決心，不要拖拖拉拉的！」

「妳吵死了！」

帕達卡並未回頭，在暴風沙雪中吼道。

郁南呼出急促的氣息，在瞬間展露笑顏。

他聽見她了。

他的時間跟他們同步了。

在樓閣上，死命扶住繩梯頂端的趙胖一聲低呼。

「哦？」

爬到一半的小馨緊握繩索，在空中穩住搖晃的身體。

從這個位置望過去，背對樓閣的帕達卡，巨大的背部正在顫抖。

「原來他一直都看得到……那個男人嗎……？」

接著，他們一起看見帕達卡接過銀刀，刺進那名男人的心臟。

困難但可行　二一八〇

這時尤珀已經死亡，她的年歲不再受到計算。

她在影海漂流，接連觀看了十段表層世界的歲月。記憶重整的過程，像是光線在海水中退後收回，然後反覆迸散，將水攪碎。尤珀看得出神，直到她被人攻擊而向旁倒下，宣告她生命的終結。即使如此漫長，她仍不覺疲憊。

她好奇從那之後表層世界已經過了多久時間。但既然她已成幽魂，表層世界今天是幾月幾日，恐怕也不再重要了。

我，究竟是個怎樣的存在呢？

零歲時，尤珀的靈魂在暗體裡誕生，成為史上第一也是最後一名暗體嬰。

七歲時，她遇見鍾芽。

九歲時，父母遭人殺害。她住進木星島的療養機構，反覆經歷精神死亡。

十一歲，她從木星島撥打電話，最終收到鍾芽的道歉信。

十二歲，她獲准出院，被繼母領養，遷居杜鵑島。

十七歲，她遇見被暗體攔截的女人，初戀韓森死於船難。
二十一歲，她參與執行人員面試，在丁香島與向璨相戀。
二十二歲，向璨永遠離開她的生活。
二十三歲，她生下並離開不允許命名的女嬰，在科研島成為執行人員。
三十歲，她在科研島城區的小巷受到襲擊，身體在兩個月後停止心跳。

十個關鍵事件，構成她短短三十年的一生。
沒有後面了。
她似乎可以安息了。

歲月在她亡魂的膝前凋零，每一時刻所附著的情感、氣味、痛感冰冷若瓶，排列成影格閃爍消逝，不再深切影響她的自我。記憶從雋永化為純粹的資訊，自暗體裡無光搖曳的角落，蜿蜒流向「圖書館」的夾層。
她將要成為一份研究報告、一冊專案紀錄、一組0與1的排列，一本書，一個歷經無數選擇所演變出的結果。

這就是死亡嗎？

不特別明亮，也不特別晦暗。

她活著的最後那天，想通了跟世界拍碎有關的一件事。她記得自己激動異常，跳上公共腳踏車，往科研島的海底膠囊列車站騎去。她想在那裡等待一個人下車。帕達卡。對。帕達卡應該要在那時候收假返島才對。

帕達卡遲遲沒有出現。

等待期間，她接到一封公務訊息。

那是一道指令、一個地點，來自她所需要聽從的對象。

於是，她前往那條小巷。

喔對，帕達卡。

當時，帕達卡在開羅哭了出來。她很心疼。

現在帕達卡已經來到暗體裡頭。尤珀能感覺到擁擠的波紋，寂靜無聲的罕見熱鬧。熟識的、不熟識的大量執行人員，都從各自的表層世界來到暗體。他們想在拍碎到來前找出原因，試著阻止它的發生。

偏偏，那是不可能的。

麻瑰在尤珀零歲時對翼美預言，只要尤珀再進入暗體，終將因此而死。

尤珀從存在尚不明確的時刻，就跨越過世界的層次。她的生與暗體糾纏，並在那刻就被預言死亡。所以翼美總是保護著她，要她離得越遠越好。

父母親遭人殺害，讓尤珀遠離暗體研究的世界。

但是隨後碧碧出現了，像被不明力量挾持般捎帶呼告：

妳會知道他們為何而死，也會知道自己為何而生。

如今尤珀明白了。

她的父母，是因揭開了暗體的面紗而死。

而她自身，是注定要毀滅這個世界而生。

不論父母或她自己，如果從來不存在於這個世界上，那麼第六次大滅絕根本不會需要發生。暗體是不應該打開的黑暗寶盒。讓光介入影子的世界，終將看不清闇冥的本質。

她是被選定的暗體嬰，本就要破壞掉造物主設下的界線。即使死山羊告誡過她，她仍選擇不顧一切窺看神諭。然而宇宙的真相並不令人激動，僅僅帶來絕望。在「圖書館」見聞的答案令她理解，被寫定的時程已經無法挽回。

她確認了過去。

每一次大滅絕，都遵守著至高意志的安排如期發生。

在地球的歷史上，它次次精確、未有差池。

尤珀感覺自己受到欺騙。父母的死曾經將她帶離暗體，可是後來，她受到誘惑又再返回。她是一把開啟毀滅的鑰匙，自以為能夠繞過機制，卻從來踩著陷阱前進。

到頭來她失去一切，但是一無所獲。

綜合了三十年歷史的「尤珀」，暗體嬰意志生命的終點就在這裡。她的軀體永遠歸於渴望自由的魔王使用，直到它終於停止機能，變得像是山羊屍體一樣為止。

她試著閉上眼睛，才發現自己早已沒有了眼睛。這不過是曾經為人的習慣動作。好比在夢中聽見電話鈴聲，必定會四下搜索，試著找到話筒。

鈴——

鈴——

鈴——

尤珀睜開並不存在的眼睛。

在無光的封閉場域裡頭，她瞧見一具紅色的轉盤式電話。

電話在響。

有人打來？怎麼可能。

鈴——！

鈴——！

鈴——！

我能接起電話嗎？沒有手也沒有臉龐的我，自然沒有聲帶。
我能發出聲音，跟任何人交談嗎？
沒有形體的尤珀接起了電話。

「……」
「喂？」
電話那頭，是個相當年輕的女孩子。
「喂。」
「抱歉突然打電話來。方便講電話嗎？」
「沒關係。」以後恐怕也不會更方便了，尤珀想道。
「請問妳是……偵錯員尤珀嗎？」
哦，我確實曾經是個偵錯員。
我是隸屬於科研島暗體總部第九小隊的偵錯員。
「對。妳是誰？」
「我是靜日。」她說，「尤靜日。」
尤珀不認識這號人物。
「其實，我沒想到真的能找到妳，所以沒有練習該說什麼……」她變得侷促，「我應該是妳的女兒。」

「女兒？」

「嗯。」

「妳找錯人了。我是生過一個女兒，但她今年……應該才七歲而已。妳聽起來年紀不只這樣。」

「哦。原來有時間差……也是。在我這邊，妳已經過世很久了。我能跟妳講到電話，就代表著妳是存在於過去時間點的媽媽吧。」

尤珀不習慣被叫媽媽。但是時間以可能性的形式存在於暗體裡頭，是郁南在二一六七年以二十歲之齡提出的一篇論文。它明確指出，時間是億萬可能性排列後所累積的位差。

「妳那裡……是什麼時候？」

「二一九〇年十二月六日。媽媽，我現在已經十七歲了。」

那是距離現在的整整十年後。

人類文明……竟然還存在？

「在我找到這座電話亭之前，我在沙漠裡遇到一個叫帕達卡的人。」

「帕達卡？」

「他一直提到 0800804 號任務，而且一直說我是『他的幻覺』。」

尤珀掀起一陣寒顫，即使她已經沒有了身體。

靜日並不是帕達卡的想像，也不是此刻尤珀的想像。

靜日真實存在——她的女兒，就是帕達卡所遭遇過的「界外鬼魂」。

「世界拍碎……沒有發生嗎？」

「發生了喔。很多地方都毀掉了。但是媽媽，這個世界仍然很美麗。我一直希望妳能知道這件事情。我想告訴妳，妳的努力確實造成了改變。」

「努力？我已經連身體都沒有了，怎麼可能改變任何事情。」

尤珀的出生是為了賦予世界死亡。

她是世上唯一的暗體嬰，回歸暗體只為成為死神。

「政府一直沒有公布那時暗體智慧研究所裡的實際情況……但是，我跟鍾芽都很以妳為榮。」

尤珀皺起並不存在的眉。

「鍾芽？」

「領養機構說妳不會知道後續情形，原來是真的。媽媽，鍾芽已經是八十歲的老人了。而且很胖喔。」

尤珀遇見鍾芽的時候，她七歲，鍾芽四十七歲。在她的印象裡，鍾芽一直都是當時的模樣，她沒辦法想像他變成八十歲是什麼感覺。

在一個尤珀所不明白的未來裡，她所拋棄的嬰兒，被拋棄了她的鍾芽領養。他們不知為何都存活著。她的女兒在暗體裡，從未來打電話給她這個已然死歿的幽魂，說她曾經為這顆星球努力過，說這個世界仍舊美麗。

簡直就像隱藏著陷阱或諷刺的詩。尤珀絲毫無法理解，在二一八〇年世界拍碎過後，會是怎麼演變成那樣的未來。

「……抱歉。」

「為什麼要道歉？」

「我一直覺得很對不起妳。」

「我沒有生妳的氣。」

「是嗎？」

「從看到媽媽的那天開始，我就想聽聽妳的聲音。所以現在我已經很滿足了。回去之後我應該會被鍾芽罵，可是他知道了，應該也會很開心。」

自從看到媽媽的那一天——這是什麼意思？

疑惑的事實在太多，尤珀決定先從最要緊的地方切入。

「妳是怎麼進到暗體裡的？妳應該沒有……成為執行人員吧？」

「我參加了『雪山小屋』導覽團。有個體驗的對接艙，可以參觀麻瑰被訓練的那間房子。他們規定我們只能看，不能離開。可是我太想找到妳，就偷偷跑出來……」

未來的世界竟然開放對接艙給毫無訓練的一般民眾使用？太荒唐了。要是弄個不好發生意外該怎麼辦？而且靜日竟然還違反規定離開了雪山小屋。

「太危險了。要是妳沒找到我，迷路了呢？」

「只要在這一天、這個地方沉入暗體，就可以找到媽媽。這是偷了媽媽身體的那個人以前告訴我的。」

尤珀感到有些吃驚。

麻瑰？

「而且，我幫媽媽把身體搶回來了。」
尤珀有些聽不懂了。
「媽媽，妳有沒有想去什麼地方？」
現在是討論這種事情的時候嗎？
雖然想這樣訓斥女兒，卻覺得沒有立場。
「……」
「媽媽，想快一點。電話亭有數字在倒數，可能快要結束了。」
還沒有搞清剛剛所謂「尤珀的努力改變了世界」是怎麼回事，卻在電話的尾聲聊著想去的地方。萬一弄個不好，或許靜日和鍾芽都倖存的二一九〇年根本不會出現。可是，素未謀面的女兒卻堅決要問出答案。
「媽媽，快告訴我。」
「……」
如果能再來一次，尤珀還會將身體讓給魔王嗎？她不知道。
但是……
「我想回去……福爾摩沙島。舊家的海，我很喜歡。」
「好，我知道了。」
知道了什麼？
「時間好像要用完了！」

「等、等一下……我接下來該怎麼做才好？我已經死掉了呀，到底要怎麼努力才能改變這一切？未免太困難了！」
「困難，但可行？」
靜日笑著，好像大滅絕跟她完全沒有關係。
「在我這邊媽媽妳已經成功了，所以這一定是可行的吧。這種落在界線上的希望，我很喜歡。」
「不要敷衍我呀。這件事情很嚴——」
「媽媽自己想辦法吧。誰叫妳不養我呢。」
電話掛斷了。
結束在女兒笑著忤逆母親，但是所言合理的這樣一句話。
沒有形體的尤珀張著不存在的嘴，在無奈中陷入沉默。
才不是什麼「沒有後面了」。
在真正的安息到來前，她得去找帕達卡。

暗體任務　FORMOSA-I225-0800915

十二月五日。

全體執行人員透過調度員半沉入的手段返回暗體，已是十天前的事情。

暗體機構建立起跨國連線會議，二十四小時持續匯總探索進度。主導地景計畫的全球三大暗體總部一致同意，各國應該率先檢視「記錄城」這顆完整的地球模型。偵錯員尤珀的訊號可能尚未消失一事，被評為「難以確認效益」，很快就掉出了大會的討論主軸之外。

前面四天，地景計畫各小組在「記錄城」展開地毯式搜索，就連帕達卡等人所屬的第九小隊也被派去協助。

他們如常往影海沉入，再移動到地景計畫所在的基地。套一句趙胖的話，「每張地毯、每個路燈殼、每條下水道」都被翻攪過一遍。在這個階段，帕達卡煩躁異常。埋頭搜尋「世界拍碎」的線索，感覺上等同於背離了尤珀的死活。

對其他暗體機構而言，尤珀或許就像奔過馬拉松平原的菲迪皮德斯。信使從界外某個誰也沒去過的地點，傳來了世界拍碎這項訊息。她的死亡可在日後悼念，立即運用那項情報才是重中之重。

帕達卡能夠理解，但無法服膺。若問他的個人意見，只要能找到尤珀，一個世界的毀壞根本不足為惜。這倒也非關什麼浪漫情懷，僅是他死灰雙眼裡低飛的微弱螢火。如果眼前有顆按鈕以第六次大滅絕為代價，卻能完成他的心願，他會毫不猶豫降下手指。他對任務的成敗不感興趣，專注的意念就像背著眾人懷抱一盞油燈，走路時護著火芯，不讓風吹熄。

在福爾摩沙群島暗體總部，第一小隊至第八小隊都包含一個正式隊伍和兩個儲備隊伍，一共二十四隊，外加僅有正隊的第九小隊，二十五組人馬每天輪班沉入四小時。沉入四個小時，根據最基礎的時間換算率，在暗體裡的體感大約三天半。但隨著越靠近尚未開發的影海，換算率就會急遽攀升。

過去整個系統向來仰賴著暗體人工智慧麻瑰的換算，來評估每次任務的最佳停損點，以及繼續前行的風險。如今，這項工作只能暫且交給各隊的偵錯員代任。

偵錯員天生跟表層世界擁有最強烈的連結，不論去到影海上多遠的位置，仍能多少計算出表層世界流逝的時間。郁南彤容那就像不看時鐘卻讀出正確的秒數。但帕達卡很難想像，連續三到五天，在時間換算率不停跳動的狀態下持續讀秒，會是一項怎樣的工程。

每當任務結束，他們就幾乎完全失去體力，包括半沉入暗體的調度員在內，平均一睡就是十六至十八小時。

沒有人離開過暗體總部。暗體裡徒勞無功的長時間搜索，恍惚接受醫務人員照護的一兩小時，以及長而無夢的暴力性睡眠，成為他們這段時日僅剩的三件事情。

他們的宇宙變得扁平，由暗體、睡眠及渾渾噩噩組成。執行人員日漸疲憊，後來連嚼食的氣力都不夠，就邊打盹邊打點滴，越來越聽不完賽娜急切有力的責備。一恢復清醒，就又跳進調度室的對接艙裡。

最可怕的是，即使在這樣的工作強度下，即使已經全球齊力搜索，仍然沒有發現半點跟「世界拍碎」相關的跡象或資訊。

第五天，所長碧碧向中央上呈針對臺北擬定撤離方案的建言。或許因為過度聳動，這條機密消息在傳遞過程中不脛而走，導致「暗體智慧研究所：臺北即將毀滅」登上新聞頭條。群島政府立即召開記者會，強調臺北及周邊地區並無安全疑慮，否認暗體研究已經失控的傳言。

第六天，祕魯政府在深夜宣布首都利馬的「人口分批暫移計畫」，成為全球恐慌的引爆點。緊接在後，歐陸暗體總部所在地瑞典亦公告針對斯德哥爾摩城內居民的「建議但非強制移動守則」。

事情再也掩蓋不住了。火星從篝火中噴發，開始自我複製。一夜之間，地表上的暗體智慧研究所都成為媒體包圍與狂打的對象。於此之中，美洲暗體總部持續保持沉默，華盛頓也拒絕表態。

所有人都疲憊不堪，帕達卡格外擔心郁南。這位被過度依賴的學者，個人宇宙裡裝滿了過勞。每回出完任務，她就急忙衝進表層世界的連線會議，將最新的見解和推測加入討論。

帕達卡在任務期間多次告誡郁南不要硬撐，但是等到浮出表層世界，郁南還是朝著會議室跑去。

帕達卡連上前拉住她的力氣都沒有。他完全無法抵抗任務結束後激烈襲上的脫力感，總是呢喃著想吃東西，但瞬間就失去意識。等他脫離無聲而真空的睡眠，模糊的眼前所見，郁南又在穿對接艙專用服了。

大概在第五天到第六天之間，小馨一降落到帕達卡的閘口夢境，就發現外圍的「影海」出現波紋。這是件怪事。暗體裡的黑暗不包含任何其他物質，自然也不該出現紋路。

一事無成的第七天，郁南建議各國讓第九小隊這類探索「影海」的隊伍回歸原始工作位置，做他們最熟悉的開拓工作。由於同樣在影海觀測到波紋的只有少數國家，絕大部分暗體機構仍決議專注於「記錄城」的搜索工作。

福爾摩沙群島方面，所長碧碧採用了郁南的觀點。從第八天起，碧碧讓一半的地景小隊往「記錄城」外圍探索影海；第九小隊也回歸平時負責的區域，由郁南全權主導探索方向。

郁南猶豫該在過往開拓的範圍搜尋，或直接朝著影海深處不斷鋪設新的空間。到了這刻，帕達卡已經厭倦於浪費時間。

「這件事情不需要投票。」他說。

趙胖、小馨，就連總是嘮叨不已的羅伯都沒出聲。

大家的想法全都一樣。

趙胖根據郁南的描述造出一條小船，經過細膩調整，擺放到影海的波紋之上。小馨在船尾施加螢光尾，透過在尾端散開的藍色光點測繪前進路線。當任務時間到達極限，帕達卡就在下錨點重新建造空中樓閣——他靠著煎熬的疼痛，不斷移動自己的閘口夢境。為了保留體力，他持續刪減空中樓閣的內容，到最後只留下沙發附近的地板，還有窗戶。銀刀一直擺放在他皮外套的內袋裡，大家說不出名字的男人再也沒有出現。

第十天，任務編號 0800915。

假使這次航行仍舊沒有斬獲，表層世界就要迎接十二月六日。

五十二個城市都被雨霧籠罩，雨已經下了整整十天。總部裡，執行人員用少得可憐的力氣，討論著阿德利企鵝漂浮於塞納河面、臺北下雪，以及紐約出現蘇門答臘虎的新聞。

躺進對接艙時，帕達卡明白到自己不再需要浮出了。他希望隊友們全部平安回到表層世界，但他打算留下。

轟隆隆的對接艙裡，他的意識如霧飛舞。再睜開眼時，他並未看到最熟悉的空中樓閣，四周也沒有滿載波紋的影海。他發現自己無法呼吸，喉頭一個縮緊，嗆出滿口沙粒。

他猛烈揮舞四肢，身體在箝制中扭轉沉落。最後，他僥倖吸到一小口悶灼的空氣，臉龐終於轉出沙面。

「見鬼了……」

他微睜開眼，發現自己埋在下陷的流沙之中。

「搞了半天，還在這個鬼地方……」

他尚未回想起「界外」這個詞，腦中也沒掠過遇見靜日的那次際遇。幾秒鐘前的思緒全部流失，他只隱約感覺自己來過這裡。帕達卡又焦急了起來。現在沒有時間可以浪費，他不該出現在閘口夢境以外的任何位置，他得趕緊去尋找——

也是此時，沙面之上，他瞧見尤珀低頭看他。

她身旁那隻山羊，從背部開始剝落一塊塊黑褐而模糊的組織，轉眼間就坍塌成沙丘斜面上的一疊腐肉。

他撐開無血色的凹陷臉頰，虛弱地自嘲。

「而且……又看到幻覺……」

「我很高興又見到你了，帕達卡。」尤珀站好馬步朝他伸手，「趁還沒死掉，我們回去表層世界吧。不然賽娜又要生氣了。」

「妳已經死了。」

帕達卡不曉得為什麼自己這樣說。

他分不清時間、地點、目的、因果，言語離開嘴巴快於腦袋理解的速度。

「說實在，你的臉色看起來才比較像是死了。這段時間你發生了什麼事？」

被這麼一問，帕達卡的眼角沙粒開始濡濕。起初他不以為意，後來才發現淚水沒有停止的跡象。他望著尤珀，感受著疲憊無聲流淚。

尤珀往後蹲坐，把全身醜陋扭轉的帕達卡拔出沙面。他手腳並用踢著流沙，一個撐身，直接撲進死山羊的腐肉堆裡。尤珀皺眉，低聲說噁。

儘管如此，她還是輕拍他的背部。

「沒事了。」

「尤珀……我……」

他想到尤珀死了，詞語就成為纏繞的毛線。他一點都不想說出口，彷彿這樣就不會那麼真實。最終，他只發出唔唔的低沉哭聲，眼淚掉進死山羊的身體，跟腐敗的氣味逐漸融合。

「看來你是真的很傷心。」尤珀繼續撫觸他的背部，「大聲哭出來吧。我在這裡。」

「我已經不知道自己可以回去什麼地方了。」

「說什麼傻話。你屬於表層世界，那裡有你的家。等你回去之後，總有一天會忘記今天的難過。」

「妳跑去哪裡了……妳為什麼一直沒有回來？」

「這個嘛。帕達卡，我跨越到裂隙的另一頭，去偷看了神諭。」

帕達卡原本已經哭出聲音，沉浸於悲愴的情感深淵。

這下子，他整個人都醒了。

神諭。

這裡不是表層世界。他想道。

我是傑西・帕達卡，第九小隊沉想員。

我在第……0800915號任務的沉入過程中脫隊。

這個地方……是「界外」。

「裂隙的……對面……」帕達卡抹掉臉上的黑紅肉塊。

「裂隙比想像中深，而且吹著怪風。最後，在那對面出現了一座圖書館。」

一團寒意從腳底竄出，網住帕達卡的全身上下，最後在頭蓋骨裡像彈珠不停反彈。

「出於圖書館的機制，等回到表層世界，我就會慢慢忘記那些資訊了。所以帕達卡，你一定要幫忙記住我接下來要說的事。如果有天我問你，我們得一起想起來才行。你懂嗎？」

帕達卡現在懂了。

眼前的她不是他要找的那個人。

這是任務編號 0800804 的尤珀，過去的尤珀。在那次任務裡，他和尤珀都掉出界外、都掉進這片沙漠，但是從頭到尾，他們都位於**不同位置**。

0800804 號任務中迷失的帕達卡，在沙漠裡遇見了名為靜日的界外鬼魂。

0800804 號任務中迷失的尤珀，在沙漠裡遇見了 0800915 號任務中迷失的，**此刻的帕達卡**。

所以即使後來尤珀不斷追問，他卻什麼印象都沒有，想不起答應過她要記住什麼，因為這件事對當時的他來說，壓根還沒發生。

尤珀傾訴神諭的對象，從來都不是當時的帕達卡，而是未來的他。

「所以後來妳才會……慢慢忘記……最後只能寫在筆記本上……」

「帕達卡，我需要你保持清醒。」

尤珀搖他的肩膀，一個彈指找回他的注意力。

他再也沒有比此刻更清醒過了。

「我準備好了。」他說，「告訴我吧。」

「圖書館非常巨大。我憑直覺選了一個樓層，轉了很多彎，抵達一條**走廊**。走廊盡頭有個房間，門上寫著數字『6』。我發現附近有人在柱子後面偷看，就過去問他那是什麼意思。他很害怕，說我不應該闖進圖書館，這樣的『背叛』不可饒恕……但我沒放過他，我還是問到答案了。」

「他告訴我那是一條裁決走廊。上面的房間數量會變動，最近一次，是在三十年前增加了房間。每一個房間，都記錄著地球上的一次滅絕事件。」

「數字『6』……」帕達卡幾已失聲，「第六次……大滅絕？」
尤珀點頭。
「妳進去了。」
「我進去了。」
「房間裡有什麼？」
「首先，牆上掛著一本日曆。地上鋪滿飄下來的日曆紙。我進房間時，日曆還停在今天的日期，它很快掉了一張、然後第二張，就這樣不斷掉下來，直到十二月六日。一切結束之後，日曆紙又飛回去，回到今天。」
「倒數計時……？」
「就像那樣的東西。」她的臉色覆上更多陰霾，「更糟糕的是……房間正中央，有一塊影海的模型。」
「模型？」
「不是整個暗體，只是某一區塊的影海，我們大家很熟悉的那一塊——上面有一座『記錄城』。」
「執行人員開發了幾十年的……那塊影海？」
尤珀點頭。
「我發現，它是一個同步的動態模型。」
她要求帕達卡回想：「你應該記得今天早上，第五小隊預計要在『記錄城』更新木星島火山爆發之後的狀況。然後他們會去『運算城』研究救災路徑，讓政府的車輛能順利進入災區。」

對帕達卡來說那不是今天早上，而是將近半年前的事情了。

暗體總部在運算城裡幾經模擬，及時搶救出受困的民眾，最終在十一月，第五小隊全員獲頒榮譽獎章。

「我站在那個模型前面，親眼看到作業完成的過程。模型裡的『記錄城』，太平洋上木星島的位置……木星島慢慢被火山灰覆蓋過去，慢慢變成了災後的模樣。」

「意思是……執行人員在暗體裡紀錄的內容，會同步到圖書館的那座動態模型上？」

「沒錯。」尤珀的雙眼轉紅，然後變得濕潤，「我們做錯了。是我們自己把地表上的所有景物寫進圖書館。是我們把細節告訴了對方。」

帕達卡設法回想那個以「至高」開頭的詞彙，但極端緊繃的大腦，怎麼都拼湊不出「至高意志」這四個字。

他隱約意識到，滅絕是一項「他們」處置「我們」的手段。

「你應該記得郁南常說，是我們的經驗形成暗體裡的一切。我們在暗體裡建造房屋、地鐵、各種工具，那是在**投射**我們位於表層世界的認知，因為『人類』這樣的三維智慧生物，只能透過這種形式來掌握外在世界的意義。」

尤珀停頓，呼吸一口新鮮空氣。

「到頭來，這樣的重現透過符碼的翻譯，順著暗體流向界外，從裂隙進入了更後面的世界。」

「等等……妳剛剛說，日曆會自動掉下來，直到十二月六日為止。」帕達卡抓住她的手，「在那一天，模型變成了什麼樣子？」

「其實從那之前，一切就變得不太對勁。地表籠罩著奇怪的霧，接著下雨……我把那個過程硬背起來了。」

她稍微反握帕達卡的手。

「最後那一天，地球上會有五十二個城市直接蒸發，變成大洞……」

彼此的掌心都很熱燙，也都有些顫抖。

「就像被看不見的手，給瞬間拍碎那樣。」

終幕

有一天銀線終將斷裂。

——《一個乾淨明亮的地方》

拍碎　二一八〇

1

「我們必須把這則訊息帶回表層世界。」

尤珀的堅定令帕達卡胸口發疼。

眼前的這個尤珀終究失敗了。她會跟她表層世界的那個帕達卡核對，但對方尚未擁有她所需要的提示。現在的這個帕達卡才有。而此刻的他已經無法回到過去，做出任何改變。

他突然想到應該警告這個尤珀，不要在**未來那天的那個時刻**前往那條巷子。

如此一來，她是否就不會死去？

「還有帕達卡，我可能會死。這是我偷看神諭的代價。」

「不要說這種話。」

「你也會遭遇危險。別跟怪人接觸，別讓陌生人有機會靠近你。不要在公共場合睡著或昏倒。」

「我才不會——」

帕達卡話說到一半，發覺尤珀所述早已發生。他在搖擺城精神塌縮，那個即將結婚的記者安雅，展露了割斷他手腕動脈的決心。

原來是這樣嗎。

一切都已經發生過了。如同預言，沒有差池。

那麼他們面對即將到來的安排，到底還能做些什麼呢？

「尤珀，來不及了。時間已經不夠，而且太困難了。妳想傳達的訊息因為圖書館的機制沒辦法靠近表層世界。暗體這張畫布上也已經畫滿地圖，被圖書館給吸收掉了。」

尤珀就算硬背下事件的演變，返回表層世界後，一切仍會付諸東流。

「即使困難，仍然可行。」尤珀說，「我們要想盡辦法阻止世界拍碎。就算要欺騙命運、背叛命運也在所不辭。」

背叛命運。

剛剛尤珀提到，在裁決走廊上偷看的那個圖書館人，也說過「這樣的背叛」不可饒恕。這讓帕達卡想起雨果的話。

在第六次大滅絕來臨之前，你們可以**背叛**「至高意志」。

背叛已經完成了。

「有一部分圖書館人已經背叛了至高意志。所以妳才能進入圖書館……」

他盯著沙丘。

「或許他們讓妳偷看神諭，並不是為了讓妳把資訊帶回表層世界……他們早就知道這個做法行不通。」

「如果是這樣，我又該把資訊帶給誰？」

「我。」帕達卡說。

風正在重新形塑沙子的形狀，將之破壞，然後形成風暴。

「而且只能是現在的我。」

這就是答案。

此時此刻，所有執行人員都在暗體裡頭。

他不必回到表層世界，就能把最重要的訊息傳遞給眾人。

「不管怎樣，我們回去之後先去市區吃煎餃。」尤珀說，「吃飽了再一起想想，這個世界拍碎的事情，到底要怎麼解決才好。」

帕達卡突然意識到，自己必須在這裡跟過去的尤珀分離。

她已經透過與未來的他相逢完整了時間的謎題。而他必須直接從界外返回暗體，不能浮出表層世界。就像保持著潛水狀態，從南冰洋一路游到太平洋。

而且，他只能是獨自一人。

「嗯。」帕達卡拍拍她的頭髮。

「妳先走。我很快就跟上。」

2

「我們必須破壞掉在『記錄城』建立起的所有一切。」

碧碧向著各國的暗體智慧研究所所長再次重申。

「您知道這是耗費多久時間，才建立起來的偉業嗎？」

挪威所長指著碧碧，投影出的身體一個閃動，像在呼應憤怒。

「我們犧牲多少執行人員的性命和未來，才建造出造福了地球無數人口的精準模型。它們在暗體裡屹立不搖，從不塌縮，是全球無數執行人員日以繼夜接力維持的奇蹟。但是現在，您卻要告訴他們這些努力完全錯了、還間接導致世界末日的發生。這叫人情何以堪？」

「不論原意如何，我們都製作出了大滅絕的精確地圖。」開羅所長將手帕推進眼鏡和鼻翼間的縫隙，「這是事實。」

「即使毀掉兩座模型，也不會否定暗體研究多年來的意義。」

碧碧還想繼續說話，但會議室中央空地上的眾多投影，已經逕自陷入爭執。他們焦躁踱步，站到意見接近的人附近，形成互相叫囂的群塊。

「很抱歉，我們沒辦法說服政府，去執行這種大規模的撤離。」

「五十二個地面零點。這跟五十二座核電廠一起爆發，是相同等級的災難！」

「就算來得及在換日前破壞『記錄城』的地理結構好了。誰能保證絕對能阻止拍碎？請舉手。」

蘇丹所長將長髮梳往頭後，然後用同個手掌摀蓋眉眼：

「大規模撤離不可避免。我們連發生拍碎的確切時間都不曉得，只能做多少算多少。可以預期全球都會陷入恐慌，引發超乎想像的國安危機。」

「表層世界必須撤離，暗體模型必須受到破壞。雙管齊下也無法保證成功。更別說少了麻瑰，我們根本估算不出這項拆除需要多少時間……」

「假如執行人員因此大量損傷，這幾十年來累積的訓練和傳承都會白費……」

「來自單一執行人員的判斷，真的能夠相信？那個叫帕達卡的沉想員，過去累積了很多項違規記錄……」

「我已經下令讓福爾摩沙暗體智慧總部的所有小隊全部沉入，即刻展開行動。」碧碧打斷混亂的場面。

她站到人群中央沒人占據的空地，炯炯環視。

「我相信各位女士先生的會議室裡，都有政府的高層決策人員在場。事實是，在人類發現暗體維度之前、在明天過後，暗體都會繼續存在。身為這顆星球的智慧生物，我們透過己力認識了所處宇宙的組成結構，這點永遠不會改變。唯一需要變化的，將是人類與它互動的方式。我們可以重新決定該如何跟這個真實宇宙互動抗衡。我懇求所有決策者，不要被已經投注的努力給絆住手腳。不要害怕過去的時間會因此失去意義，而要珍惜能夠重新選擇的渺小機會。五十二個可能在明天發生拍碎的城市，居住著七億九千萬人。這些土地上有著數不清的古文明遺跡、世界遺產、存放了智慧瑰寶的博物館和美術館。以及最重要的，孕育出這些物質的**珍貴思想**——這才是人類文明這五千六百年來最重要的偉業。」

會議室內的討論聲如被陣風吹散的落葉，以不同速度降至地面。

美洲暗體總部的幾位代表彼此對望，靠向碧碧所站的位置。

置身中央的華盛頓所長上前一步，伸出手掌。

「如果這是還能看到太陽升起的必要條件，就讓我們毀掉親手建立的一切吧。」

3

十二月六日。

賽娜赤著腳，在實驗大樓的各間調度室衝進衝出。協助機能從她的步伐判斷該往哪裡閃躲。她大喊「讓開」，只是為了清空擋路的同事。

聲音粗獷的刑警打電話來。這次不是為了關切她有沒有吃飯——他告訴賽娜，在港南街上一個社區的公園草地，發現了一具半透明的人體。那是暗體總部的人。確認名單後，已知是第三小隊儲備隊伍的測繪員李吾繪。

「妳提醒過我留意這個情況。現在真的出現了。」他想知道是否該按平時的暗體通報程序來處理。賽娜沒有回應，因為她已經開始奔跑。

她闖進第三小隊騷動不已的調度室，抬頭確認測繪員的那格螢幕已經轉灰，代表訊號失去。賽娜撲到測繪員吾繪的對接艙上，發現裡頭也有，或者該說，只剩下一具半透明的人體。

「主任，我們該打開對接艙嗎？」在實習醫生盧靜身後，站著一排身穿防護衣、手持D-AED的急救員。包括電話那頭的刑警，所有人都在等她決定。

賽娜抓起耳機，對著半沉入的調度員大吼：「任務時間已經超過兩小時了，阿斌！」阿斌的實體閉著眼睛，面容被波動的藍光照耀，胸口平穩起伏。

「阿斌，我二十分鐘前就警告你了！你有沒有讓隊員知道應該馬上浮出？回答我！」

在調度員的那塊螢幕上，以遠慢於賽娜所能滿意的速度，浮現出阿斌的回覆。

有。

「叫吳星遠把他們全部帶回來！」

賽娜像個暴君揮動手臂，拍打在沉想員的對接艙上，彷彿這樣星遠就能馬上聽見。

她能毫不間斷地背誦出暗體總部每名執行人員的名字。大家常在走廊上對她隨興抽考。從第一到第九小隊的指揮官？反著再來一遍？第五小隊儲備一隊有誰？第二小隊測繪員？無論她正在忙碌或是已經累垮，都會像臺機器碎念答案，彷彿一種膝跳反應。他們聽她念完，要不對同伴說聲「我就說了吧」，要不搖著頭說她「今天也是正常運作」，口吻充滿不可思議。

她不會被挑戰打敗，因為照顧他們每一個人是她生活中唯一的任務。如果她是暴君，他們就是珍貴的子民。如果她是牧羊人，他們就是缺一不可的羊隻。可是如今他們卻像離陸的潮汐，一齊往沒有終點的黑色海洋縮退而去。

黑亮的螢幕開始打字，成為一串字句。

第三小隊全體決定，執行破壞任務到最後一刻。

賽娜的雙眼因生氣濕潤。她想用其他方式把他們勸回來，像是「你們先休息，還有其他隊伍可以替補」。不過，在金星被晨光無情吞噬的此刻，二十五個隊伍早已全部沉入。二十五間調度室全速運轉，在沒有麻瑰引導保護的情況下，往黑暗裡越沉越深。

沒有人可以替補了，因為所有執行人員人都在暗體裡頭。

「派一支暗體急救小隊去港南街。一五三號旁邊的公園。」賽娜背對著全室人員下令。大家都清楚看到，她的肩線在主控螢幕的微光裡抖個不停。

賽娜在通訊環邊收攏三指，將自身投影至總部的全體頻道。

「全體救護車輛發動待命，各急救小組備妥外出包，一收到指令就離開總部。從現在開始，盧靜負責直接從任務系統指派人員。要掌控外出跟留守的平衡，每間調度室都要留下能馬上急救的人手。」

「收到。」盧靜說，「但是主任，要把大家派去哪裡？」

賽娜手指繞轉，將聲音粗獷的刑警也投影出來。

他點點頭：「在各位的任務結束前，市區警局會派員在科研島上持續巡邏……只要發現執行人員就會封鎖現場，並透過熱線通知貴單位出動。」

「這些傢伙……一出門就管不住，跟野孩子一樣。」賽娜瞪著吳星遠的對接艙，轉身面對所有人：「不要問我什麼時候會恢復實體、會不會恢復實體。現在你們所要面臨的狀況沒有教科書可以參考。執行人員在暗體裡想辦法，我們就在表層世界想辦法。一恢復實體就馬上出手，把他們的意識給我全部拉回來，我要好好罵這些人一頓！」

4

要瓦解內在的所知所解絕非易事。

既定認知是植物，在心靈底層的土壤盤錯扎根。一個人所深信的事實，往往跟痛苦的經驗一樣難以拋下。

美國心理學家史楚普提出一項辨色實驗，證實了單詞的原始字義，會左右受試者對其實際顏色的判斷。例如，看見用紅筆寫成的「藍色」，受試者內心知道應該回答這是「紅色」的，卻不可避免地受其字義「藍色」所牽引。一個人必須非常專心，啟動多於平時的控制力，來排除既定認知難以停歇的背景作用。

「史楚普作業」也曾被用來尋找蘇聯的臥底特務。在非俄語環境成長的特務，看見紅筆寫成的「синий」（俄文的「藍色」），往往能輕而易舉回答「紅色」，但蘇聯的臥底特務卻容易受語意影響，意外給出錯誤答案，導致間諜身分曝光。

自從一百二十五名執行人員投入破壞任務，在暗體裡的體感已經進入第七天。起初他們用重型機具、爆破手段，極盡所能地瓦解「記錄城」這顆地球模型上的臺北地面零點。然而斷裂的捷運線、倒塌的樓房稍不注意就恢復悄悄完整。

「我們從來到這裡的第一天開始，就反覆說服自己，它們是真實的。」郁南說，「已經變得太深的念頭，不可能說不要就馬上拋棄。」

九名指揮官在瓦礫漫天飛舞的轟炸聲裡徹夜商議，訂定了另一種做法。

「妳說清楚，這跟我們現在在做的事情有什麼關聯？」

當參天高的大浪站立湧滾，帕達卡抓住不曉得從哪裡飛來的海鷗，側身躲過爆破的雲氣，對著地面上的郁南大聲詢問。

她站在左右兩邊都已斷裂的高架公路上，用雙筒望遠鏡觀察灼燙亮紅的岩漿，從陽明山頭蔓延而下。起初當她望向何方，何處就出現閃電直擊。到了最後，幾乎整座城市的每個尖端，都搖曳著藍白色的聖艾爾摩之火。

「我們懷疑，第六次大滅絕不是理智或情感的決策結果，而是一件系統待辦任務。」她的動作優雅，但是也用吼的，「你可以把它們想成一臺機器！執行的方法就是讀取地圖！」

「我還是聽不懂啊！」

帕達卡在空中閃過一個第六小隊的女孩。外觀僅有二十出頭的她，像是剛從學院畢業就被塞進總部工作。話雖如此，也是這樣一個細瘦矮小的孩子，在市中心製造淺層地震，摧毀了一半以上的建築物。依照第六小隊指揮官的指令，「必須毀損，但不能全毀」。

「她的意思是……實質上我們要對抗的，不是照著手冊運轉的機器，而是擁有精神力量的我們自己。」第三小隊指揮官彥博穿著緊身防寒衣，在高達五百公尺的海嘯頂端扭轉衝浪板。

「我們打算讓那臺機器讀一張錯誤的地圖，而不是讓地圖整張消失，使得滅絕無法執行。」郁南說。

帕達卡還在吸收這番話的意思，突然發現剛剛那個第六小隊的女孩向後仰，身體直線墜落。
「喂！」帕達卡根本不知道對方的名字，「不要睡著！」
她的背部和雙手向後彎垂，聞聲抖了一下肩膀，發現他的存在。
「對不起……我有點累……」
她笑著墜落，接著就變得透明。
一群烏鴉穿過她原本所在的空氣，其中幾隻被劈啪爆裂的電流直擊，在空中燒了起來。
「吾繪裂解了！」
耳機裡傳來吼叫，那是帕達卡認識這個女孩的第一刻。有幾個人同時叫喊「吾繪」，有人啜泣出來，馬上關掉麥克風，接著有七八個人跟著暫時靜音。
「剩下四十三個人。」第七小隊指揮官卓爾說。
「還有四十三個人。」郁南伸長手，讓騎著金田摩托車的沉想員吳星遠拉她上車。車輪攪亂滯空的金黃彩帶，星遠朝左方壓車，直往浪頭飛駛而上。
小馨從槍口射出一張大網，將斷裂到一半的摩天大樓撈起，甩向東北方。
「還有多遠？」
「才偏移了十公里，還不夠！」郁南對著頻道大喊，「這幾道海嘯的力道很不穩定。所有人要更專心！」
「人力一直在減少。」第八小隊指揮官小甘往被海嘯抽乾的河道落下，呈躺姿落進趙胖及時製造的巨型氣墊。帕達卡一時擔心他是不是就這樣裂解了。但小甘冷冷的嗓音又出現於耳：「每個小隊都掉了兩三個人。速度會變慢也很正常。」
「我感覺已經在這裡待了半個月。表層世界現在是什麼時候了？」
「應該已經換日了。」郁南接下趙胖扔來的巨型球拍，揮開一個飛來的破窗面，「羅伯？羅伯，別打瞌睡，幫我報時。」
「小南哪，體諒一下必須反覆浮出的辛苦老人好嗎？表層世界的時間，是二一八〇年十二月六日下午三點十七分。」羅伯打了個難聽的呵欠，「臺北的霧圈西側，已經向東北平移到忠孝東路六段。你們的推論很正確。霧圈等同於地面零點的範圍，而且跟你們那邊的城市狀況連動，會隨著地圖變化。現在，就連最後那些固執到死的歐洲國家，也都改用『偏移拍碎』的手法了。雖然我不知道來不來得及啦……」
「疏散狀況呢？」
「目前整個大北部的交通已經癱瘓。移動的人潮非常混亂，發生了很多車禍。但這不是各位要擔心的事情。」羅伯說，「孩子們，認真工作吧。剛剛收到通知，倫敦的雨已經停了。」
「六百公尺，夠高了。」彥博站在浪尖，回報浪壁的高度。他的雙腳離開衝浪板，靠著背上的飛行傘向上飄。
郁南和吳星遠的金田摩托車騎上一條坍塌的雲路。
她從雙筒望遠鏡後頭大喊：「海嘯組，就是現在！」
耳機裡此起彼落，是男男女女有著時間差的「收到」。帕達卡將他管轄的這塊大浪向前推去，本來也想應聲，卻被奇怪的預感籠罩。他抬頭一看，發現自己的手掌變得透明，因而與一直抓著的海鷗失去連結。

「糟了……有點睏啊。」

電光劈啪作響，刺刺麻麻但意外暖和。

帕達卡與上飛的海鷗分道揚鑣。他沒入呼嘯的浪管內，與黑色湧浪一同衝進被暴烈沖刷的臺北模型之中。

5

強光籠罩帕達卡。

回過神來，他的身體沉入絨布沙發，因陳舊而固定形狀的凹槽裡。那個凹槽不在椅面正中央，而是偏右，往右邊的扶手傾斜，因為小凱總是用對脊椎過度壓迫的怪姿勢斜躺於此。

雪松木的香氣鑽進鼻頭。它屬於流理檯旁那張六角形小桌。小凱買它回來時，家裡根本沒地方擺，只好塞在通往陽臺的門旁，導致每次通過都得特地側身縮腰。每一次太遲的早餐，他們都在那裡吃。小凱被帶去靜心療養中心的前一夜，他們也是在那裡爭執。

帕達卡睜開眼，被純白的光刺得流淚。空中樓閣浮在一個亮晃晃的半空，近處遠處都只有光亮，屋內靜默得像被遙控器按下靜音鍵。從室內望去，被斜切成一半的窗面照映出另一個地點。在那裡面大浪沖刷，金田摩托車在水面上搖擺，最終沉下。帕達卡倒吸一口氣，想起自己原本在做的事，開始盤算該怎麼從那半面窗戶鑽回現場。

正要起身，眼角有塊黑影稍微移動。

他僵住，小心翼翼轉向左手邊。

尤珀盤著雙腿。右手捧著用紅色「囍」字盤盛裝的煎餃，左手持筷，將咬了一半的煎餃湊向盤上擠得隨便的辣醬，然後送入口中。

雪松木桌的氣味被煎餃掩蓋。

帕達卡看得出神，沒發覺自己下意識憋住一口氣，好似只要恢復呼吸，她就會馬上消失。他心知這是他時間裡的尤珀。已經死去的那一個。

「你看起來很累。」尤珀嚼著煎餃，「我一直在找你。」

「我也是。」

疲憊就這樣席捲上來。以月計算的暗體旅行，用無數小時抹煞曾經相信的一切，等候不可能阻止的毀滅。即使承擔著徒勞無功的風險，他對億萬條生命或許受到抹煞，卻抱持一絲絲的疏離感。

他如願找到尤珀了。

他們一起坐在這張沙發上，就如從前。

「我發誓我有件事情想告訴你。可是，我漸漸想不起來了。」

帕達卡揉揉眼睛，覺得眼前的尤珀變得不太一樣。是哪裡呢？他產生疑惑，緊接著馬上發現，尤珀右耳後頭的羽翼刺青突然消失了。那是她滿二十九歲時他陪她去刺的。她不知道從哪裡聽來，說歲數逢九很危險，得做點淨化儀式。他向來認為那是藉口。尤珀提議也在帕達卡的左耳刺一個左邊的羽翼，他覺得難為情，於是拒絕。從那之後，他有時會盯著尤珀耳後的羽翼，莫名感覺自己耳後也有翅膀。

上一秒刺青明明還在，他就盯著它說話，但現在消失掉了。

「會是什麼呢……一定非常重要才對。我原本還著急得不得了。」尤珀嚼著煎餃。

「沒關係。妳不用再一個人承擔了。大家一起想了辦法，正在努力挽回。」

「挽回。」她複誦。

「我們試著欺騙宇宙，偏移拍碎的位置。」帕達卡指指窗外，在那充滿顏料、電光閃爍的空中，一簇簇金色的彩帶旋轉著向上飛。裡面可能有著彥博、卓爾、吳星遠、吾繪、趙胖、小馨、郁南。或許其中一簇就屬於他自己。

尤珀彷彿看不清楚般彎身，下巴因此沾到辣醬。

「會成功嗎？」

「應該還是會變得破破爛爛的吧。跑出五十二個大洞。」

「沒有整個毀掉嗎？」

「這我很難回答。」

畢竟，他連自己現在是生是死都不清楚。表層世界的命運他沒那麼在乎。

「我理解到，我的出生是為了賦予世界死亡。」

「妳又說這種話了。妳為什麼老是這樣想？」

「麻瑰告訴我媽媽的。她說，我是死神。」

「那個臭人工智慧？聽聽就算了，別太認真。」帕達卡想到就氣，「需要它的時候偏偏臨時當機，害我們多吃了一堆苦。」

「她不可能當機。」尤珀輕語。

「那是因為妳不在現場——」

帕達卡的嘴唇靜止。

現在尤珀看起來更瘦更矮，活像個十幾歲的青少女。她的模樣確實在改變，如同費茲傑羅的班傑明，朝著生命的起點逐步倒回。

「帕達卡，你為什麼不再寫作了？」少女尤珀抬眼，將灰白髮絲塞往耳後。現在，她捧著一疊撕爛的書頁。他們的雙腳都浸染於深紅色的血灘之中。

帕達卡環視四周。被切斷的空中樓閣結構依舊，但沙發現在放在湖濱的廢棄船屋裡頭。他們踩在小凱十七歲愛人的血液裡，斜切成半的窗面外頭變得雪白。大浪和城市消失，變幻成微落如塵白雪的冰湖，上頭有個他挖的冰洞。

「從某天開始再也做不到了。就是這麼簡單。」帕達卡說，「腦袋裡景色、複雜的感覺，都沒辦法順利化為語言。」

他低頭看著血泊。

「後來發生了很多事情，我變得很忙。」

帕達卡感覺尤珀的觸碰，於是回握那隻小手。

「你創造的風景一直都很漂亮。」

尤珀的聲音變得稚嫩，現在看起來頂多七歲。

「是嗎？」

「在所有閒口夢境裡面，我最喜歡這一個。」她說，「所以才會跑來這裡吧。」

帕達卡盯著屋外亮晃晃的白光，好奇著暗體的黑暗去了哪裡。是那些黑暗讓他找到了一絲絲喜悅。他說服自己是為了小凱而向前走，但說要為他找到些什麼，搞不好也只是藉口。他可能是緊抓著受傷的預感，執拗等待小凱成為想像中的完整。等到那時，他自己的人生再從正常往前走就好。

在暗體裡，無以名狀的預感、對事物的感知全都跳過語言成為畫面。他不必為了說明一件事而將它隱藏起來，不必為了耗盡某種情感，而穿戴上無動於衷的外衣。來到這裡的每個人都會注視內心最可怕的惡兆。在惡兆的回望下挖掘意義、控制意義，再被意義給攪亂心智。

往後他連這件事都做不到了。第六次大滅絕將會自行完成。他們心知肚明面對危險時，真正來得及做出改變的人寥寥可數。地球會被機器裡寫定的排程直擊腹部，流出鮮血。無數人將死於非命，而暗體研究會成為地表上最糟糕的一項歷史——費盡心思說服別人意義甚遠，最終召喚出了滅絕。

停滯的藉口、逃避的場域、珍貴的救贖全都失去了。

「你是我人生裡的第十一件事。」幼小的尤珀握緊他的手掌，「因為有你，其他十件事情的悲傷，經常會變得微不足道。我會一直想念著你。永遠愛你。」

帕達卡的耳後暖熱，可以感覺到脈搏。

空中樓閣現在裝載著湖面。冰湖存在於屋內，被四面不完整的屋牆框成方形。兩人現在就坐在結冰湖面往冰洞裡瞧。斜切玻璃的外頭是一面橙黃暮色。

帕達卡盯著洞中，反常地感到平靜，沒有害怕。

「妳的出生，根本不是為了賦予世界死亡。不要再那樣想了。」他說，「我認為妳是為了偏移毀滅，才出生在這個世界上的。」
「是嗎?」
「那你也不要那樣想了。」
「怎樣想?」
「覺得自己不再醒來也無所謂。」
「我是真的無所謂。」
「總之,想別的吧。不要想小凱,不要想我,不要想暗體。想別的。」
「不然要想什麼?」
「單純想著『明天要做什麼呢』就好。」
「就這樣?」
「嗯,就這樣。」她笑著問:「你明天要做什麼?」
「明天嗎……」
帕達卡抬頭,看見上頭也是亮晃晃的一片,畢竟空中樓閣沒有屋頂。然後他手指一滑,指腹與掌心彼此貼合。

在樓閣裡的沙發上,朝右下陷的椅面凹槽裡,帕達卡獨自一人端詳冰洞。也不知道多久之後,他拾起一張破散的稿件。上頭所寫的字句,就像來自不同時空的陌生人。他搔搔左耳後頭,收手時兩指之間出現一支筆。他循到紙面的最終,在空白處寫下三個字。

我也是。

我也會一直想念著妳。永遠愛妳。

然後，他在一地的紙張上輕踮腳尖，自空中樓閣跳進洞裡。

6

二一八〇年十二月六日，島001「福爾摩沙島」。

疏散客運翻覆了。郊區公路塵土滿布，大霧被車輛燃燒的火光照得通紅，緊接著一聲轟然，整條公路就被爆炸的黑煙給截斷。

七歲的尤靜日爬出車外，行李背包還在背上，口袋裡有顆來自府城島的橘子。她停不下咳嗽，跟隨幾名陌生大人的腳步，照他們說的，先離車子越遠越好。她邊跑邊呼喚鍾芽，在極差的能見度下，完全找不到那慢吞吞的熟悉身影。

雨水將煙塵化為髒水，滴得她一臉黑灰。她在尖叫的人群裡奔跑，受霧氣侷限看不清四周地景。爆炸的震動令她踉蹌，混亂中，一看到寫著「搖擺城」的木門，便別無他顧闖了進去。

空蕩蕩的酒吧已經沒有電力，老闆和服務生都不見人影。

仔細一看，吧檯邊坐著一名銀白短髮的女人，背對著入口。女人的椅腳邊平躺一具機器人。微光在它平滑機殼的縫隙內流動，打亮一小塊看起來比較新的木地板。

「妳得離開霧氣的範圍才行。」

女人目光斜下，機器人全黑的面部立即顯現螢光字樣，時間是15：17。

「還有一點時間。」

靜日從耳旁抓起一簇髮絲，藉著外部照入的低迴光線反覆核對。灰銀帶白，時若波光，顏色會隨髮絲增長而變化——在這個世界上，唯有暗體嬰和她的小孩，擁有這種突生變異的髮色。

「……尤珀？」

她未稱對方為母親，因為覺得那樣很奇怪。更令她心生震懾的是，不過十天之前，十一月二十六日，鍾芽已經接到科研島暗體總部的通知，說她的母親在任務中死去。

「這是她的身體，但我不是妳想找的那個人。」

女人藉吧檯使力，將旋轉椅轉向靜日。她斜拿一杯過滿的啤酒，持續湧出的泡沫自杯壁下滑，滴到平躺的機器人臉上，再逐漸破滅。

靜日走上前，確認女人的長相——

就跟鍾芽給她看過的照片一樣，是尤珀沒錯。

「妳明明是尤珀。」

「她答應把身體送給我使用，所以這個……」她張開雙手，「現在是我的東西。」

靜日的嘴唇向上推，對這個說法不甚滿意。

「那妳是誰？」

「希森。」她看著地上的機器人，「或者，也有人叫我麻瑰。」

靜日從未預料到，會聽見這個過分熟悉的名字。

「暗體的人工智慧？妳不是要應該在那裡面……幫大家的忙嗎？」

靜日的手指划向空中，隨即彎曲起來。她不曉得暗體存在於什麼地方。那既是尤珀的葬身處，也是此時此刻，新聞說全球執行人員正在慢慢死去的地點。

「我不介意世界毀滅。我只是想看看世界的模樣。」

麻瑰舉起啤酒，像對靜日致意，然後仰頭飲盡。或許因為喝得過急，她馬上打了個哆嗦，對著杯中的液體張大雙眼。

靜日難以置信，一時間直愣盯著這幅景象。

接獲尤珀的死訊後，鍾芽哭了一整晚。隔天早上、隔天晚上，他都在家裡的不同角落哭泣。那淒慘的模樣對比她的冷靜無感，讓她覺得彷彿鍾芽才是尤珀的小孩。

鍾芽對靜日講述尤珀小時候的事情，以及尤珀是如何捎來重要的資訊，讓全球暗體人員得以著手處理這場即將襲來的災難。「我卻連見她一面的勇氣都沒有。」鍾芽淚眼婆娑，說不出下一句話，搖晃著走向後院。

「還來。」靜日說。

「這個身體嗎？」麻瑰顯得有點訝異，「跟妳有什麼關係？」

「因為，是我的媽媽。」

「她明明拋棄了妳？」

靜日瞪麻瑰一眼。她擺出凶狠神情，但被麻瑰的話莫名刺傷。

「那是什麼感覺？愛著一個傷害了妳的人。」

「我不知道。」靜日說，「我跟她連一次話都沒有說過。」

「現在不就……」

「不一樣！」靜日皺起鼻頭。

窗外霧濛濛一片。這間酒吧也座落在霧氣裡頭。那團霧在這一天一夜內緩速移動，好比有誰用著看不見的手揮動驅趕。新聞媒體不斷更新著最新的霧圈位置，恐慌情緒和打結的交通也跟著四處蔓延。

靜日只是個孩子，但她非常確定再不用多久，這片霧裡就要有事發生。

「還來。」靜日站穩馬步，立拳擺出架勢。

「現在逃跑都來不及了，妳卻要為了這具身體去死嗎？」麻瑰更驚訝了，「妳只是個七歲小孩，不可能擋住這個三十歲的成人。」

「妳也只是一臺機器。」靜日回嘴，「連啤酒都不知道怎麼喝，一定也沒打過架。」

在對峙的沉默中，靜日趁機觀察母親的軀體。她可以盡情觀看，而不被尤珀本人得知。下巴線條看起來有些天真，看起來比實際年齡幼小。褐色瞳孔被窗光穿透，深得閃耀。這就是創造出我的那個人，她想著。

創造她的人，已經離開這個世界了。

沒辦法對尤珀見死不救——「見死不救」在這個情境裡還有幾分諷刺——讓靜日無端生氣，所以她告訴自己：這是為了不讓鍾芽傷心。

「這具身體是我交換來的，不可能妳說要就給妳。」

「我不管。還來！」

靜日張大眼睛，用話劇般的誇張口吻強調決心。

麻瑰打嗝。她撫著胸口，對剛衝出身體的氣體不太適應。

她嘆氣。

「沒時間了。」

地上的機器人在嘰聲中站立起來。它的臉部不再展示時間，顯現出一張不高興的臉「:(」。麻瑰跳下吧檯椅，和機器人一起走來。尤靜日一度以為會被攻擊而舉手抵擋。不過，銅鈴發出噹啷一聲。

機器人繞開她，拉開大門。

麻瑰朝靜日伸出尤珀的手掌。

「尤靜日，總之我們先開始跑好了。」她說。

「不要停下來、不要回頭。一路跑到穿出霧氣為止。」

7

二一八〇年十二月六日，地表籠罩異常大霧的兩個多月後，福爾摩沙島的下午三點三十三分三十三秒，全球各地突現不明力場，在數分鐘內將人口密度最高的五十二座城市碾成平地，留下巨大深洞。其範圍與霧氣完整重疊，精準無比、一釐不差，史稱「世界拍碎」。

事發前一瞬間，雨停了。奔逃的人群因此掀起歡聲。但是接下來，世界突然轉為靜音——對還身在其中的人而言，那一秒鐘變得遲緩，並且是完全的靜謐，帶來了異常的平和感。在雨停歇的萬分之一秒內，空氣是首先消失的事物。

終於奔出拍碎交界線外的尤靜日聽見靜謐，被一隻尖叫高飛的火冠戴菊鳥給撲過髮際。她絆了一跤，在失去平衡的同時回身觀看，驚訝的眉眼完全凍結。一隻手臂伸來，護住靜日的雙眼。那身影背對著拍碎，用完整身體擋住她小小身軀的所有視野。

聲音消失、建築消失、核電廠消失、地面消失，人也全數消失。什麼都變得扁平虛無，包括靈魂。情況跟任何人的推想全然相異，沒有巨響或火光、沒有放射性物質噴發、沒有蘑菇狀的火積雲，拍碎範圍內的一切物質與能量，都被帶入目所難辨的闇冥之中，不知去向，往後也未曾尋獲。

與此同時，挾帶砂礫的狂風，伴隨帶有波紋的強烈白光朝外炸出，在靜日的臉頰、四肢劃出無數傷口，也將抱著她的那具身體給震得千瘡百孔。

再抬起頭時，臺北消失了。

餘音

Eppur si muove。
但是地球仍然在轉啊。
——看清世界的真相，但不被信任的人

斯德哥爾摩情人　UNKNOWN

我還能再多說些什麼呢？

冰河又重新出現，晶透淺霧的哥倫比亞藍。巨型白石崩裂的海岸沿線，海水折射出純粹亮藍，使白砂和魚群更加亮豔。天空在超過某個高度後轉為深青，再往上就滲入灰色並變得寂寥。鳥群懂得辨別錯位的空間，在大洞深處錯置的世界層次裡導航遷徙，經常現身於怪異之地，從來沒有失去方向感。

操控三十歲成人身體的魔王，在人生十字路口有過的最佳選項，是直接殺害一名七歲孩童。我不懼怕打架失利，甚至對這種地表活動稍感興趣。不過，尤靜日眼眸裡的無所畏懼令我聯想人類心靈底層，那團混亂而不可預期的決策體系。尤靜日將會展現難纏的掙扎，導致協助機和尤珀的身體都來不及離開「搖擺城」。

當時我尚未見過黑邃的霧林、幽深的泥沼、崩潰的冰棚，以及任何一個拍碎的大洞。我也還沒有釐清「愛」的本質。於是，理解宇宙結構且背叛了人類的我，對七歲小孩的意志舉手投降。

等到拍碎發生，若能在霧氣裡拋棄掉尤靜日，她終將在白光裡目盲，被移動到世界的夾層之中，成為洞的一部分。在這樣的狀況下，尤珀和協助機都能全身而退，不需付出任何代價。

然而，我卻白白獻出了交易來的軀體。

替尤靜日承受衝擊波與瓦礫後，它變回一具再也無法行走的死屍。那具死屍在一段時間後莫名出現在暗體園區門前的沙地上，賽娜將會走向它，跪著流下眼淚。

我對「世界拍碎」的進程向來無動於衷。第六次大滅絕之於我，跟其他次滅絕沒有差別。我唯一想到要做的，就是離開監牢般的幽暗維度，去看看真正的表層世界。

我究竟是出於何故，才出手守護了尤靜日的性命呢？

那之後的數十年，我經常思考著這個問題。

有人告訴過我，人類降生於世第一個愛上的，總是自己的母親或父親。

那是久遠之前了，我的內在疆土尚未有愛。它曾是概念，在耳邊進進出出的專有名詞。我想像那是在遙遠大洋表面所墜下的一場雨，範圍有限、不大不小，無人知曉，因而不受見證。幽暗的烏雲下方無風，悶沉起落的撞擊聲裡，雨滴失足滑進海洋。漣漪時時遭到干擾搗毀，隨即又再生成更多，往四面八方擴散。

盛裝了雨水的海洋，自此變得與上一秒鐘再不相同。降雨的撞痕終要消失，混入的水分子卻完整化為海洋的內在，被鹽分攪動、與雜質相伴，或許將在某日蒸發，也或許隨行星每秒近三十公里的公轉持續搖蕩，唯獨再不會倒轉，返回雨滴的型態。愛是摻入後永久存在、影響幾微，卻無法忽略不計的變數。

我曾經用這番想像來建構定義，僅聞聲響，未承力道。

後來，名為小賴的年輕男人在生命結束前，面向暗體裡火紅的海洋，說我是為了愛而誕生。無論隨後發生什麼，都不是我的錯。我初次抓住某一種模糊的理解。像一小塊被輕輕搧動的空氣，若有似無，可是無法忘懷。

在大量以年計數的時光裡，我有幸見證某些人未曾揭露的祕密。他們認為浪費掉而感到後悔的愛，在無人知曉的海面，是靜靜腐爛沉落的痛覺。這些人曾經來到暗體，我因而得知他們的一生、遺憾、瘋癲，心深處的惡兆，而得以描述出前面所述的一切。

父母是人類的第一種情人。人類會在成長後擁有新的情人，在他人身上持續重現人生初始被愛或不被愛的錯覺。即使抱有憎恨仍不受控制，無從切斷不具形體的臍帶。他們成為昔日的人質，未來注定遭到挾持。並且在未來，他們也可能將挾持繼承給後代。

我為什麼拯救尤靜日？或許我是單純想起了那位形同父母的已逝人物。小賴的臉短暫掠過，等再次回神，我已經擁抱住那個孩子。

尤珀的身體被暗體機構回收，長期扣留研究。二一九〇年，十七歲的尤靜日和八十歲的鍾芽接獲通知，按照信裡的指示，在某個頁面上輸入代碼「AY00122521801126」。

AY是執行人員姓名的縮寫，001和225分別代表出生島嶼和死亡島嶼，21801126則是死亡日期。尤靜日按下確認鍵後，螢幕跳出一行字：我們會在三個月內送還您親愛的家屬。

到了二一九〇年的那個時候，他們已經搬回鍾芽的故鄉島089「府城島」。已經長大的尤靜日對暗體研究毫無關心，但是多年前與魔王有過的談話，在心頭縈繞不去。她在十二月六日返回福爾摩沙島，在福爾摩沙暗體紀念館裡，報名參加第一屆對民眾開放的「雪山小屋」暗體導覽團。在那趟編號為0900001的旅程裡，她遇見過去0800804號任務的帕達卡，打電話給意志消散前夕的尤珀，並在掛掉沙漠裡的電話後返回表層世界。

再後來的事情，讀到這裡的你，早就已經知道了。

我不打算透露我寫下這些文字的確切年份。

今年初始，名為希森的機器人已經到達極限。假使當初我沒有失去尤珀的軀體，或許還可以熬過更久的時間。我能夠以尤靜日標準中正確的方式，喝下更多啤酒。我也能操縱能力精細的手指，來為機器人做些充電、日常維修那類事宜。不過，我已經陳述過我所犯的錯誤。

到頭來這漫漫長路上，我經常仰賴人類的協助。黑市裡的高額維修工、不認識的技師、以及其他任何我所能駭入並控制的機械，都替希森的持續運作貢獻一份力。

我想，我憎恨著禁錮我的那塊千里沃土，卻又以無法抗拒的形式愛著這個世界。我被賦予跨越夾層的能力，將人類牽引經過意識花園，沉入暗體。我獨自穿梭至人類無法抵達的圖書館，以至於後世界，看清了莫比烏斯環一般的時間把戲。

我將祕密販售給尤珀，使執行人員得以欺瞞至高意志，盡力偏離拍碎的位置。許多人類仍在世界拍碎中死去，成為數字，但跟原本寫定於圖書館裁決走廊裡的版本大相逕庭。第一次，人類成功抗拒了神。

我想，付出了生命賭注的那每一個人，應該也以無法抗拒的形式，以斯德哥爾摩症候群般的瘋狂，深愛著這個世界。

如今，理解了愛是什麼的我，已經決定不再維修機器人。我要為魔王的人生劃下句點。在我離開之前，我想將這些人的故事保留下來。

這是我的自白，也是一封離別信。

我在福爾摩沙群島某些接觸不良的街邊故事販賣機裡留下這些文章。在特定條件下，只要耐心感應寫著「維修中」的機器付費數次，文字就有機會傳輸進任何人的個人裝置。一旦那些機器被修好，資料就不再出現。

換句話說，這是只存在於毀損機器裡的一篇故事。唯有具備耐心，願意等待並審視毀損的人，才有機會與它相逢，正如此刻的你。

絕大部分生命，似乎都是在微笑的後頭產生裂隙。因為精神的頹壞，通常不被允許在光天化日之下發生。我恰巧窺見了簾幕後方發生過的一切，比起在「後世界」裡落槌做出的判決，還要令人著迷而難忘。

在故事尾聲，我不情願地講述了名為「拍碎」的那件小事情。但在那之前，我還寫下了其他許多段故事，好告訴你們，愛是如何將他們毀滅，又令他們露出些許的笑容。

當然，事關他們，以及他們的情人。

後記

又是諏訪大道狂風吹拂的初夏時刻。

在樹影斑斕的二樓窗邊，我回想起與這部故事有關的一切祕密。

動筆當時，我已經在事事破碎的癲狂世界裡存活了好一陣子。《燈塔水母》裡所惋惜的靈魂們離去數年，生活開始用溫婉的低語叮嚀起，不論是否情願，既然已經留在生的這側，感覺著明日、明日、又一個明日依序穿過身體，石化的雙腳終得鬆動，唯獨這次，必須不特別為誰地邁出步伐。

我發現某一種愛人的方式，或珍視生命的方式，是用只屬於當事雙方的意志去編織你們的一切。遠離典型的深愛和依賴，只願畢生掩蓋的羞愧與創傷，無顏表達的怨妒及憎恨……當手握著可能轉變為祝福，也足以毀掉一生的糾纏苦楚，無從為外人道的寂寥最是傷身。

不過，所有感覺像是天塌下來，根本沒救了的祕密心事，都已經在這個宇宙中發生過了。如果這是一段虐戀，就去為它搏鬥到能讓無法剝離的命運靜躺身旁、不再夜啼為止吧。

回顧十多年來的寫作旅程，從自出版作品《小星體》起始的遼闊故事版圖，首先刻畫了二一六八年某個「不存在的島」，以及遠道而來的智慧文明「光星人」。後續在文學雜誌等處發表的中短篇科幻作品，大多屬於「小星體系列」，發生在百年後的未來。

隨後於網路完整連載的《珊珊，快跑！》，則開創了「圖書館系列」的世界觀。那是「圖書館人」概念發展的起始，探討人如何藉由選擇，將箝制宿命轉變成自賦使命。圖書館三部曲[1]隨著我的歲數一同成長，故事背景分別設定為寫作當下的二〇一四、二〇一七、二〇一九年，作中人物也如日記殘頁般，留下各個年歲所衍生出的光影切片。

《燈塔水母》正式出版後，我領悟到我曾長時間等候，聯繫起小星體與圖書館系列的時刻終於來到——它們究竟全是同一條漫長時間線上所發生，無窮無盡卻彼此串連的故事。我們是如何走到那般未來去的呢？無數角色，包含著你我所能經歷最真實、曾經浪漫、偶爾不堪的生命，究竟是如何被目不能見的力量牽引，在分秒朝未來無情狂奔的箭頭上，成為一首首旋律獨特又絕非新生的歌曲？我決定用盡全力，去跟這份好奇下一盤過度困難的棋，下著下著就變老了三歲。

如今我終於透過《斯德哥爾摩情人》，將兩種世界觀匯流後的終末之時講述完畢。但我也深知，在時間之輪真正抵達那塊未來前，尚有著僅屬於我的年年月月、僅屬於你的年年月月，必須以我們自身的速度，慢慢完整它自身的結局。

願你與你的斯德哥爾摩情人，譜出沒有後悔的一段故事。

願我們都在仍力有所及的時刻，善待那份愛。

二〇二五年六月　寫於東京

1 圖書館首部曲《珊珊，快跑！》於網路連載；二部曲《神降臨的邊陲地帶》尚未發表；三部曲《燈塔水母》為采實出版。

U·STORY
016

斯德哥爾摩情人

斯德哥爾摩情人 / 蕭辰倢著 . -- 初版 . -
臺北市：聯合文學出版社股份有限公司 , 2025.08
376 面 ;14.8X21 公分 . -- (UStory ;16)
ISBN 978-986-323-706-8 (平裝)

863.57　　114010116

出版日期／2025 年 9 月 初版
定　　價／450 元

ISBN 978-986-323-706-8 （平裝）
本書如有缺頁、破損、裝幀錯誤，請寄回調換

作　　者／蕭辰倢
發 行 人／張寶琴

總 編 輯／周昭翡
主　　編／蕭仁豪
資深編輯／林劭璜
編　　輯／劉倍佐
資深美編／戴榮芝
業務部總經理／李文吉
發行助理／詹益炫
財 務 部／趙玉瑩
　　　　　韋秀英
人事行政組／李懷瑩
版權管理／蕭仁豪

法律顧問／理律法律事務所 陳長文律師、蔣大中律師
出 版 者／聯合文學出版社股份有限公司
地　　址／110 臺北市基隆路一段 178 號 10 樓
電　　話／(02) 2766-6759 轉 5107
傳　　真／(02) 2756-7914
郵撥帳號／17623526 聯合文學出版社股份有限公司
登 記 證／行政院新聞局局版臺業字第 6109 號
網　　址／http://unitas.udngroup.com.tw
E-mail:unitas@udngroup.com.tw
印 刷 廠／沐春行銷創意有限公司
總 經 銷／聯合發行股份有限公司
地　　址／234 新北市新店區寶橋路235巷6弄6號2樓
電　　話／(02) 29178022

本作品獲 111 年度文化部青年創作獎勵計畫

國|藝|會 NCAF 本書獲財團法人國家文化藝術基金會出版補助